인생오후
굿애프터눈

스스로 생각하고 만드는 내 삶을 위한 실천
인문학의 존재 이유는 나를 둘러싼 세상에 질문을 던지고 내 삶과 존재하는 모든 삶의 의미를 확인하며 더 깊이 이해하는 데 있습니다. '더 생각 인문학 시리즈'는 일상의 삶에 중심을 두고 자발적인 개인을 성장시키며 사람의 가치를 고민하고 가치 있는 삶의 조건을 생각하는 기회로 다가가고자 합니다.

인생오후 굿애프터눈

퇴직 후 삶을 바꾸는 습관의 쓸모

초판 1쇄 발행 2024년 12월 5일

지은이. 이관로
펴낸이. 김태영

책임편집. 김무영
편집. 신재혁

씽크스마트 책 짓는 집
경기도 고양시 덕양구 청초로66
덕은리버워크 지식산업센터 B-1403호
전화. 02-323-5609

홈페이지. www.tsbook.co.kr
블로그. blog.naver.com/ts0651
페이스북. @official.thinksmart
인스타그램. @thinksmart.official
이메일. thinksmart@kakao.com

ISBN 978 89 6529 065 0 (03810)
© 2024 이관로

* **씽크스마트** 더 큰 생각으로 통하는 길
'더 큰 생각으로 통하는 길' 위에서 삶의 지혜를 모아 '인문교양, 자기계발, 자녀교육, 어린이 교양·학습, 정치사회, 취미생활' 등 다양한 분야의 도서를 출간합니다. 바람직한 교육관을 세우고 나다움의 힘을 기르며, 세상에서 소외된 부분을 바라봅니다. 첫 원고부터 책의 완성까지 늘 시대를 읽는 기획으로 책을 만들어, 넓고 깊은 생각으로 세상을 살아갈 수 있는 힘을 드리고자 합니다.

* **도서출판 큐** 더 쓸모 있는 책을 만나다
도서출판 큐는 울퉁불퉁한 현실에서 만나는 다양한 질문과 고민에 답하고자 만든 실용교양 임프린트입니다. 새로운 작가와 독자를 개척하며, 변화하는 세상 속에서 책의 쓸모를 키워갑니다. 흥겹게 춤추듯 시대의 변화에 맞는 '더 쓸모 있는 책'을 만들겠습니다.

자신만의 생각이나 이야기를 펼치고 싶은 당신. 책으로 사람들에게 전하고 싶은 아이디어나 원고를 메일(thinksmart@kakao.com)로 보내주세요. 씽크스마트는 당신의 소중한 원고를 기다리고 있습니다.

인생오후
굿애프터눈

퇴직 후 삶을 바꾸는 습관의 쓸모

이관로 지음

인생 오후를
위한 준비물

> 우리는 전혀 준비되지 않은 채로 인생의 오후로 접어든다. 그런데 그보다
> 더 나쁜 것은 그릇된 전제를 안고 이 길에 들어서는 것이다. 우리는 인생의
> 오전 프로그램에 따라 인생의 오후를 살아갈 수 없다. 아침에는 대단했던
> 것이 저녁에는 사소한 것일 수 있고, 아침에는 진실이었던 것이 저녁에는
> 거짓이 될 수 있기 때문이다.
>
> 칼 융 〈영혼을 찾는 현대인〉

산업화의 주역들이 퇴직과 함께 거리를 헤매고 있다. 오늘
은 또 무엇을 하고 보내지? 매일 아침 일어나는 것이 두렵다. "현
직에 있을 때 뭐라도 준비하고 나와야 한다."고 먼저 퇴직한 선
배들이 한 말이 귓가에서 떠나지 않고 맴돈다. 귀담아들을 걸 하
는 후회가 된다. 그러나 설사 들었다 해도 무엇을 준비해야 한다

고 정확하게 말해 준 선배는 없었다. 사실 그 들도 거리를 헤매기는 마찬가지다. 퇴직은 누구도 피할 수 없는데 아무도 준비하고 나오는 사람이 없다.

🍁 퇴직은 멈춤이 아니라 새로운 시작이다.

인생에 대한 어떤 확신도 없이 수많은 퇴직자가 오늘을 맞이하고 있다. 나 또한 전혀 준비하지 않은 상태에서 퇴직했고, 무엇을 해야 할지 막막하기만 했다. 생각 끝에 몸과 마음을 추스르려고 지리산 단식원에 갔다. 그러나 어떤 삶을 살아야 할지 답을 찾는다는 것은 쉬운 일이 아니었다. 그런데 생각해 보면 답은 간단했다.

'퇴직은 끝이 아니라 시작이다.'란 것이다. 우리가 퇴직을 끝과 절망으로 받아들이는 건 삶을 통찰하는 지혜의 부족함에 있다. 돈만 있으면 잘 살 수 있다고 배운 천박한 실용주의 때문이다. 정말로 돈만 있으면 잘 살 수 있다고 생각했다. 그러나 막상 퇴직 하고 보니 돈의 문제가 아니었다. 물질만을 추구하는 실용주의의 한계는 퇴직을 하면 알게 된다. 문제는 물질이 아니라 삶의 지혜이고 일상이다. 나 역시 어떻게 하면 잘 살 수 있는지 오랫동안 궁구했다. 그리고 1년의 방황과 5년 동안 여러 실험과 시행착오 끝에 오늘의 삶에 안착할 수 있었다.

우리의 오전 삶은 더 많은 재산, 더 넓은 아파트, 더 큰 차,

더 많은 쾌락 등…. 아무것도 아닌 것들을 탐하며 목표지향적인 삶에 투신했다. 그러나 오후의 삶은 의미 지향적으로 살아야 한다. 의미를 지향한다는 건 채우려고 하는 욕심을 버리고, 마음을 비우는 것이다. 나무를 심는 것도 사랑이지만, 가지를 자르는 일도 사랑이다. 석공이 돌을 쪼아내고, 시인이 버려야 할 말을 지워가듯 더 큰 완성을 위해 버리는 것도 사랑이다. 빔(虛)이 곧 쓰임(用)이다.(노자 11장). 그릇은 비어야 쓰이고, 대나무는 속이 비어있어 다양하게 사용되는 것이다. 사람도 이와 다르지 않다. 마음을 비우면 사물에 더 잘 대응하게 되고, 쓰임이 더 많아진다. 퇴직은 끝이 아니라 새로운 시작이다. 살만한 가치의 상실이 아니라 삶의 가치를 느끼는 시간이다. 삶의 가치는 물질에 있지 않고, 마음에 있다. 물질을 좇는 삶을 그치는 대신 삶을 충만하게 하고, 활기차고 즐겁고, 존재감을 느끼며 설렘을 잃지 않는 것들로 일상을 채워야 한다. 일상을 바꾸지 않고 삶을 바꿀 수 없다. 그러므로 먼저 오전의 프로그램을 수정할 용기가 필요하다.

　　인생 오전은 물처럼 살았다면, 오후는 나무처럼 살아야 한다. 물은 멈추지 않고 흐르고 끊임없이 분주하게 움직인다. 크고 작음을 가리지 않고 받아들이고, 맑고 더러움을 마다하지 않고 관계를 넓히며 더 큰 물이 되려고 한다. 그러나 막상 바다로 나오면 그 시절을 후회하게 된다. 반면에 나무는 한 곳에 뿌리내리고도 매일 매일 성장한다. 많은 걸 필요로 하지도 않는다. 땅과 햇빛, 비와 바람, 별빛과 달빛만 있으면 된다. 그래도 매일 성장하고 매년 더 울창 해진다. 우리의 인생 오후도 나무처럼 몇 가지만 있으면 된다. 그러므로 인생 오후는 지나친 분주함을 버리고 슬기롭게 게을러질 필요가 있다. 퇴직은 일손을 놓고 자기 자신에게로 돌아가는 시간이다. 일을 멈추는 것이 아니라 새로운 일을 할 자유를 얻는 것이다. 게으름은 자기를 비우고 마음의 평화를 찾고, 몸과 마음의 잃어버린 균형을 회복하는 시간이다. 나도 퇴직 후 노동의 분주함에서 벗어나 느긋하게 휴식과 창조의 시간 속에서 서성거렸다. 그렇게 여러 관습과 책임과 의무들의 속박에 옥죄어 있던 마음이 평화롭게 되면서 무엇으로 일상을 채워야 하는지를 깨닫게 되었다.

🍁 일상을 무엇으로 채울 것인가?

인생의 오전이 분주함을 관리하는 계획적인 삶이었다면 오후는 느림을 향유하는 습관적인 삶이 되어야 한다. 습관은 분주하고 활동적인 사람들보다 한가한 사람들에게 필요불가결하다. 하루하루의 나태한 침체 상태로 빠져들기를 원치 않는다면 그 침체 상태에 맞서 잘 규정된 엄격한 습관을 대립시켜야 한다. 많은 퇴직자가 아무 일도 하지 않는다는 것, 그것은 바로 음울한 무기력 상태로 자신을 몰아넣는 것이다. 또한 퇴직 후 지나친 여가에서 오는 역겨움을 우리는 몇 가지 삶의 습관들로 채움으로써 규칙적인 일상을 만들 수 있다. 습관의 유익함은 발전과 성장에 있다. 관성이 현 상태를 유지하려고 한다면, 습관은 더 나아지는 행동 패턴이다. 반복되는 습관은 없다. 그러므로 지금 우리에 필요한 것은 좋은 습관이다.

첫 번째 습관은 공부다. 공부는 삶을 충만하게 한다. 쇼핑하고 술을 마시고 갖가지 도락을 즐기는 육체적 생활이 충만한 삶이 아니다. 이런 무분별한 소비와 도락과 쾌락은 금방 시들해진다. 왜냐하면 그런 삶에는 지속 가능한 의미가 없기 때문이다. 삶의 충만함은 물욕이 아니라 지력으로 일상을 밀고 나가는 생활이다. 내면적 가치를 높이고 의미와 보람을 오래 지속시키는 삶이고, 새로운 것을 배우고 매일 성장하는 삶이 충만한 삶이다. 이제 술자리의 즐거움을 줄이고 매일 조금씩 관심 분야에 관한 공부, 삶의 충만을 느낄 수 있는 공부를 해야 한다. 이 나이에 무슨 공부냐고 할 수 있다. 그러나 지금까지 공부는 나를 위한 공부가 아니라 남을 위한 공부였다. 음악 한 곡, 그림 한 점 볼 수 없는 지식은 의미를 상실한다. 그러므로 지금부터 하는 공부는 실용과 목표가 아니라 의미와 목적을 지향하는 공부다.

두 번째 습관은 운동이다. 운동은 삶의 활력을 준다. 퇴직후 운동 습관은 가장 중요하다. 신체적 건강뿐만 아니라 정신적 건강이 중요하기 때문이다. 퇴직 후 무기력해지고 불안감이 커지면서 자칫하면 건강을 잃게 된다. 운동은 이런 정신적 건강과 신체적 건강 증진은 물론 삶에 활력을 준다. 특히 퇴직 후에는 직장에서 형성되었던 사회적 관계가 약해진다. 이것으로 인해 육체적 이동성이 크게 떨어지면서 급격히 몸의 균형을 잃게 된다. 운동은 이러한 정신적 스트레스와 우울증 예방은 물론 체력을 증대시키고 자신감을 높여 줘 삶의 질 향상에 도움을 준다.

세 번째 습관은 취미다. 취미는 삶의 즐거움을 준다. 취미는 자신의 관심사와 취향에 따라 자유롭게 즐길 수 있어 퇴직 후 스트레스와 외로움, 우울증 예방에 효과적이다. 취미활동을 통해 몰입하고 집중 함으로써 쌓이는 스트레스를 해소할 수 있다. 특히 취미활동은 퇴직으로 생기는 외로움을 극복하는 데 크게 도움이 된다. 취미를 가진 사람들과 공통의 관심사를 가지고 교류하면서 새로운 관계를 형성할 수 있다. 또한 취미를 통해 타고난 재능을 찾고 지식과 정보, 기술 등 새로운 도전을 하며 꾸준히 자기 계발을 할 수 있다. 그러므로 취미는 삶의 즐거움을 주는 인생의 든든한 벗이다.

네 번째 습관은 봉사다. 봉사는 자아실현과 삶의 의미를 찾게 한다. 퇴직 후 가장 힘들게 하는 것이 존재감의 상실이다. 일상이 특별함 없이 집 안의 소일거리를 전담하게 되면서 자기 존재감을 잃게 된다. 자기 존재감의 상실은 자존감을 잃게 되고 자존감을 잃게 되면 우울해진다. 봉사는 삶의 의미를 찾고 자기 존재감을 찾는데 가장 좋다. 내가 누군가에게 도움이 된다는 것은 자신이 세상에 의미 있는 존재임을 느낄 수 있다. 또한 봉사를 통해 자신의 가치와 능력을 발견하고 인정받으면서 자신감과 자존감을 높이는 계기가 된다.

다섯 번째 습관은 여행이다. 여행은 설렘을 준다. 여행은 새로운 경험을 하고, 삶의 시야를 넓히고, 세상을 보는 새로운 관점을 갖는 데 도움이 된다. 나이 들어가면서 자주 하는 말이 "뭘 해도 감흥이 없다"고들 한다. 그것은 자기 내면에 기쁨과 감탄이 없기 때문이다. 감탄이 없는 것은 信念이 강하기 때문이다. 지금 우리에게 필요한 것은 新念이다. 新念을 갖는 데는 여행만큼 좋은 것이 없다. 새로움을 경험하고 생각하는 것은 우리를 설레게 한다. 일상을 벗어나 만나는 새로운 환경, 사람, 문화 등 우리의 오감을 자극하는 요소만큼 설렘을 자아내는 요소는 없다. 그리고 여행에서 얻은 새로운 경험과 배움은 일상에 활력을 불어넣어 준다.

우리들의 인생 오후는 이 다섯 가지 요소가 일상을 채우면 좋다. 매일 눈 뜨면 공부하고, 밥 먹듯이 운동하고, 일주일에 한 번 정도 취미의 즐거움에 빠지고, 봉사를 통해 삶의 의미를 찾고, 한 달에 한 번 정도 여행하는 삶은 행복하다. 나무가 몇 가지 요소만 가지고도 매일 성장하고 해마다 울창해지듯 우리도 그렇게 할 수 있다. 그래야 행복한 인생 오후를 보낼 수 있다.

이 책은 선배들이 준비하고 나오라고 그렇게 당부하던 것에 대한 답이자 퇴직 후 살아 있는 일상을 제시한다. 여기서 다루고 있는 5가지 습관 요소, 공부, 운동, 취미, 봉사, 여행은 퇴직 후 5년간 실험적 경험을 통해 얻은 지혜다. 그러므로 가치 있는 삶을 살려고 하는 모든 사람에게 유익한 삶의 도구가 될 수 있을 것이다. 실은 우리가 살면서 수 없이 들어온 말들이다. 그러나 실천한 사람은 많지 않다. 이것이 우리가 불안하고 행복하지 않은 이유이기도 하다. 새로운 것도, 어려운 것도 없다. 이 5가지 요소가 일상을 채우는 습관이 된다면 우리들의 인생 오후의 노을은 아름답게 빛날 것이다. 가장 아름답고 좋은 것은 아직 오지 않았다. 가장 좋으니까 아직 오직 않은 것이다.

이 관 로

목 차

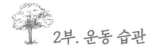

4부. 봉사 습관

5부. 여행 습관

1부

공부
습관

1장 마음공부

||||||||||||||||||||||||||||||||||||

퇴직 후 가장 필요한 것이 마음공부다. 새벽같이 일어나 가던 곳 잃은 기분은 매우 복잡하고 다양한 기분이 뒤섞인 상태다. 일터에서의 정체성과 역할이 사라지면서 허탈감과 무기력감이 엄습하고 스멀스멀 불안감마저 찾아오게 된다. 또한 일이라는 목표가 사라지면서, 삶의 의미와 목적을 잃어버린 느낌을 받을 수 있다. 이런 기분은 퇴직자라면 누구나 느끼는 기분이다. 그렇다고 어디에다 내색하지도 못하고 그저 삭이고 견딘다. 그러나 이런 상황을 견디고 삭이려고 하면 더 커지고 힘들어진다. 이 감정 또한 퇴직자라면 누구나 겪을 수 있는 자연스러운 감정이다. 그러므로 이런 기분을 극복하기 위해서는 먼저 자신의 감정을 인정하고 받아들이는 것이 중요하다. 부정적인 감정을 무시하거나 억 누르려고 하기보다는 있는 그대로 느끼고 표현하고 새로운 목표와 의미를 찾기 위해 노력하는 것이 좋다. 우리가 퇴직 후 느끼는 허탈감, 우울감, 불안감, 무기력감 등은 쉼이 없었기 때문이다. 그저 열심히만 하려고 했지 제대로 된 쉼 없이 무얼 재미있게 즐기면서 해본 경험이 없어 서다. 음악이 아름다운 건 음표와

음표 사이에 쉼표가 있기 때문이고, 좋은 말도 말과 말 사이에 쉼표가 있어서다. 삶도 아름답기 위해서는 쉼이 있어야 한다. 그러니 미루었던 여행도 가고, 평소에 가지 않던 영화관에도 가서 가장 웃긴 영화를 보면서 미친 듯이 큰 소리로 웃어보자.

퇴직한 지 1년이 다 되어가는 한 친구가 그런다. 일이 있어 시내에 나갔는데 공교롭게 출근 시간이라 출근하는 직장인들을 보니 '나는 지금 뭐 하고 있는 거지?'란 생각이 들며 괜히 불안해지더란 것이다. 내가 이렇게 보내는 것이 맞나 하는 생각이 들었다고 한다. 이것은 친구가 아직 직장이란 프레임을 아직 벗어나지 못하고 있어서 그렇다.

아직도 몸담았던 조직의 주변을 서성이고, 조직의 인사에 귀 기울이면서 감정의 연을 끊지 못하는 것이다. 마치 내가 없으면 회사가 안 돌아갈 것 같지만 그렇지 않다. 내가 없어도 회사는 아무 문제없고, 잘 돌아간다. 그러니 세상을 바라보는 시선을 이제 나 자신에게 돌려야 한다. 그러나 지금 처한 상황을 노력으로

만 바꿀 수 있는 일은 아니다. 인생의 전환기에 필요한 것은 의식적인 행사다. 의식적인 행사는 자기 내면을 탐색하고 자신을 이해하는 데 도움 될 뿐 아니라 삶과 연결하여 더 높은 삶의 목적이나 의미를 발견하는 데 도움이 된다.

의식적 행사는 특별히 정해진 것은 없다. 자기 내면이 이끄는 대로 하면 좋다. 연금술사의 작가 파울로 코엘료는 스페인 산티아고 순례길을 걸었고, 경영사상가 구본형은 20년간 자신을 지배해 온 관습을 버리려고 한 달 반 동안 발길 가는 데로 남도길 걸었다.

나도 퇴직 후 몸과 마음을 추스르고 세상을 보는 시선을 바꾸려고 지리산 단식원에 들어가 15일간 단식을 하며 사색의 시간을 가졌다. 지리산 둘레길을 오가며 깊은 사색에 잠기며 내 생각과 감정에 집중하며 내면의 평화를 찾으려고 노력했다. 그리고 지난 삶을 되돌아보며 과거 기억으로부터 자유로워지려고 했다. 인생 오후의 삶의 목적과 의미를 찾고 내면을 들여다보고 나를 이해하려고 했다.

결국 답은 마음에 있다. 마음을 바꾸지 못하면 아무것도 바꿀 수 없다. 먼저 마음을 다독이며 자신과 친해지는 노력이 중요하다. 그렇게 과거로부터 자유스러워지면 가야 할 길도 조금씩 선명해진다. 모든 건 마음에 있다. 그래서 지금 우리에게 필요한 건 마음공부다. 마음공부는 무언가를 배워서 하는 게 아니다. 쉬고 또 쉬면서 내 안의 과거 기억을 비워내고 본성을 깨닫는 것이다. 마음공부는 우리가 생각하는 공부랑은 반대로 해야 한다. 우리가 생각하는 공부가 지식을 채우는 것이라면, 마음공부는 알고 있는 것을 버리는 것이다. 직장인으로서 나의 형상을 허물고 내가 '안다'고 하는 것을 비워야 한다. 그리하여 지금 여기에 마음이 온전히 와 있어야 한다.

이제
비우고
고요하라

그럼에도 많은 퇴직자가 또 다른 직장을 찾아 온오프라인을 헤맨다. 물질의 양을 늘리고 규모를 키우는 것이 제대로 사는 것으로 알고 살아왔기 때문이다. 그러나 경험이 말하듯 욕심을 채움에는 끝이 없고, 물질의 규모를 키우는 일엔 다함이 없다. 이 불가능한 일에 자신을 묶어두는 것은 여러 가지 의미에서 고달픈 일이다. 지금까지 우리 삶이 고달픈 건 그래서다.

그러므로 비움은 욕망을 덜어내고 채움을 그칠 때 비로소 가능하다. 하지만 우리는 비우는 데는 서툴고 채우는데 부지런하다. 마음의 중심을 스스로 세우지 못하고 다른 사람과 비교하며 더 많고 크게 채우려는 것에 익숙하다. 그러나 욕심은 나를 움직이게 하는 원동력이기는 하지만 지나치면 나를 힘들게 하는 원인이 된다. 욕심이 과하면 현실에 집중하지 못하고 미래에 대한 불안이나 걱정에 사로잡히게 되기 때문이다. 또한 내가 원하는 것을 이루지 못하면 분노나 실망감에 빠진다. 우리가 불안하고 작은 일에도 날카로워지는 이유가 여기에 있다. 그리고 과거나 미래에 대한 집착 또한 마음을 비우는 데 장애가 된다. 과거에 대한 집착은 후회나 분노 등의 감정을 불러일으키고, 미래에 대한 집착은 불안이나 걱정 같은 감정을 불러일으키기 때문이다. 비움은 채움을 덜어내는 것이기도 하지만 물질적 채움을 멈추는 것이기도 하다.

사상가 에리히 프롬은 그의 저서 '소유냐 존재냐 (To Have or To Be)'에서 산업화로 인한 물질적 풍요가 가져오는 폐해를 지적하고 소유의 삶에서 존재(경험)의 삶으로 옮겨 갈 것을 강조했다. 우리의 소비문화는 이러한 소유의 프레임과 경험의 프레임이 가장 빈번하게 이루어진다. 물건을 사면서도 경험 프레임을 갖고 구매하는 사람은 그 물건을 통해 맛보게 될 새로운 경험에 주목하지만, 소유 프레임을 갖고 구매하는 사람은 소유 자체에 초점을 맞춘다. 가령 책상과 의자를 구입하는 경우, 소유 프레임을 가진 사람은 단순히 가구를 장만하는 것으로 간주하고 남보다 더 좋은 가구를 소유하려고 한다. 다시 말해 소유는 비교를 불러일으켜 더 큰 욕심을 갖게 한다. 그러나 경험 프레임을 갖고 있는 사람은 그 책상과 의자를 통해 경험하게 될 지적인 세계를 기대한다. 경험은 실체가 존재하지 않는 주관적인 것이라 비교로부터 자유롭게 한다. 한번 생각해 보자. 지금까지 살아오면서 소유 자체를 위해 구매했던 옷, 보석, 시계 등과 경험을 목적으로 구매했던 콘서트 티켓, 여행, 연극관람, 미술관 관람 등 무엇이 오랫동안 행복감을 주고 있는지? 우리는 소유 보다 경험이 더 행복감을 주고 오랫동안 추억으로 남아 삶의 의미와 목표를 확립하는데 도움을 준다는 경험을 한다. 그래서 노자도 "만족할 줄 알면 치욕을 당하지 않고, 그칠 줄 알면 위태롭지 않다."(도덕경 44장)고 한 것이다. 욕심이 많으면 항상 더 많은 것을 원하게 되고, 그 결과 실패하거나 다른 사람에게 피해를 주게 되지만 만족할 줄 아는 사람은 그런 치욕을 당하지 않는다. 그러므로 이제 소유에 대한 욕심과 집착을 멈추고 위태로움에서 벗어날 수 있어야 한다.

비움이 꼭 물질적인 건만 의미하지 않는다. 퇴직은 자의든 타의든 한동안 부정적 감정들로 차게 된다. 이런 감정이 오래가면 건강을 해치고 삶을 힘들게 한다. 그러므로 물질적 소유보다 먼저 비워야 하는 것이 분노, 절망, 걱정, 두려움과 같은 부정적인 감정들이다. 부정적 감정들을 먼저 비워야 마음이 평안해지고 비로소 정신적 자유를 얻을 수 있다. 그러나 마음을 비워야지…. 하고 마음먹고 비우려고 하면 오히려 더 혼란스럽다. 왜냐하면 '비워야지' 하는 것도 사실은 비워야 하는 대상이기 때문이다. 하지만 마음을 비우는 일은 생각보다 간단하다. 나와 남을 비교하여 차이와 경계를 만드는 일을 멈추고 자기 이유로 살면 된다. 다른 사람이나 밖에서 찾으려 하지 않고 내 마음 안에서 찾으면 된다. 다른 사람과의 비교를 멈추고 과거의 자신보다 현재의 자신이 얼마나 성장하고 있고 내가 원하는 삶과 얼마나 접근하고 있는지를 비교하는 것이다. 존재하지 않는 과거나 미래에 자신을 두지 않고, 오롯이 현재에 두고 자기 스스로 온전히 받아들이면 된다. 인생에 담긴 내용물에 집착하지 않고 자기 자신이 인생을 담는 그릇으로 살아가는 것이다. 그릇은 비어야 아름답고 그때 비로소 고요해진다.

오후는
지혜로
채우라

　　인생의 오전은 활동적이고 생산적인 시간이다. 이 시간은
새로운 걸 배우고, 새로운 정보를 얻고, 새로운 경험 하며 목표를
향해 노력하는 시기다. 지식은 이러한 활동을 하는 데 도움이 된
다. 그리고 지식을 통해 현실을 이해하고 새로운 기회를 발견하
게 된다. 그러나 지혜는 지식을 바탕으로 올바른 결정을 내리고
삶의 의미와 목적을 찾는 데 도움이 된다. 인생의 오후는 휴식을
취하며, 성찰하고 삶의 의미를 찾는 시간이다. 그러므로 지혜는
경험과 성찰, 도적적 가치관을 통해 얻을 수 있다. 지혜는 단순히

지식이나 정보의 축적이 아니다. 지혜는 경험과 통찰력을 바탕으로 하는 삶이다. 직장인의 삶이 정보와 지식을 중심으로 산다. 하지만 퇴직 후 삶은 앎과 경험으로 살아야 한다.

　퇴직 후에는 다양한 경험을 통해 세상을 바라보는 시야를 넓히고, 삶의 의미를 깊이 있게 성찰하는 기회를 만들어야 한다. 물론 퇴직은 누구나 당황스럽다. 조직에서는 많은 것을 알고, 중요한 의사결정을 하고, 수억 원의 예산을 집행했는데 퇴직해 보니 아는 것보다 모르는 게 훨씬 더 많고, 작은 결정을 하는 데도 주저하고, 몇 만원을 쓰면서도 조마조마하는 자신을 알게 되면 당황스럽다. 꽤 책도 읽고 모르는 것 보다 아는 게 많은 척했는데, 인생에 대해서 무지하다고 말할 수밖에 없는 처지가 되니 당황스러울 뿐이다.

　인생을 돌아보니, 변변하게 해놓은 일도 없고, 무엇 하나 제대로 해놓은 것 없으니 그 누군들 당황하지 않을 수 있겠는가. 퇴직하면 알게 된다. 걸어온 길도 걸어갈 길도 모른 채 어리석음만 가득 차 있다는 것을. 이렇게 인생에 대한 어떤 확신도 없이 오늘을 맞는 것이 퇴직자의 일상이다. 나는 어른이라고 생각하지만 분명 어른이 아니고, 철들지 않은 그저 늙은 소년이다. 60의 소년 소녀들, 삶의 확신도, 목적도 모호한 채 여전히 흔들린다. 퇴직이 불안한 건 그래서다.

　왜 그럴까? 삶을 통찰하는 지혜가 없거나 부족하기 때문이다. 지혜 대신에 실용을 따르고, 돈만 있으면 잘 살 수 있다고 배위서 그렇다. 그러나 퇴직하면 알게 된다. 문제는 돈이 아니라 지혜란 것을. 자본주의에 젖어 지혜를 배우지 못하고 맞이하는 퇴직은 재앙이다.

공자는 낚시는 좋아했지만 그물을 사용하지 않았다고 한다. 공자는 물고기를 잡는 데만 관심 있는 것이 아니라 낚시를 통해 자연을 즐기고, 사색하고, 인생에 대한 통찰을 얻는 데 관심 있었다. 만약 그물을 사용한다면 물고기란 물질에 집중하게 되어 자연을 감상하고 사색할 여유가 없어 자연과 조화를 이루며 살아갈 수 없을 것이다.

우리는 지금까지 많은 걸 얻기 위해 노력했다. 더 크고, 넓고, 많은 것을 얻기 위해 옆을 보지 못하고 뒤를 돌아보지 않았다. 소유를 위해 경험을 포기했고, 그것을 시간 낭비라고 생각했다. 물론 그 삶이 100% 나쁘다고 잘못된 삶이라고 말하는 것이 아니다. 다만 그 과정에서 자연과 조화를 이루지 못하고 타인에게 불편을 주기도 했을 것이다. 분명한 건 그러한 삶에 대해 성찰하는 시간을 갖지 못했다는 것이다. 지혜롭게 살기 위해서는 자신을 돌아보는 것이 필수다. 세상을 다양한 관점에서 바라보고 타인을 이해하고 생각을 존중하고, 많은 경험을 통해 세상을 경험하고 배우고 실천하는 삶이다. 공자도 네 가지를 끊었다고 하는데, 억측하지 않고, 집착하지 않고, 고루하지 않고, 아집을 버렸다고 한다. 이제 이런 삶의 태도를 되돌아보고 효율성보다 가치를 중시하고 목표를 위한 수단보다 목적을 위한 자기 이유로 살아야 한다.

03

슬기롭게
게을러지자

　게으름이란 단어는 도덕적으로 결함이 있는 것으로 받아
들인다. 국어사전에도 게으름이란 '행동이 느리고 움직이거나
일하기를 싫어하는 태도나 버릇'이라고 되어 있어 평소 우리가
알고 있는 부정적 정의와 크게 다르지 않다. 토끼와 거북이, 개미
와 베짱이란 동화를 통해 게으름은 나쁘다고 배우고 가르친 것
도 큰 몫을 차지한다. 그리고 우리는 산업화의 주역답게 일손을
놓고 노는 사람들을 게으른 사람이라고 비판했다. 게으름은 마
땅히 해야만 할 일에 대한 고의적인 방기와 연관된다. 사회가 게

으른 사람을 기피하고 싫어하는 이유는 분명하다. 게으름으로 인해 누군가 손해를 입거나 누군가 해야 할 일들이 늘어났기 때문이다. 그렇다면 누군가에게 손해나 피해를 주지 않아도 게으름은 나쁜 것일까?

이제 게으름에 대한 바른 이해가 필요하다. 나는 현직에 있을 때 일은 열심히 하는데 성과가 없는 구성원들을 많이 봤다. 사실 게으름을 노골적으로 피우는 사람은 그리 많지 않다. 대부분 해야 할 일을 하지 않고 중요하지 않은 일에 매달리는 경우다. 그럼에도 그들이 게을러 보이지 않는 것은 우리가 움직이는 운동량을 기준으로 게으름의 여부를 판단하기 때문이다.

움직임이 많으면 부지런하고 적으면 게으르다고 본다. 하지만 게으름은 행위 자체가 아니라 태도, 즉 능동성에 의해 구분된다. 아무런 물음이나 생각 없이 반복적인 일상을 바쁘게 사는 것도 삶에 대한 근본적인 게으름이다. 반면에 움직임 없이 쉬고 있더라도 그 자체를 온전히 즐기고 있다면 그것은 게으름이 아니다. 게으름을 즐기기 위해서는 게으름에 대한 좀 더 명료한 정의가 필요하다. 정신과 의사이자 '굿바이 게으름'의 저자 문요한은 게으름을 이렇게 정의한다. '게으름이란 삶의 에너지가 저하되거나 흩어진 상태다'라고. 나도 여기에 동의한다. 그러니까 게으름은 더 나은 삶을 추구하는 에너지의 상태를 말한다. 내 삶 속에 발전적이고 미래 지향적인 에너지를 간직하고 실천하고 있는가를 기준으로 나눈다는 것이다. 이런 기준으로 보면 하루를 열심히 사느냐 안 사느냐가 중요한 게 아니라 오늘이 내일로 연결되는 삶의 지향성을 갖고 있냐 없냐가 중요하다. 열심히 일하고 있어도 더 나은 삶을 향한 지향성이 없으면 게으른 것이고, 휴식을 취하고 있어도 내일을 위해 스스로 택한 휴식이라면 그것은 결코 게으름이 아니다. 그러므로 퇴직 후 휴식은 새로운 시작을 위한 창조적 휴식이다.

두 농부의 이야기를 들어보자. 가을에 두 농부가 논에서 열심히 벼를 베고 있다. 한 사람은 허리를 펴는 법이 없이 계속 벼를 베는데, 다른 한 사람은 중간 중간 논두렁에 앉아 쉬었다. 노래까지 흥얼거렸다. 저녁이 되어 두 사람이 수확한 벼의 양을 비교해 보니, 틈틈이 논두렁에 앉아 쉬었던 농부의 수확량이 훨씬 더 많았다. 쉬지 않고 이를 악물고 열심히 일한 농부가 따지듯 물었다. "난 한 번도 쉬지 않고 일했는데 이거 도대체 어떻게 된 거야?" 틈틈이 쉰 농부가 방긋이 웃으며 대답했다. "난 쉬면서 낫을 갈았거든." 우리 모두 되돌아볼 일이다.

나도 퇴직 후 의도적으로 게을러지려고 노력하고 있다. 새벽같이 출근하지 않으니 일찍 일어나지 않아도 된다. 가능하면 늦게 일어나려고 했다. 대신 일어나기 전에 충분한 스트레칭을 한다. 몸이 가벼운 상태로 일어나니 아침이 한결 상쾌하다.

또 말을 천천히 하려고 노력한다. 다른 사람이 답답하지 않을 만큼 천천히 하려고 한다. 그러니 말에 생각이 담기면서 실수가 많이 줄고, 내 생각과 청자의 생각과 어긋남이 줄면서 소통이

나아졌다. 또한 음식을 천천히 먹으려고 한다. 채우려고 하지 않고 맛을 음미하면서 먹으니 맛없는 음식이 없고, 요리한 사람의 고마운 마음을 알게 되니 먹는 것이 즐겁다. 그리고 천천히 걸으려고 한다. 천천히 걸으니 생각하는 걷기가 가능하고 그때 생각은 과거에 머물지 않는다. 천천히 걸으면 마음이 차분해지면서 명상의 효과도 있다. 걷는 명상은 생각을 맑게 하고 나를 행복하게 한다.

　　게으름에도 분명 창의적이고 생산적인 부분이 있다. 게으름은 일손을 놓고 자기 자신에게로 돌아가는 시간이다. 게으름은 무조건 열심히 하려고 하는 생각을 비우고 스스로 돌아보며 마음의 평화를 찾고, 몸과 마음의 잃어버린 균형을 회복하는 것이다. 타고난 방임의 자유를 누리고 그 속에서 삶의 의미를 천천히 되새겨보는 게으름이야말로 퇴직 후 누려야 하는 삶의 한 부분이다. 그러므로 자신을 노동의 속박에서 풀어주고 게으름을 피울 권리 찾기를 권한다. 그러면 지금까지 여러 관습과 책임과 의무들의 속박에 벗어나 마음이 평화로워짐을 느낄 수 있다. 그리고 삶이 한층 여유로워지고 충만해질 것이다. 그게 게으름이 우리에게 주는 선물이다.

04
|||||||||||

단순하게
살자

인생이라는 긴 여행을 하는 동안 우리의 여행 가방은 점점
더 커진다. 우리는 물질적인 부를 자기 성공의 기준으로 삼고 자
신이 존재하는 증거라고 여기기 때문이다. 그리고 의식적이든
무의식적이든 자기가 소유한 것과 자기 이미지와 정체성을 연결
짓는다. 더 많이 소유할수록 더 안심된다고 생각한다. 그래서 모
든 게 탐욕의 대상이 된다. 돈, 물건, 관계, 학위, 자격증, 지식까
지도 쌓아두고 소유한다. 그리고 그렇게 소유한 것의 무게에 짓
눌려 살아간다.

욕심 때문에 진정한 삶을 살지 못하고 있음에도 이를 깨닫지 못하고 더 많은 것을 탐한다. 지금 내 주변을 살펴보면 탐욕의 크기를 알 수 있다. 소유한 것 중에서 필요 없는 게 더 많다는 것이 증거다. 휴대전화 속 전화번호를 보면 몇 년이 되어도 통화를 하지 않은 번호가 절반이 넘는다. 옷장의 옷이 그렇고 신발장의 신발이 그렇다. 한 번도 입지 않고 쌓아둔 옷이 더 많다는 것을 알 수 있다. 남들이 가졌다는 이유로 나도 산 물건이 얼마나 많은가? 지금까지 우리는 광고의 허구 든 남들과의 비교든 소유의 욕망에 순응하며 살았다. 우리의 오전 프로그램은 그랬다. 그러나 오전의 프로그램으로 오후의 인생을 살 수 없다. 아침에 괜찮았던 것이 저녁에는 쓸모없을 수 있고, 아침엔 진실이었던 것이 저녁엔 거짓이 될 수 있기 때문이다.

단순하게 산다는 것은 소유의 문제만이 아니다. 단순함이 중요한 것은 '중요한 일'을 하도록 돕는다는 것이다. 우리는 과잉의 시대를 살고 있어 빼야 할 것이 너무도 많다. 물질 과잉뿐 아니라 지식 과잉, 정보 과잉 등 세상은 과잉의 시대다. 인터넷은 물론 카카오톡, 페이스북, 유튜브, 인스타그램 과 같은 SNS를 통해 정보와 지식이 초 단위로 업로드 되고 재생산된다. 그러나 나에게 중요한 정보는 얼마나 될까?. 우리는 정보가 많을수록 옳은 결정을 내릴 수 있다고 생각하지만 그렇지 않다. 연구에 의하면 우리 뇌는 정보의 양이 임계점을 넘으면 실제 결정의 질이 떨어진다고 한다. 연구 결과가 아니어도 우리는 일상에서 이런 경험을 많이 한다. 정보가 너무 많아 의사결정을 잘못하거나 잘못된 선택을 하는 경우가 많다. 이렇듯 지나친 물건이나 정보는 우리 자신을 앗아가고 잠식하고 본질에서 멀어지게 한다.

생텍쥐페리는 "완벽함이란 더 이상 더할 게 없을 때가 아니라 더 이상 뺄 게 없을 때 완성된다."고 했다. 애플의 스티브 잡스도 "단순함이야말로 최고의 정교함"이라고 강조했고, 애니메이션의 거장 미야자키 하야오 감독도 "과잉으로 세밀하게 한다고 해서 반드시 좋은 것은 아니다."고 했다. 그래서 그는 단편 애니메이션 영화 '보물찾기'에는 아예 음성도 넣지 않았다. 빼고 또 빼다 보니 대사도 필요 없었다고 말하며, '이것만으로도 충분히 좋다'고 했다고 한다.

날로 복잡해지는 세상에서 오히려 단순함에 대한 니즈가 커지는 것은 우연이 아니다. 우리의 삶도 마땅히 그래야 한다. 잘 사는 것은 복잡하게 사는 것이 아니라 중요한 일에 집중하며 사는 것이다. 나도 퇴직 후 단순하게 살려고 노력하고 있다. 먼저 입지 않는 옷과 사용하지 않는 넥타이를 헌 옷 수거함에 버렸다. 버림이 단순함의 기본이다. 두 번째 불필요한 생각을 정리하고 어떻게 살아야 할지 삶의 목적과 새로운 비전을 세웠다. 그래야 쉽게 흔들리지 않고 단순함을 추구할 수 있다. 세 번째 이 두 가지를 반드시 지킬 습관을 만들어 실천하고 있다. 불필요한 것을 버려야 중요한 것을 할 수 있고, 습관이 되어야 지속할 수 있다.

행복은 복잡함이 아니라 단순함에서 얻어진다. 지나친 물건, 지나친 생각은 삶의 본질에서 우리를 멀어지게 한다. 행복 하려면 단순하게 살아야 한다.

자연과
친해져라

모 방송사의 "나는 자연인이다"란 프로그램은 시청률이 높고 장수 프로그램 중 하나다. 이 방송의 시청자는 대부분 퇴직을 앞두거나 퇴직자다. 왜 우리는 자연의 원시적 삶을 꿈꾸는 것일까? 아마도 평생을 직장에서 보내며 스트레스와 쌓인 피로 때문일 것이다. 퇴직 후에는 일상에서 벗어나 여유로운 삶을 살고 싶은 마음이 간절해서다. 그러나 특별한 몇 사람을 제외하고 그렇게 사는 사람은 없다. 단지 구현하기 힘든 희망 회로에 불과하다.

그럼 어떻게 꿈을 실현할 수 있을까? 꼭 데이비드 소로처럼 숲에 오두막을 짓고, 나는 자연인처럼 살지 않아도 된다. 그냥 자연과 친해지는 거다. 우리는 자연을 학습의 대상으로만 생각하고 가까이하려고 하지 않았다. 물론 바쁘고 피곤하다는 이유가 있었지만, 내면에는 항상 가까이하고 싶은 동경의 대상이다. 그래서 퇴직하면 그 안에 들어가 살고 싶은 것이다. 이제 퇴직했으니 그 대상을 가까이 해보자. 직장이란 제도권에서 일탈하지 못한 것을 실행해 보자. 거창할 필요 없이 가까운 숲을 찾아가자. 숲길을 걷고 꽃과 나무를 보고 스치는 바람에 답답한 단추를 풀어보자. 바람이 이끄는 데로 햇빛이 머무는 자리에 동석해 보자. 바람이 스며들고 새소리 들으면 눈이 감기고 입에서 아~하는 소리가 절로 나온다. 숲은 평화롭고 차분한 분위기를 조성하여 마음을 안정시키고 우울함을 개선해 주고 스트레스 해소에도 도움이 된다. 가끔 찾다 보면 자연과 교감을 하게 되면 창의성도 높아진다.

자연은 인류의 위대한 스승이다. 지구상의 생물은 38억 년에 걸쳐 많은 시행착오를 스스로 극복하며 살아남은 존재들이다. 그래서 과학은 자연에서 영감을 얻고 자연을 본뜨는 연구를 통해 경제적 효율성이 뛰어난 것을 창조하려는 노력을 멈추지 않는다. 과학뿐 아니라 인문학도 자연을 기반하고 있다. 그래서 과학자든 철학자든 모두 자연을 가까이했고, 자연으로부터 배우고 위로받고 용기를 얻었다. 퇴직 후 자연과 친해지기를 권하는 이유다.

우리도 자연으로부터 많은 것을 배우게 된다. 숲은 치열함으로 균형과 조화를 이룬다, 빛을 구하기 위해 개화 시기를 당기거나, 키를 더 키우거나, 잎을 더 넓게 편다. 자기와의 치열함으로 숲은 조화롭게 무성하다.

사회도 다르지 않다 가장 자기다운 걸 인정하는 사회가 가장 조화로운 사회다. 또 꽃은 떡잎을 버리고 결실의 계절을 만나고, 나무는 묵은 가지를 떨어뜨리고 제 하늘을 연다. 우리도 다르지 않다. 그뿐 아니라 자연은 계절의 변화와 생물의 성장과 죽음을 통해 끊임없이 순환과 변화를 한다. 변화가 멈추면 성장도 멈춘다는 걸 알기 때문이다. 이런 모습만 상상해도 위로가 되고 닮고 싶어진다. 그래서 자연은 사람을 키우는 스승이다.

내 경험에 비춰보면, 사람은 숲에 있을 때 사색하는 사람으로 변신한다. 숲은 드물게 진지한 사색이 이루어지는 장소다. 다행하게도 나는 이런 산에 가는 것을 좋아하고 숲에서 사색을 통해 많은 지혜와 영감을 얻는다. 퇴직 후에는 더 자주 산에 가 사색하며 자연으로부터 삶의 의미를 배우는 것을 즐긴다. 이 책을 쓰게 된 동기도 숲이 준 영감에서다. 나는 숲속 몇 곳에 아지트를 가지고 있다. 아지트 중 한 곳으로 사방이 가파른 절벽으로 이루어지고 바위에 나무 한 그루가 있어 해바라기 좋은 곳이 있다. 산에 갈 때마다 그곳에 머물며 사색에 잠기 곤 한다. 퇴직의 수심이 깊어지던 어느 날 나에게 말을 걸어와 자신의 이야기를 들려준다.

"나는 신갈나무인데, 사람들은 도토리나무라고 하지. 나
무의 숙명을 안고 태어났어. 나무의 숙명은 스스로 움직
일 수 없고 한곳에 뿌리내리고 산다는 거야. 나 또한 바
위틈 한 줌 흙과 햇빛과 바람과 비와 별빛과 달빛만으로
존재할 수 있는 터전을 만들기 위해 쉼 없이 일했어. 그
리고 그 기억이 지금의 내 모습이야. 나는 한때 쏟아지는
태양과 시원한 바람을 마음껏 누리는 마을 어귀에 서 있
는 느티나무를 부러워했어. 그러나 지금은 부럽지 않아.
나도 저 하늘에 나의 가지와 잎을 위한 나의 공간을 열고
새로운 삶을 살고 있기 때문이야. 그대가 가끔 나를 찾아
오듯 봄에는 나비가 여름에는 새들이 가을에는 다람쥐
가 겨울에는 작은 애벌레들이 내 몸에 집을 짓고 겨울을
나니 외롭지 않아. 그리고 지금은 나만이 아니라 숲 전체
의 조화에도 깊이 쓰이고 있어 좋아."

나도 그렇게 살고 싶었다. 인생의 오후는 마땅히 그래야
한다고 생각한다. 많은 걸 바라거나 번잡하지 않고 단순하지만
자기 삶을 사는 나무처럼 몇 가지만 있어도 된다. 그래도 나무처
럼 늘 푸르고 해마다 성장할 수 있다. 우리의 인생 오후는 그래
야 한다.

인생오후 굿웰프티브

성장이
멈추지 않는
삶을 살자

　　많은 퇴직자가 인생의 오전 프로그램으로 오후를 살려고
한다. 퇴직과 함께 숨돌릴 시간 없이 경제적 활동을 걱정하고 직
장을 찾아 온오프라인을 헤맨다. 아직도 부족하다는 생각을 멈
추지 못한다. 물론 경제적 이유로 활동을 이어 가야 하는 경우가
있다. 그러나 퇴직자 대부분은 일하지 않는 불안감 때문이다. 평
생을 아침부터 늦은 밤까지 습관적으로 일했기 때문에 불안은
당연하다. 그러나 퇴직과 함께 맞이하는 인생의 오후는 불안의
중력에서 벗어나 자유로운 삶을 희망해야 한다. 자유가 없는 퇴

직은 무효다.

　카뮈는 이런 우리들의 모습을 놓치지 않고 조명한다. '시지프 신화'(알베르 카뮈, 민음사)는 그리스 신화다. 시지프는 신들을 기만한 죄로 미움받아 산 정상으로 바위를 굴려 울리는 형벌을 받았다. 그리고 시지프는 영원히 바위를 굴려 정상으로 올리는 신세가 된다. 바위는 정상에 오르면 아래로 굴러떨어진다. 신들은 시지프에게 왜 이런 형벌을 내렸을까? 그건 희망 없는 노동에 참혹함을 그에게 영원히 맛보게 하기 위함이다. 그런데 카뮈는 아무도 눈여겨보지 않았을 순간, 누구도 절망 외에 다른 걸 발견하지 못했을 때 시지프에게서 어떤 순간을 본다. 바위를 정상에 올려놓자 또 떨어진다. 시지프는 멀리 굴러떨어지는 바위를 바라본다. 그리고 바위가 굴러가는 그 순간, 그 짧은 휴식의 시간에 떠오르는 '의식'의 순간이 카뮈가 본 순간이다. 시지프는 의식을 갖는 순간 비극이 된다. 우리도 마찬가지다. 평생 똑같은 일을 하면서 희망 없음을 의식하는 순간 비극이 찾아온다. 희망은 저 끝에서 성공할 것이라는 메시지를 보내고 있다. 다만 우리는 그 희망이 우리에게 비극을 준다는 사실을 알지 못한다. 희망은 계속된 노동의 굴레 또는 고통 안에 우리를 욱여넣는다.

　지금 내가 희망하는 게 바로 나를 노동의 굴레에서 벗어나지 못하게 한다. 누가 더 일하고 더 돈을 많이 벌어야 행복하다고 하던가? 더 이상 자본의 꼬임에 속지 마라. 가난한 식사는 없다.

가난한 마음이 있을 뿐. 맛있으면 행복하다.

　　탄생과 죽음 사이가 우리의 삶이다. 그리고 삶에는 변곡점이 있다. 그 변곡점을 기준으로 인생의 오전과 오후로 나누고, 오전을 상승곡선 오후를 하향곡선을 그리며 쇠퇴한다고 생각한다. 이런 기준은 일반적으로 신체의 노화와 활동성 그리고 물질적 채움을 기준으로 생각하는 경향이 있다. 그래서 인생의 오전은 계속 성장하다가 변곡점을 기준으로 쇠퇴한다고 한다.

　　그러나 살아있는 모든 생물은 성장이 멈추면 죽는다. 다시 말해 죽을 때까지 성장한다. 인간의 삶도 다르지 않다. 죽을 때까지 성장하고 그런 삶이 좋은 삶이다. 인생 오전 기준으로 오후를 바라보면 하향곡선일 수 있다. 그러나 인생 오전과 오후의 기준은 달라야 한다. 오전이 육체적 채움을 기준으로 했다면 오후는 정신적 비움을 기준으로 해야 한다. 채우는 삶을 멈추고 가지고 있는 걸 내려놓으면 몸과 마음이 점점 가벼워진다. 이때 느끼는 감정이 정신적 충만함이다. 비어있음은 보이지 않지만 모든 보이는 걸 두루 빛나게 하고, 현존하는 것으로 하여금 의미와 목적을 가지게 한다. 그렇게 내 삶에 스며든 모든 관계가 빛나고 밝아진다. 이로써 성장이 멈추지 않는 삶을 살고, 성장이 멈추지 않는 삶은 죽음을 두려워하지 않는다. 죽음으로부터 자유가 삶의 자유다. 우리의 두려움은 죽음에서 오기 때문이다.

2장 나만의 공부

퇴직을 준비하거나 퇴직자들이 무엇을 하고 살아야 하냐고 물으면 나는 주저하지 않고 공부라고 말한다. 그러면 모두 이 나이에 '무슨 공부냐'고 고개를 내젓는다. 그러나 분명 퇴직 후에는 공부하고 보내는 삶이 가장 행복하다. 소크라테스는 "앎과 지식에 대한 사랑은 인간이 경험할 수 있는 가장 큰 기쁨이다."라고 했고, 아리스토텔레스는 "인간은 본능적으로 지식을 추구한다." 고했다. 장자 또한 "학문은 인간을 자유롭게 한다." 했으며 공자도 "배우는 자는 늙지 않는다." 하였듯이 공부하는 삶은 행복하다. 그런데 왜 우리는 공부라고 하면 고개를 흔들까? 그동안 우리가 해온 공부를 생각하면 당연한 반응이다. 공부가 즐겁지 않은 것은 공부를 통해 우열을 가리고 다른 사람과 경쟁하고 성공의 기준으로 삼으면서, 공부에 대한 부담과 스트레스로 인한 거부감이 생겼다. 이런 경쟁이 자신의 부족함을 느끼게 했고 자존감을 떨어지게 했기 때문이다.

직장생활 동안 우리는 끊임없이 배우고 성장했다. 그러나 그 대부분은 조직의 목표를 달성하기 위한, 혹은 더 나은 성과를 내기 위한 공부였다. 새로운 기술을 익히고, 업계 동향을 파악하며, 업무 효율을 높이기 위한 지식을 쌓았다. 이러한 학습은 분명 가치 있고 필요한 것이었지만, 그것이 과연 나 자신을 위한 것이었을까?

퇴직 후 공부는 달라야 한다. 이제 진정한 의미에서 나를 위한 공부를 시작할 때다. 그럼, 왜 퇴직 후 공부가 자기 자신을 위한 것이어야 할까?

첫째, 퇴직 후 공부는 우리가 진정한 관심사를 탐구할 수 있는 기회를 제공하기 때문이다. 직장 생활할 동안 미뤄두었던 관심 분야, 언젠가 배워보고 싶었던 주제들을 이제 마음껏 파고들 수 있다. 이는 단순한 지식의 습득을 넘어 자아실현의 과정이 된다. 평생 품어 온 호기심을 충족시키는 이 과정에서 우리는 삶의 새로운 의미와 목적을 발견할 수 있다.

둘째, 자기를 위한 공부는 우리의 정신적 감정적 성장을 도모한다. 철학, 심리학, 문학 등 인문학적 탐구는 우리의 내면을 들여다보고 삶의 본질적인 질문들과 마주할 수 있게 해 준다. 이를 통해 우리는 더 깊이 있는 자아를 이해하고 성찰하게 되며, 궁극적으로 더 풍요롭고 의미 있는 삶을 살아갈 수 있다.

셋째, 퇴직 후 자기 공부는 우리의 뇌를 활성시키고 인지기능을 유지하는 데 도움을 준다. 새로운 것을 배우는 과정은 뇌에 새로운 자극을 주어 신경 연결을 강화하고, 노화로 인한 인지기능 저하를 늦출 수 있다. 이는 단순히 건강한 노후를 위한 걸 넘어, 지속적인 성장과 발전을 가능하게 하는 원동력이 된다.

넷째, 새로운 사회적 관계를 형성하는 기회가 된다. 같은 관심사를 가진 사람들과 학습 모임을 만들거나, 강좌에 참여하면서 우리는 새로운 관계를 형성할 수 있다. 이러한 관계는 퇴직 후 겪을 수 있는 사회적 고립감을 해소하고, 더 풍요로운 삶을 영위하는데 도움이 된다.

다섯째, 자기를 위한 공부는 새로운 도전의 기회를 제공한다. 새로운 언어를 배우거나, 악기를 배우고, 그림을 그리고, 예술 작품을 만들거나, 역사의 거인과 관계를 맺거나 등의 활동은 우리에게 성취감과 자신감을 준다. 이러한 경험을 퇴직 후 흔히 겪을 수 있는 자존감 하락을 예방하고, 계속해서 성장하고 있다는 긍정적인 자아상을 유지하는 데 도움이 된다.

마지막으로 자기를 위한 공부는 우리의 삶에 새로운 의미와 목적을 부여한다. 퇴직 후 흔히 겪을 수 있는 상실감과 공허함을 극복하고, 매일 기대와 열정으로 맞이할 수 있게 해 준다. 배움의 기쁨은 삶의 질을 높여 주고, 인생 오후를 더욱 풍요롭고 의미 있게 만든다.

따라서 퇴직 후의 공부는 단순히 시간 때우기가 아니다. 자아를 향한 진정한 여정이 되어야 한다. 이는 우리 자신을 더 깊이 이해하고, 새로운 가능성을 발견하며, 삶의 의미를 재정립하는 과정이다. 자기를 위한 공부를 통해 우리는 인생의 오후를 더욱 풍요롭고 의미 있게 열어갈 수 있다.

01

진짜
공부

건강한 몸은 균형 있는 영양 섭취가 기본이듯 건강한 삶도 균형 있는 지적 경험이 중요하다. 그러나 우리의 공부는 편중되고 경험은 제한적이었다. 학교 교육은 이과와 문과로 나누고 국어, 영어, 수학 중심으로 구성되고 평가했다. 공부가 경쟁의 도구가 되고 정답을 찾는 공부는 생각이 아니라 속도를 평가했고, 속도는 깊이를 제한했다. 깊이 없는 공부는 돌아서면 잊어버린다. 현직에 있을 때 채용 면접에서 졸업시험을 기억하는 지원자를 보지 못했다. 직장에서의 공부도 다르지 않았다. 경영과 경제에

편중되고 실용과 목표에 집중했다. 인문학의 중요성을 말하면서 인문학에 관심 있는 개인이나 조직은 드물고, 예체능에 대해서는 더 관심이 없다. 그러나 퇴직하게 되면 알게 된다. 내가 한 공부가 내 삶하고는 무관함을.

　현직에 있을 때 그렇게 부족하던 시간이 퇴직하면 넘쳐서 주체하지 못한다. 갈 곳 잃은 사람에게 넘치는 시간은 스트레스다. 나도 그랬다. 오늘은 또 뭐하지. 그렇게 도시를 배회하다 한 번도 가보지 않던 미술관에 간 적이 있다. 안내 동선을 따라 들어갔지만 얼마 지나지 않아 바로 출구로 나왔다. 아는 것 없으니 보이지 않았고 볼 수 없으니 머물 수 없었다. 하늘은 맑은데 공허하기만 했다. 누구보다 열심히 책 보고 공부했다고 자부했는데 그림 한 점 볼 수 없고, 음악 한 곡 들을 수 없는 마음은 씁쓸하고 공허하다.

　지금까지 내가 한 공부는 무엇이란 말인가? 삶이 충만하지 않은 공부는 진짜 공부가 아니다. 진짜 공부는 삶을 충만하게 하고 기쁨을 주는 공부다. 삶의 충만은 물욕에 있지 않고 내면적 가치에 있다. 의미와 보람을 오래 지속시키며 배우고 매일 성장하는 삶이다. 남을 위한 공부가 아니라 나를 위한 공부, 실용과 목표를 위한 공부 말고 의미와 목적을 위한 공부를 하고 싶었다. 그런데 우연하게도 그런 공부를 할 수 있는 곳을 찾았다. 나에게 한국방송통신대학교 '문화교양학과'는 진짜 공부를 할 수 있는 곳이었다. 문화교양학과는 문학, 역사, 철학은 기본이고 예체능과 신화, 전통과 현대사회의 생활 양식은 물론 독서와 글쓰기까지 교양인을 위한 다양한 커리큘럼으로 되어 있다. 문화교양학과를 선택한 것은 내가 퇴직 후 가장 잘한 일이다. 현재 나는 4학년에 재학하고 있으며 내가 모르는 많은 걸 공부하고 있다. 특히 미술의 이해와 감상이란 공부를 통해 미술에 대한 전반적인 기본 지식을 얻고 난 후 서울시립미술관에서 전시한 에드워드 호퍼 전을 관람할 때, 작가와 소통하며 작품 앞에서 시간 가는 줄 모르고 관람했다. 바다로 나와버린 물은 골짜기의 시절을 부끄러워하듯 내가 공부하고 안다고 하는 것들이 얼마나 편협하고 부족한지를 알았다. 그날 나는 처음으로 경험의 가치를 느꼈고, 진짜 공부의 맛을 알아버렸다.

한 번쯤
하고 싶은
공부를 해보자

누구나 꼭 한번 해보고 싶은 공부나 배워보고 싶은 관심 분야가 있다. 그러나 먹고 사는 일에 쫓겨 욕구를 억누르며 보내기 마련이다. 또 직장을 다니면서 자기가 하고 싶은 공부를 하기는 더 어렵다. 업무에 필요한 공부를 하기에도 시간이 부족하기 때문이다. 그래서 퇴직은 하고 싶은 공부 하기 가장 좋은 시기다. 퇴직의 시간은 일에 대한 의무와 책임에서 벗어나 하고 싶은 공부에 집중할 수 있고 참았던 욕망을 마음껏 분출해도 되는 시간이다.

그동안 쇼핑하고 술을 마시고 갖은 도락을 즐기면서 지적 감각이 무디어져 도대체 내가 무엇을 좋아하고 어떤 지적 활동을 하고 싶은지 모를 수도 있다. 분명한 건 인간은 물욕만큼이나 지적 욕구도 강하다는 것이다. 그러니 아직 남아 있을 내 안에 단서들을 찾아보자. 평상시 관심 있는 분야가 있을 것이고, 어떤 일에 강점이 있는지 생각해 보자. 이때 좋은 방법이 좋아하는 책이나 영화, TV 프로그램, 여행지 등을 떠 올려 보면 도움이 된다. 또 새로운 분야에 도전해 보는 것도 좋다.

내가 아는 지인은 가슴속에 이순신을 품고 살다 퇴직을 앞두고부터 이순신에 관한 공부를 하고 있다. 다양한 책을 보고 많은 유적지를 찾아가고 그가 치열하게 싸웠던 크고 작은 해전의 현장을 여행하고 있다. 그는 시간이 되면 이순신의 삶을 재조명하고 싶고, 그의 리더십을 연구해 책을 쓰고 싶어 한다. 멋진 공부라고 생각하지 않는가? 어떤 사람들은 인문학당을 찾아 주역을 공부하고 있고, 장자를 공부하고, 니체를 공부하기도 한다. 또 다른 지인은 블록체인에 관한 공부하고, 미루었던 영어 공부를 하는 사람도 있다. 우리는 국어, 영어, 수학, 과학만이 공부라고 생각하지만 그렇지 않다. '인생 오전은 국영수로 살았다면, 오후는 예체능으로 살아야 한다.'하는 말이 있듯이 퇴직 후 공부는 실용을 넘어 의미 찾아 나서야 한다. 성공이 아니라 지속 가능한 삶을 위함이다. 그런 삶이 즐겁고 영혼이 풍성해지는 삶이다. 하루 종일 텔레비전 앞에서 연예인의 사생활이나 들여다보며 남의 험

담이나 하면서 사는 삶은 천박하다. 이런 삶은 욕망에 매인 삶이고, 정신적으로 결여 된 삶이다. 정신적으로 충만한 삶을 즐기려면 물질적 필요를 넘어 지적 욕구를 채우는 노력을 해야 한다.

나는 퇴직 후 조금 다른 공부를 하고 싶었다. 사용하는 언어의 폭을 넓히는 공부가 하고 싶었다. 저마다 생활 문화에 따라 사용하는 언어도 다르듯이 35년의 직장생활은 사용하는 언어가 회사형 언어로 제한적이었다. 우물에 매여 사는 개구리에게 바다가 생소한 것처럼. 시인처럼은 아니어도 조금 고상하고 사람들의 호감을 사는 문장을 사용하고 싶었다. 그래서 먼저 내게 감동을 준 문장이 수록된 책들을 찾아 읽었다. 사마천의 '사기', 한비의 '한비자' 손자의 '손자병법' 마키아벨리의 '군주론' 그리고 니체의 '차라투스트라는 이렇게 말했다, 와 같은 책을 읽고 신영복의 고전 강의를 읽고, 구본형의 책들을 읽으며 내 마음을 무찔러오는 문장들을 필사하고 정리하며 내 언어로 재해석했다. 아직 부족하지만 그래도 지금은 이런 공부의 힘으로 가끔 사람들의 마음에 드는 문장을 구사하기도 하고 글을 쓰는 동기가 되었다.

이렇듯 퇴직 후 하고 싶은 공부를 먼저 시작하면 깨달음이 있고 지적 호기심을 갖게 하는 동기부여가 된다. 그래서 더 많은 지적 경험을 하게 되고, 점점 공부에 재미가 생기면서 공부가 전과 같지 않음을 알게 된다. 공부를 지속하게 하기 위해서는 표현의 욕구를 충족하는 것이 좋다. 주변에 간혹 읽고 배우기만 하고 표현에 인색한 사람이 있다. 그러나 표현하게 되면 자기가 한 공부가 정리되면서 깊이가 생긴다. 그리고 다른 사람에게 도움이 되고 자기 존재감을 느낄 수 있다. 물론 기회가 되면 새로운 일이 되기도 하고 사회에 선한 영향력이 되기도 한다. 앞서 이순신을 공부하고 있는 지인의 경우처럼 이순신의 삶을 통해 먼저 자신을 바로 세우고 이순신의 리더십을 정리해 책을 쓰는 목표를 가지면 좋다. 공부하면서 틈틈이 글을 써 브런치나 블로그, SNS 같은 곳에 표현하다 결과물을 잘 정리하면 한 권의 책이 된다. 이렇게 공부의 목적과 목표를 갖고 하면 지속하게 하는 동기가 된다.

지적 즐거움을
나눌 벗을
만들어라

　　우리는 혼자 공부하는 데 익숙하다. 학교 공부는 물론 직장에서 공부도 그랬다. 모든 공부가 외우고 답을 찾는 공부였기 때문이다. 이미 존재하는 답을 찾고 외우는 공부는 혼자가 더 효율적이다. 그런데 퇴직 후 혼자 하는 공부는 자칫 자기 신념이나 주장을 더 강하게 하여 다른 사람과 갈등을 일으킬 수 있다. 대부분 아니라고 생각하는데 나이 먹을수록 자기 신념에 빠지고 자기주장이 강해지는 건 그래서다. 그래서 퇴직 후 공부는 혼자보다 둘셋 또는 공동체를 만들어서 하는 것이 더 좋다. 다른 사람들과 공부하면 서로의 지식을 공유하고 냉철한 피드백을 받으면서 새로운 시각을 얻을 수 있다. 또 함께 공부하는 과정에서 삶의 활력을 얻고, 서로의 의견을 존중하는 태도를 가질 수 있다. 진짜 공부가 익숙하지 않은 우리는 처음에 공부하는 데 어려움을 겪을 수 있다. 이때 함께하는 벗의 격려와 위로는 정서적 안정감을 주고 공부에 대한 동기를 유지하는 데도 큰 도움이 된다.

그럼 어떻게 함께 공부할 벗을 찾을 수 있을까? 우리 주변에는 생각보다 함께 공부할 곳이 많다. 市, 郡, 區 등 지방자치단체에는 다양한 학습 커리큘럼을 운영하고 있고, 주변 도서관이나 대학에도 많이 있다. 또 거주지역과 온라인에서도 다양한 학습동호회를 만날 수 있다. 이런 학습동호회나 커뮤니티는 관심사는 다를 수 있지만 학습하고자 하는 마음이 같아서 만나는 것으로도 에너지를 주고받아 활력을 찾게 된다. 젊고, 현직에 있을 때는 철학과 사고방식이 달라도 관계를 맺고, 그런 차이가 있어 더 재미있게 토론하며 지낼 수 있다. 하지만 나이가 들면 조금 달라진다. 아무리 친한 친구도 생각이나 사고방식이 다르면 부담스럽다. 일일이 대응하는 게 귀찮아서 같이 있는 것조차 짜증스럽다. 일상적이고 생활 습관적인 차이는 그나마 나은 편이지만 오랫동안 지켜온 사상이나 신조가 다르면 함께하는 게 힘들다. 기본적인 사고방식과 생각이 다르면 함께하는 자리가 불편할 수밖에 없다. 어떤 주제가 되었든 격의 없이 대화하는 게 불가능하다. 그래서 나이 먹어 가면서 맺는 관계는 철학과 사상이 비슷해야 한다. 또 지적 수준이 비슷하면 좋다.

　　나에게도 인품도 훌륭하고 교양도 갖춘 친구가 있다. 그는 인품도 훌륭하지만, 친구로서 내게 보여준 인격도 본받을 점이 많다. 그와 내가 만난 것 오래되지 않았지만 처음 만났을 때 통하는 점이 많았다. 둘 다 책을 좋아하고 지적 호기심도 강해 이야기를 나누는 시간이 즐겁다. 그뿐 아니라 그와 대화하다 보면 항상 새로운 자극을 받는다. 나이가 들면서 함께 지적 대화를 주고받을 수 있는 친구가 있다는 건 행운이다. 우리가 만나 매번 연금 이야기나 하고, 재취업 힘들고, 어느 가게 음식 맛이 어떻고, 술맛이 어떻고 등 쓸데없는 이야기나 과거 이야기만 하면 지루해지고 관계는 소원해진다. 인간은 나이에 상관없이 지적 욕구가 있고 나이 들수록 그것이 더 중요하다. 그래서 함께 지적인 즐거움을 나누는 벗이 중요하다.

평생
공부할
주제를 찾자

대부분 퇴직하는 사람들이 힘들어하는 건 특별히 할 일이 없어서다. 그래서 많은 퇴직자가 소일거리를 찾아다니거나 매일 배낭을 맨다. 처음 몇 개월은 그렇게 보낼 수 있지만 남은 인생을 그렇게 보낸다고 생각하면 두렵다. 그래서 퇴직자에게 마음공부가 중요하다. 어떤 어려운 상황이 처하면 우리가 가장 먼저 해야 하는 일은 잎사귀를 떨구고 나목으로 서는 일이다. 그리고 앙상하게 드러난 가지를 직시하는 일이다. 그것은 거품을 걷어내고 화려했던 현역의 허울을 벗은 자기 내면의 직시다. 그러면서 살아온 시간과 살아갈 시간을 정리하고 생각할 수 있다. 이 때 중요한 건 내가 살아온 시간 속에서 내가 살아갈 가치의 재발견이다. 지나기만 하고 되돌아오지 않는 과거는 없다. 내 과거도 그렇다. 내가 살아온 지적 활동과 경험에 내가 살아갈 미래가 있었다. 미래는 외부로부터 오는 게 아니라 과거로부터 오고 내 안에서 온다.

나도 아무 준비 없이 퇴직하니 막막했다. 할 일은 없는데 조급하고 불안한 마음에 안절부절못하며 무엇을 해야 할지 몰랐다. 방황 끝에 지리산 단식원에 들어갔고 그곳에서 마음을 가다듬으며 생각했다. 내가 지금까지 살아오면서 잘하고 잘했던 일들이 무엇이 있었고 그것이 나를 어떻게 이끌었는지 생각해 보았다. 역사가 그러듯이 개인의 역사도 분명 흥망성쇠의 고리를 벗어나지 않는다. 더군다나 35년이란 직장생활은 결코 짧은 시간은 아니다.

나는 긴 과거로 여행에서 생각지 못한 키워드를 찾았다. 바로 '질문'이었다. 나는 상사로부터 처음 받은 질문의 영향으로 스스로 생각하고 주도적으로 일을 할 수 있었다. 나 또한 질문으로 후배들을 이끌었다. 그렇게 질문으로 성장하고 질문으로 조직을 성공적으로 이끌었던 기억이 마치 문지르면 더 선명해지는 먹지 속의 글씨처럼 선명하게 다가왔다. 몸소 겪었던 사실이 안겨주는 확실함과 애착은 어떤 경우에도 내 안에 남아 있는 것이다.

뜻이 있는 곳에 길이 있다고 하듯이 질문 공부를 하겠다고 마음먹으니 생각하지 못한 문장을 피터 드러커의 어록에서 발견하게 되었다. "과거의 리더는 지시하는 사람이었다면 미래의 리더는 질문하는 사람이다." 이 짧은 문장이 내가 공부해야 하는 방향성을 제시해 줬다. 이후 나는 질문이 개인과 조직에 미치는 영향은 물론 질문하기 위한 필요 역량과 질문자의 자세 등을 공부하고 연구하였다. 그리고 질문과 리더십의 결합을 이루어 '지시말고 질문하라'란 책을 썼다. 그리고 질문으로 경제적 활동과 재능기부 봉사도 하고 있다. 질문은 내가 평생 할 공부다.

많은 이들이 일선에서 물러나 하는 일 없이 허탈하며 방황할 때 새롭게 열정의 불을 지필 수 있는 관심 영역이 있다면 오후의 인생이 얼마나 풍요롭겠는가. 기나긴 여생 동안 매진할 수 있는 일을 원한다면 그 기회를 찾아 나서야 한다. 그 길이 자기의 지적 활동과 경험에서 찾아 도전하는 것은 의미 있다. 그리고 그것을 즐기다 보면 생각지도 못한 새로운 길이 만들어진다. 모든 길은 처음에는 길이 아니었다. 그리고 길은 안에서 밖으로 향하는 것이다. 내 길 또한 내 안에 있다. 그러니 거리를 헤매고 방황할 일이 아니다.

3장 목적 있는 공부

<svg width="300" height="20"><text>IIIIIIIIIIIIIIIIIIIIIIIIIIIIIIIIIIIIIIIIIIIIIII</text></svg>

　공부 아닌 게 없고 공부하지 않는 생명은 없다. 나무는 한 순간도 배움을 멈추지 않는다. 매일 바뀌는 햇빛과 바람과 차갑고 따듯함을 공부하고 적응하며 성장한다. 피고 지는 꽃도 해마다 더 아름답고 더 많은 열매를 맺기 위해 노력한다. 달팽이도 지난여름 세찬 비바람을 견디며 열심히 세계를 인식하고 자신을 깨달았을 것이다. 사람도 다르지 않다. 배움이 있어 성장한다. 그러므로 공부는 모든 살아 있는 생명의 존재 형식이다.

　한때 '니들이 게맛을 알아?'란 cf 카피가 유행한 적이 있다. 먹어봐야 안다는 것이다. 퇴직 후 공부도 그렇다. 공부 맛을 본 사람은 안다. 나는 퇴직 후 공부를 시작하지 않은 사람은 봤어도 공부의 맛을 알고 멈춘 사람은 보지 못했다. 거듭하는 말이지만 퇴직은 진짜 공부하는 시간이다. 직장생활 중 공부는 업무와 관련된 지식을 습득하기 위한 목적으로 이루어진다. 그렇다 보니 공부가 부담감과 스트레스가 되기도 한다. 또 직장생활 중에는 경제적 부담은 물론 공부에 대한 자유도가 낮아, 자신이 원하는 공부를 하기가 쉽지 않다. 그러나 퇴직 후 공부는 자기 관심과 의지에 따라 자유롭게 선택할 수 있다. 자기 관심 분야를 자기 의지로 선택할 수 있어 공부에 대한 동기부여가 높고, 공부에 집중할수 있는 시간적인 여유가 있어 좋다. 또 공부에 대한 부담감이 적기 때문에 공부 자체를 즐길 수 있고, 새로운 분야에 대한 도전할수 있다. 현직에 있을 때는 새로운 분야나, 하고 싶은 공부가 있어도 업무와 연관성이 없으면 쉽지 않다. 그러나 퇴직 후에는 관심 분야는 물론 새로운 분야나 취미 같은 다양한 영역에서 지적경험을 할 수 있다.

간혹 기억력이 약해지는 데 무슨 공부냐고 말하는 사람이있다. 틀린 말은 아니다. 우리는 뇌는 신경 세포의 연결로 이루어져 있다. 이런 신경 세포의 연결은 나이 들면서 약해지고, 새로운 연결 형성이 어려워져, 새로운 정보나 지식을 기억하기가 어려워진다. 그러나 암기력이 떨어진다고 해서 이해력이 떨어지는 것은 아니다. 오히려 나이 들수록 이해력은 높아진다. 이는 지식과 경험의 축적으로 인지적 유연성이 높아지기 때문이다. 새로운 정보나 지식을 기존의 지식과 연결하면서 이해력이 높아져 공부에 대한 흥미가 높아진다. 또 이해력이 높으면 새로운 정보를 분석하고 종합하는 능력이 향상되어 창의적인 사고를 할 수 있어 퇴직 후에도 활기차고 의미 있는 삶을 살 수 있다.

또한 공부는 인지 능력을 유지하는 데 도움이 된다. 퇴직하면 신체뿐 아니라 정신적으로 노화가 빠르게 진행된다. 여기에 매일 생각하고 일하던 일상이 느슨해지면서 뇌의 활동량도 현저하게 떨어진다. 우리 뇌는 생각보다 게으르고 새로운 것을 시도하는 걸 싫어한다. 우리가 새로운 걸 시도하는 게 힘든 것은 마음 때문이 아니라 게으른 뇌 때문이다. 그러나 게으름을 방관하면 뇌의 노화가 빨라져 인지 능력이 크게 떨어지게 된다. 퇴직 후 기억력이 떨어졌다는 생각이 드는 건 그래서다. 공부는 이런 뇌의 활동을 자극하고, 새로운 정보와 지식을 습득하므로 인지 능력을 유지하는 데 도움이 된다. 노화를 자연스럽게 받아들이는 걸 부정할 수는 없지만 젊음을 쉽게 내주는 것은 긍정할 수 없다. 그것은 우리의 노력으로 가능한 일이다.

젊음의
본질은
배움에 있다

퇴직은 끝이 아니라 새로운 시작이다. 모든 게 새롭고 서툴고 두렵다. 나이가 몇 살이든 새롭게 시작할 땐 두렵기는 마찬가지다. 하지만 새로움은 설렘이기도 하다. 그래서 두려움과 설렘은 젊음의 상징이다. 퇴직을 나이 듦의 상징으로 생각하지만 그렇지 않다. 퇴직은 새로운 시작이며 하고 싶은 것을 하기에 가장 젊은 시절이다. 100세 시대를 살고 있는 우리에게 퇴직은 끝이 아니라 새로운 시작이며 설렘이다. 그럼에도 너무 뻔한 길로만 가려는 퇴직자가 많다. 그럴 수밖에 없는 건 지금까지 퇴직자들이 그랬기 때문이다. 현직에 있을 때 무엇이든 할 수 있고 가능하다고 믿던 정신은 어디로 가고 퇴직하면 스스로 노인의 길을 재촉한다.

우리는 아직 젊고 겨우 인생 오전을 살았을 뿐이다. 우리에게 젊음이란 무엇인가? 그것은 자아의 재발견이다. 먹고살기 바빠 한 번도 자기 정체성에 대해 고민하지 못했지만, 이제 자신이 어떤 사람인지 알고, 그 길을 따라 새로운 경험을 만들어 가며 배우는 삶이다. 배움이란 사물에 대해 차원이 다른 가치를 볼 수 있는 능력을 습득하는 것이다. 학습은 어느 순간 이질적인 삶을 받아들일 수 있는 마음을 열게 되는 것을 말한다. 배움을 통해 그동안 알지 못하고 받아들이지 못했던 것을 알게 되고 가슴에 안는 것이기도 하다. 지금까지 알고 있던 세계를 넘어 내가 알지 못했던 세계를 알고, 나와 전혀 다른 삶을 수용할 수 있는 게 학습의 즐거움이다. 이제 배움을 일과 기능의 관점을 넘어 삶의 관점에서 봐야 한다. 관심과 호기심 가득한 지적 세계로 자기 삶의 목적과 이유로 자신을 데리고 들어가야 한다.

공부가 멈추면 성장도 멈춘다. 공부는 지식을 습득하고 새로운 걸 배우고 세상을 이해하고 새로운 능력을 개발하고 자신의 가치를 높이는 과정이다. 공부를 통해 새로운 지식을 습득하면 우리는 세상을 더 넓고 깊게 이해할 수 있다. 시대에 맞는 능력을 개발해 새로운 시도를 하고 차이를 만들며 변화를 받아들이게 된다. 이로써 우리는 더 나은 삶을 살아갈 수 있다. 그러나 공부가 멈추면 새로운 걸 배우지 못해 기존의 생각과 행동에 갇힌다. 이것이 성장을 멈추게 하는 원인이다. 빠르게 변하고 새로운 기술과 정보가 등장하고 사회 요구도 끊임없이 변한다. 이러한 변화에 적응하고 도태되지 않기 위해서 공부는 멈추면 안 된다.

나는 경쟁에서 승리한 사회만 살아남는다고 떠드는 사회 진화론자들의 말을 옹호하고 싶은 생각은 추호도 없다. 다만 성장이 멈추는 게 두렵다. 나도 퇴직 후 성장이 멈추는 게 가장 두려웠다. 현직에 있을 때는 모든 게 연결된 기분이었는데 퇴직하니 모든 게 끊어지고 단절된 느낌이 들었다. 느낌이 아니라 단절은 현실이다. 끊임없이 오가는 정보와 지식이 끊기고 다양한 사람과 교류가 단절되면서 모든 게 멈추게 되자 두려웠다. 나는 잠시 멈추고 불안의 원인을 어디에 있는지 찾았다. 불안은 성장의 멈춤에 있었고 성장은 공부에 있음을 알았다. 그리고 먼저 어떻게 살아왔고 어떻게 살아갈지 인문의 숲을 걸어보기로 했다.

02

인문의
숲을
걸어보라

    우리가 퇴직을 끝과 절망으로 받아들이며 불안하게 생각하는 건 삶을 통찰하는 지혜의 부족에서다. 인문학에 주목하는 건 통찰의 힘을 키우기 위해서다. 우리가 살고 있고, 또 살아가야 할 시대는 그 어느 때보다 통찰의 힘이 필요하다. 세계화와 디지털화로 빠르게 변하고 복잡해졌다. 예전에는 간단하게 결론짓고 결정할 수 있는 일도 이젠 너무 많은 변수와 씨름하지 않으면 안 되게 되었다. 그것에 따라 각각의 일들에 대한 분석적인 전문가들도 많아졌지만 책임지고 판단하기는 더 힘들다. 통찰의 힘이 부족하기 때문이다. 퇴직 후 통찰의 힘이 필요한 건 모든 걸 자기 힘으로 결정하고 책임지기 때문이다. 직장이란 울타리를 벗어나면 자유롭고 편할 것 같지만 세상은 더 복잡하고 혼란스럽다. 이런 혼돈에서 갇히지 않고 불확실성의 벽을 넘어 새로운 길로 나아가려면 통찰의 힘이 있어야 한다. 그리고 통찰의 힘을 기르는 데 필요한 자양분이 바로 인문학이다. 인문학이 밥 먹여 주냐고 말하는 사람도 있다. 그런 사람은 아직도 돈만 있으면 잘 살 수 있다는 천박한 실용주의를 벗어나지 못해서다. 가난한 사람에게 당장 필요한 건 빵일지 모른다. 그러나 정말 긴요한 건 자존감 회복이다.

한 실험에 의하면 노숙자, 빈민, 죄수 등에게 물질적 빈곤을 극복하게 하는 재활훈련보다 철학과 시, 미술사, 논리학, 역사 등의 인문학을 가르쳐 정신과 영혼의 힘을 회복하는 게 더 효과적이고 성공적이었다고 한다. 무엇보다 중요한 것은 이들이 자존감을 회복하고 삶을 대하는 태도가 전에 없이 긍정적으로 바뀌었다는 점이다. 이들을 위한 교육의 목표는 단 하나 삶에 대해 성찰하는 방법을 가르치는 것이었다. 인문학을 통해 반성적이고 성찰적인 사고를 시작하고 다른 삶을 살고 싶은 소망을 갖게 한 것이다. 이처럼 새롭게 시작하기를 근본적으로 가르쳐주는 것은 결국 인문학이다. 사람이 삶의 새 지표를 찾는 데 인문학의 힘은 그 무엇보다 소중하다. 퇴직 후 가장 필요한 것도 생각과 정신의 문제고, 상실된 '자존감 회복'이다.

끊임없이 공부했다고 생각했는데 막상 공부하려고 하면 막막하다. 인문학은 더 그렇다. 인문학은 넓은 범위를 아우르는 학문이기 때문에 처음부터 모든 분야를 공부하려고 하면 어려움을 겪을 수 있다. 따라서 자신의 관심사에 맞는 주제를 선정하여 공부하는 게 좋다.

나는 춘추전국시대 제자백가의 사상이 담긴 책에서 리더십이란 코드를 찾아 공부했지만, 문학에 관심 있다면 소설, 시, 희곡 등 다양한 문학작품을 읽는 것으로 시작할 수 있다. 역사에 관심 있다면 고대 역사, 근현대 역사 등 시대별로 관심 있는 분야를 선택하여 공부할 수 있고, 철학에 관심 있다면 인문학의 기본 개념과 주요 사상가를 이해하는 데 집중할 수 있을 것이다.

인문학 공부의 기본은 읽기에 있다. 책을 읽을 때는 단순히 내용을 이해하는 데 그치지 말고, 내 생각과 경험을 바탕으로 사색하는 시간을 가지면 좋다. 책에서 제시된 내용과 내 생각을 비교하고 대조하면서 새로운 통찰을 얻을 수 있다. 또 함께 공부하는 벗이나 공동체에서 토론하는 것은 인문학 공부를 더욱 풍성하게 한다. 그리고 지식을 습득에 머물지 않고 실천하면 우리 삶은 더 충만해진다. 인문학은 우리 삶과 아주 밀접한 학문이다.

삶에
시대를
닮아라

사람은 부모보다 시대를 닮는다고 한다. 시대를 닮는다는 것은 자신의 일상적 삶을 통해 세상에 참여하는 걸 의미한다. 사회적 동물인 인간은 참여를 통해 세상과 어울리고 세상 일부가 된다. 또 시대를 닮는다는 건 현재를 산다는 의미다. 현재를 산다는 건 만들어진 대로 사는 게 아니라 세상을 만들어 가는 것이고 그 일에 함께하는 것이다. 시대와 잘 어울리는 삶이 좋은 삶이다. 그러나 모두 좋은 삶을 사는 건 아니다. 어떤 사람은 세상이 만들어 준 대로 살고, 어떤 사람은 과거 성공에서 벗어나지 못하고 현재를 과거의 시선으로 산다. 이런 사람은 대부분 유통기한 지난 지식과 시대 지난 경험에 갇혀 산다. 새로운 것에 호기심도 궁금함도 없이 고집불통이 되어 꼰대로 전락한다. 퇴직 후 가장 경계해야 할 삶이다.

각주구검이란 말이 있다. 초나라의 어떤 칼잡이가 장강을 건너기 위해 나루터에서 배에 올라 뱃전에 앉았다. 배가 중간 정도 왔을 때 배가 출렁거리는 바람에 차고 있던 칼을 그만 강물에 빠뜨렸다. 놀란 검객은 급히 작은 단도로 떨어뜨린 뱃전에 표시하면서 "이곳이 칼을 떨어뜨린 곳이다"라고 표시했다. 배가 건너편 나루터에 도착하자 검객은 칼을 찾으려고 표시해 놓은 뱃전에서 칼을 찾으려고 했다. 배는 이미 움직여 칼을 찾을 도리가 없었다.

이 이야기는 시대의 변천도 모르고 낡은 것만 고집하는 미련하고 어리석음을 비유적으로 표현한 이야기다. 나는 어떤 사람인지 한 번쯤 돌아볼 필요가 있다.

퇴직은 한 번도 경험하지 않은 전혀 다른 세상이다. 모르는 게 대부분이고 혼자 할 수 있는 게 별로 없다. 공부가 필요한 이유다. 공부는 책을 통해 할 수 있지만 빠르게 변하는 현실은 잘 아는 사람에게 묻는 게 가장 좋다. 특히 시대를 가르는 지식은 젊은 사람에게 배우는 게 좋다. 시대를 주도하는 세대에게 배워야 세상을 이해하고 소통할 수 있다. 이것은 단지 지식을 얻고 모르는 걸 아는 단계를 넘는다. 내가 경험하지 않은 전혀 다른 세계를 알고 그들과 어울릴 수 있다면 좋은 삶이다. 하늘의 비행기가 속력에 의하여 떠 있듯이, 생활에 지향과 속력이 없으면 생활의 측면이 일관되게 정돈될 수가 없고 자기 역량마저 금방 풍화되어 무력해지는 법이다. 우리가 젊어지는 비결은 젊은이들로부터 계속 배우는 길밖에 없다. 스스로 모름을 인정하고 매일 처음으로 되돌아가 현실을 직시해야 한다.

그러므로 삶에 시대를 담는 것은 살아가는 방식을 변화시키는 것이다. 시대의 변화를 이해하고 끊임없이 세상과 자신 사이의 균을 잡아가기 위한 노력이다. 시대를 이해하고 그것을 내 삶에 적용하고, 시대의 기술과 지식을 습득하여 그것을 삶에 활용하는 것이다. 그리고 시대의 문화와 트렌드를 이해하고 그것을 즐기는 삶이다. 삶에 시대를 담는 게 쉬운 건 아니지만 그렇다고 어려운 것도 아니다. 마음을 열면 된다. 중요한 건 시대에 맞는 삶을 살아야 삶의 질이 높아지고 더 풍요롭고 의미 있는 삶이 된다는 것이다.

독서하는
습관을
갖자

오래전 어느 잡지에서 책을 좋아하는 사람이 오래 산다는 내용의 칼럼을 읽은 적이 있다. 독서와 수명에 관한 내용인데, 고인이 된 저명한 인사들을 대상으로 조사하였더니 몇 명을 제외하고는 평균 수명보다 평균 20세 이상 더 살았다는 것이다. 그들의 공통점에 대해 필자는 다음과 같이 분석하고 있었다. "독서와 장수는 분명히 상관관계가 있다. 독서는 생각으로 이어지는 작업이다. 또한 책을 많이 읽으려면 도서관이나 서점을 부지런히 찾아다녀야 한다. 이것만으로도 체력이 길러지는 동시에 두뇌 운동이 된다. 그러므로 독서는 건강과 직결되어 있다고 말해도 과언 아니다." 이 글을 읽으며 나 역시 공감했다.

최근 뇌에 관한 관심이 높아지면서 뇌 관련 서적들이 다양하게 출판되고 있고 유튜브 같은 채널에서도 많이 다루고 있다. 공통된 내용은 뇌는 자극한 만큼 활성된다는 것이다. 나는 그중에서 독서가 뇌의 다양한 영역을 자극하고 활성화하는데 좋다고 생각한다. 쉽게 생각해도 독서는 시각, 청각, 언어, 인지, 감정 등 다양한 영역이 작동한다. 또 책의 내용을 이해하고 해석하는 과정에서 논리적 사고와 문제해결력은 물론 창의력도 향상된다. 특히 독서는 인지 능력 향상에 크게 도움 되기 때문에 습관 하면 좋다. 퇴직하면 뇌의 활동량이 현저하게 떨어지면서 기억력, 집중력, 이해력, 판단력, 문제해결력도 크게 떨어지기 때문이다. 또 독서를 통해 다양한 정보를 습득하고 다양한 관점을 경험하게 되면서 창의력향상에도 도움이 되고, 퇴직 후 예민해진 감정은 독서를 통해 조절할 수 있다. 특히 독서는 다양한 지식, 정보 그리고 경험하면서 뇌세포가 활발하게 움직이고 연결성이 강화되어 뇌의 노화를 예방하고 늦춘다.

중요한 것은 독서는 즐겁다는 것이다. 막연했던 게 명확한 언어로 표현된 것을 발견했을 때 우리는 참을 수 없는 희열을 느낀다. 하나의 문장, 하나의 문단이 한 권의 책으로 연결되는 사고의 연쇄를 촉발하는 계기가 되고 책이 펼쳐 보이는 풍부한 상상의 세계 속에서 행복감에 젖는다.

독서는 선천적인 능력이 아니다. 인간은 독서를 통해 뇌 조직을 재편성했고, 그렇게 재편성된 뇌는 인간의 사고 능력을 확대했으며 그것이 결국 인지 발달을 바꾸어 놓았다. 독서는 인류의 기적적인 발명이다

-매리언 울프, 책 읽는 뇌-

독서는 선천적으로 타고난 게 아니라 후천적 학습과 훈련의 결과로 이루어진다. 책을 읽으려면 시각과 청각 그리고 언어 프로세스를 작동하면서 '나'라는 존재의 지평을 넘어가야 한다. 이때 지평을 넘어간다는 것은 짧은 시간 동안 다른 사람의 의식에서 비롯된 전혀 다른 관점을 시도해 보고 거기에 동화되는 것이다. 이렇게 자신을 넘어서 다른 세계로 들어간다. 그리하여 과거와 다른 혁신적인 사유를 하고 가능성을 확장하며 전혀 다른 세계로 가는 것이다.

어떤 책을 읽으면 우리는 그 책을 읽기 전과 다른 다람이 된다. 책과 나의 역동적인 상호작용은 더 이상 예전의 내가 아니게 한다. 책을 한 권씩 읽을 때마다 우리는 새로운 사람으로 나아갈 수 있고 매일 새로운 날을 살 수 있다. 우리의 삶이 무료하고 지루한 건 어제가 오늘이 되고 오늘이 내일이 되기 때문이다. 그러나 독서가 습관 되면 아침이 설레게 된다.

信念에 집착 말고
新念으로
채워라

지식과 경험은 자기 신념을 형성하는 데 중요한 역할을 한다. 그러나 나이 들수록 신념이 잘 변하지 않는 건 기존의 지식과 경험에 의존하기 때문이다. 그러면서 자기 능력과 가치에 대한 확신은 더 강해진다. 이런 확신이 자기 신념을 지키는 데 적극적으로 나서게 된다. 또 퇴직 후에는 지식과 정보는 물론 주변 사람들의 영향력은 약해지고, 반면에 자기 생각과 뜻이 같은 유튜브 채널이나 SNS 등에 의존도는 높아진다. 그러면서 자기 신념은 더 견고히 다진다. 그러다 보니 자기 생각과 의견이 항상 옳다고 생각하게 되고, 다른 사람의 의견을 무시하거나 자기 의견을 고집하는 독선으로 이어진다. 그리고 새로움을 추가 하지 않는 경험은 생각을 협소하게 하고 편향된 프레임을 만든다. 이는 자기 신념에 맞게 다른 사람들의 생각과 행동을 바꾸려고 시도하게 한다. 그러나 세상의 모든 건 변하고 가치도 변한다. 따라서 새로운 경험과 지식, 가치관의 변화에 맞게 나의 신념도 재구성해야 한다. 즉 새로운 경험과 지식을 습득하면 가치관이 변하게 되고 가치관의 변화에 따라 신념도 바뀌게 된다. 그래서 중요한 건 경험과 지식을 객관적으로 바라보는 능력이다. 비록 자기 경험과 지식이 옳다고 생각해도 다른 사람의 의견을 경청하고 받아들이는 객관화 작업이 필요하다. 또 새로운 정보에 열린 마음을 가지고 유연함을 유지해야 한다. 그러므로 우리에게 필요한 것은 信念이 아니라 新念이다.

자기 信念을 지키기 위해서는 新念이 있어야 한다. 신념을 지키는 건 기존의 사고로 지키는 것이 아니라 새로운 생각으로 지켜진다. 다양한 경험을 통해 세상을 이해하고, 새로운 지식을 습득함으로써 새로운 생각할 수 있다. 그리고 새로운 생각을 통해 신념을 객관적으로 바라보며 끊임없이 발전시킬 수 있다.

신념은 지키는 것이 아니라 실천하는 데 있다. 우리가 자기 신념에 빠지는 건 지키려고 하기 때문이다. 그러나 신념을 실천하게 되면 세상의 변화를 알고 처지를 알게 된다. 예를 든다면 퇴직 전에 나는 절대로 주방에는 들어가지 않는다. 고 하는 신념을 가지고 있었다면 퇴직 후에는 가사를 함께 분담하겠다는 신념을 갖게 된다면 내 삶이 바뀌었음을 알게 된다. 현명한 사람은 변화된 환경과 처지를 알고 신념을 바꾼다. 그렇지 않고 자기 신념을 지키기 위해 타협하지 않는다면 다른 사람과 갈등을 빚고 결국에는 자기 신념도 실천하지 못한다. 다시 말해 신념은 현실적이고 실천적이어야 가치가 있다.

4장 즐거운 공부

인간은 생각하는 동물이기에 앞서 묻는 동물이다. 묻는 일을 절제할 수는 있어도 묻지 않고 살 수는 없다. 우리가 알 수 있는 건 묻는 활동을 통해서 알아야 생각할 수 있다. 아이들이 '왜?'라는 건 그래서 각별한 의미를 지닌다. 세상을 알아가는 맛의 즐거움을 아이들은 안다. 그러나 답을 주입하는 교육과정을 거치면서 묻는 활동이 줄어들고 공부의 즐거움도 잃어간다.

질문하고 대답하려는 시도는 세상을 알고자 하는 것이다. 자신의 위치를 살펴보고, 자신이 알고 있는 것을 가늠해 보는 것이다. 세상의 흐름을 알고 자기가 어떻게 대처해야 하는지 내다보기 위함이다. 또 질문과 대답은 교양을 쌓아가는 방법이다. 흔히 지나치는 것이지만, 그 이유는 질문과 대답의 양적 차이라는 점에서 살펴볼 수 있다. 질문의 길이보다 답이 짧거나 그 길이만큼의 대답에 습관이 든 사람은 자신의 사고 능력을 축소한다. 그 대표적인 게 폐쇄적 질문에 대한 답이다. 폐쇄적 질문은 대개 질문의 길이보다 짧은 답을 요구한다. 그것이 내가 원하는 답을 얻을 수 있을지 모르지만 생각지도 못한 답을 얻을 확률은 낮다. 상대방이 생각하고 행동하는 데 별 도움이 되지 않기 때문이다. 더구나 답이라는 함정으로 자꾸 빠지게 하여 생각을 편협하게 만든다.

왜 공부하냐고 묻는 사람이 많다. 우리는 돈을 벌기 위해서 공부하고, 더 유식해 보이고, 남과 경쟁에서 이기기 위해서, 그리고 즉각적인 쓸모를 위해 공부한다. 이것이 우리가 공부에 대한 기대다. 그러나 퇴직 후 공부에 대한 기대는 달라야 한다. 호기심에서 출발한 지식 탐구를 통해 어제의 나보다 나아진 나를 체험할 걸 기대하고, 공부를 통해 무지했던 과거의 나로부터 도망치는 재미를 기대한다. 이제 남보다 나아지는 것은 그다지 재미있지 않다. 자기 갱신의 체험을 통해 스스로 자신의 삶을 돌보고 있다는 감각을 얻고 그 감각을 통해 예속된 삶을 거부하는 힘을 얻는 데 있다.

나는 이런 의문을 가져본 적이 있다. 학교에서 많은 걸 배우는데, 그중 몇 퍼센트나 사용할까? 앞서 면접자 대부분 졸업시험을 기억하지 못한다고 했듯이 아마도 배운 걸 활용하는 경우는 극히 적다. 우리가 하는 공부가 시험의 방편으로 여기고, 우열을 가리는 수단이 되면서 지식이 지혜로 나가지 못한다. 그렇다면 학교에서 공부는 의미가 없는 것일까? 그렇지 않다. 비록 지식은 기억 못 하지만 학습 과정에서 지혜를 얻는다. 배우는 과정에서 눈에 보이지 않지만 살아가는 데 매우 중요한 게 만들어진다고 생각한다. 예를 들어 기억하지 못하는 걸 필요에 따라 다시 한 번 꺼내려고 할 때 전혀 배워본 적 없는 사람과는 달리 어느 정도 시간을 들이면 별 고생 없이 그것을 이해하게 된다. 또 공부 과정에서 얻은 합당한 언어를 부여하여 섬세한 언어를 매개로 자신을 타인에게 이해시키고 타인을 이해하는 훈련이 된다. 이것이 우리가 공부하는 이유다. 다시 말해 공부하는 지혜를 얻는 즐거움에 있다.

쓸모없음의
쓸모

무용지용(無用之用)이란 고사성어가 있다. 장자 외물편(猥褻
篇)에 나오는 말로 "쓸모없는 것이 오히려 큰 쓰임새가 있다"는
말이다. 장자는 이 고사성어를 통해 기존의 유용성 기준에 얽매
이지 않고 오히려 그 기준을 뛰어넘는 것들이 더 큰 가치를 지닌
다는 것을 역설한다. 그러면서 이렇게 설명한다. 상수리나무는
너무 커서 목재로 쓰기에 적합하지 않아 벌목되지 않고, 오래도
록 살아남아 자연의 순리를 유지하는 데 기여한다. 반면에 계피
는 먹을 수 있기에 그 나무가 베이고, 옻은 칠로 쓰이기에 그 나

무가 칼로 쪼개진다고 말한다. 장자는 이러한 이야기를 통해 쓸모에만 매몰되어 있지 말고 쓸모없음의 가치도 발견할 수 있어야 한다고 말한다. 그러나 우리는 기존의 유용성 기준에 얽매여, 쓸모없다고 생각하는 걸 무시하거나 배척하는 경향이 있다.

우리는 언제나 직접적 기능이나 실용적 필요와 같은 유용성을 통해 행복을 찾으려고 한다. 반면에 간접적으로 삶의 즐거움과 의미를 찾는 것에는 별로 관심이 없다. 그런데 모두가 실용을 추구하며 행복 하려고 노력해도 행복한 사람보다 행복하지 않은 사람이 많은 걸 보면 뭔가 잘못된 것 같지 않은가? 많은 이유가 있겠지만 나는 우리가 물질을 채우는 데 유용하다고 하는 공부는 열심히 하면서 실용적이지 않다고 생각하는 공부는 소홀히 했기 때문이라고 생각한다. 예를 들어 국영수사과 공부는 열심히 하면서 예술, 음악, 문학, 철학 등 우리의 감성, 사유, 창의력 등을 자극하고 삶에 의미를 찾는 공부는 소홀하기 때문이다. 육체를 위한 물질을 채우는 일에는 적극적이면서 정신적인 양식을 채우는 일에는 소극적이다. 그러나 지금 우리에게 필요한 행복은 물질이 아니라 정신이다.

無用之物은 우리에게 쓸모없는 것들에 대한 새로운 시각을 제공한다. 인생의 오전은 '국영수로 살고 오후는 예체능으로 산다.'라고 했듯이 퇴직은 그동안 쓸모없다고 했던 것에 관심을 가져야 하는 시간이다. 배부른 소리라고 할지 모른다. 그러나 배를 채우는 욕구는 끝이 없다. 비만한 사람은 더 먹고 때와 장소를 가리지 않지만, 적정 체중을 유지하는 사람은 정시 정량을 지킨다. 퇴직해서도 먹고사는데 매여 있는 건 욕심 때문이다. 욕심을 줄이고 단순한 삶을 추구하면 먹고사는 것으로부터 얼마든지 자유로워질 수 있다. 퇴직 후 마음공부가 선행되어야 하는 이유도 그래서다. 먹고사는 것으로부터 자유스러워지면 배부른 돼지보다 생각하는 소크라테스가 부러워진다. 그러면 조금씩 무용했던 것들의 가치가 보이게 된다.

　나는 오래된 성당이나 사찰 같은 곳에 가는 걸 좋아한다. 오랜 역사를 가진 고찰이나 성당에는 그 역사에 걸맞은 그림이나 석탑 등이 존재한다. 그래서 과거의 유물을 돌아보는 건 동시에 예술품을 감상하는 기회이기도 하다. 하지만 예술품을 적절히 감상할 지식을 갖추지 못한 나는 그저 오래된 건물을 돌아보는 데 지나지 않았다. 하지만 퇴직 후 예술 관련 다양한 공부와 경험을 하면서 건물의 시대성과 역사성을 인식할 수 있고, 적절한 거리를 가지고 내 관점에서 예술을 수용할 수 있게 되었다. 또 역사를 공부하면서 시간적, 공간적 성찰을 통해 다소나마 미래를 모색할 수 있으며, 문학과 철학을 공부하면서는 보다 근본적인 욕망에 충실할 수 있다. 그러면서 삶이 조금 더 풍요로워졌다. 인간은 생존을 위해서는 빵뿐 아니라 정신적인 것도 필요하다. 인생 오후는 물질적인 것보다 정신적 갈증을 해결하고 풍요롭고 만족한 삶을 살아야 할 시간이다.

교양
좀
있어 보자

우리에게 교양이란 무엇인가? 교양은 스스로 끊임없이 사람다운 삶의 가치를 형성해 가는 내면의 힘이자, 나와 이웃의 자유로운 삶을 위해 원래부터 가지고 있는 내적 잠재력을 스스로 깨닫고 발현해 가는 과정이다. 다시 말해 교양은 외적 요인의 수용이 아니라 내적 잠재력을 깨닫고 실천하는 것이다. 그러나 우리의 교양은 필수적인 것에 덧붙여진 것으로 그것이 없어도 사는 데 별 지장이 없는 걸로 여겼다. 그래서 대학의 공부도 필수과목 다음으로 교양과목을 공부하거나 간혹 하지 않아도 되는 공부였다. 하지만 언어의 의미는 바뀐다. 때론 아주 서서히 바뀌어서 잘 감지하지 못하고 과거에 매여 있는 사람의 의식 속에는 예전의 뜻으로 남아 있는 경우도 많다. 그러나 우리는 이렇게 점진적으로 변화하는 걸 잘 보아야 한다.

오늘날에는 교양이라는 말의 일상적 사용 의미가 많이 바뀌었다. 교양의 개념뿐만 아니라, 일상적 사용 의미도 많이 바뀌고 있다. 교양이 본질적 삶에 덧붙여진 인식은 고등교육의 기회가 상대적으로 소수에 한정되어 있을 때 나온 말이다. 즉 본질적 삶에 덧붙여진 고급 문화적 교육으로 여겼다. 그러나 지금은 공식적인 교육제도 안에서 고등교육이 이루어지고 있고, 다양한 미디어를 통해 제공하는 지식과 정보도 우수하다. 예술의 향유라는 관점에서 봐도 공연을 관람하는 기회도 직간접적으로 많아졌다. 이제 누가 더 교양교육을 더 많이 받는지의 문제가 아니라, 교양교육의 기회를 어떻게 효율적으로 활용하는지에 관한 문제가 부각한다. 즉 교양이 필수적인 게 된 이상, 어떻게 효율적으로 교양을 쌓고 그것을 자기 지식화하는지가 중요해졌다. 그러므로 교양을 쌓는 일은 스스로 가르쳐 스스로 기르는 행위로 공짜로 주어지는 것이 아니며 적극적, 능동적, 자발적 노력이 따라야 한다. 그럼 어떻게 스스로 가르치고 기른단 말인가. 아마도 책이나 미디어를 통해 가능할 것이다. 공부가 중요한 이유다.

직장은 나를 보호하면서 제한하기도 한다. 먹고사는 문제에서 나를 보호 하지만 더 넓은 세상을 좀 더 교양 있게 사는 데는 제한적이다. 모든 걸 이익에 반해 행동하고 경제적 효용에 맞게 선택한다. 만나는 사람도 이해관계를 벗어나지 못하고 사용하는 언어와 공부도 회사란 울타리를 벗어나지 못한다. 그리고 배운 대로 살고, 사는 대로 경험하고, 경험한 대로 생각한다. 그게 바로 자기 자신이다. 그러나 교양이란 당장 실용적 필요를 넘어 전인적 발달을 지향한다. 그리고 교양의 목표는 자유인의 실현이다.

그렇다면 우리에게 필요한 공부는 무엇이 되어야 할까? 교양 공부는 고정된 게 아니라 시대에 따라 내용에 변화가 있다. 그러나 내용에는 다소 변화가 있지만 우리가 이성의 활용 능력과 사회적 환경을 이해하고 정서 순화와 연결되는 공통점이 있다. 다시 말해 직장이란 제한된 범위를 넘어 더 넓은 세상을 현명하게 살아갈 기술의 함양과 자기실현의 조화에 있다. 이렇듯 현대 교양은 지식기반사회와 연관이 깊다. 다시 말해 경험에 비해 이론적 지식이 강조된다. '아는 만큼 보인다'라고 하면 '아는 것'이라고 하는 이론적 지식이 먼저고 보는 경험은 다음이다. 내가 퇴직 후 찾은 미술관에 머물 수 없었던 건 이론적 지식이 부족해서고, 에드워드 호퍼의 작품 앞에서 시간 가는 줄 모르고 관람할 수 있었던 건 이론적 지식이 있었기 때문에 가능한 일이다. 다시 말해 지식을 다룰 줄 아는 능력이 있어야 삶의 기쁨과 즐거움을 누릴 수 있고 삶의 기쁨과 즐거움을 누릴 수 있는 역량을 갖는 것이 교양이다. 그러므로 교양은 생활 필수적이다.

03
iiiiiiiiiii

지적 여백을
채우는
기쁨

퇴직하면 자신이 아는 것이 하나도 없다는 걸 알게 된다. 직장에서 열심히 일하고 열심히 자기 계발도 했는데 도대체 아는 게 하나도 없다. 현직에 있을 때 업무에 대한 지식과 정보에는 예민하게 반응하지만 정작 세상을 읽는 감각은 무디어진다. 동료나, 고객, 거래처 등 다양한 사람을 만나는 것 같지만 그들과의 관계 또한 회사를 벗어나지 못한다. 그리고 그런 지식이나 정보마저 퇴직과 함께 단절된다. 오직 회사만 바라보고 살아온 사람의 공허는 더 크다. 그러나 이런 무지와 공허를 부정적으로만 바

인생오후 굿애프터눈

86

라볼 필요는 없다. 새로운 삶을 시작하기에는 이보다 더 좋은 조건은 없다. 새로운 것을 배우고 하고 싶었던 욕구를 채우기에는 처음의 시간 속에 있는 것이 좋다.

퇴직은 자기를 만나고 새로운 세상과 조우다. 다른 사람의 눈치를 보거나, 남에게 보이기 위해 하기보다 나에게 집중할 수 있다. 나 자신을 위해 무엇을 하고 싶은지 무엇을 해야 행복한지를 생각하는 시간이다. 그래서 새로운 지식을 습득하고 새로운 관계를 만들어야 한다. 내가 몰랐던 사실을 알고, 그 앎에 대한 이해가 넓어지면 삶이 풍요로워짐을 알게 된다. 또 새로운 걸 배우며 생각이 확장하면서 멈추었던 성장판이 다시 꿈틀거리는 기쁨을 느낀다. 이때 비로소 지적인 사람이 되어간다. 그러나 이런 지적 즐거움을 느끼기 위해서는 몇 가지 마음가짐도 필요하다.

첫째, 끊임없이 배우려는 자세다. 세상은 끊임없이 변하고 발전하기 때문에 끊임없이 배우는 자세가 중요하다. 새로운 지식을 습득하는 노력과 열린 마음으로 세상을 바라보는 태도가 필요하다.

둘째, 자기 생각을 정리하는 자세다. 새로운 지식을 습득하는데 멈추지 않고 자기 생각으로 정리하는 시간을 갖는 것이 중요하다. 그래야 지식을 보다 깊이 이해하고 내 삶에 적용할 수 있다.

셋째, 다른 사람과 공유다. 다른 사람과 생각을 공유하면 자기 이해를 더욱 깊어지게 하고 다른 사람에도 도움이 될 수 있다.

그동안 바쁘게 살아오면서 정작 자신에 대해 생각할 시간이 부족했다. 그래서 퇴직 후에는 자신을 돌아보고 새로운 삶을 설계하는 시간이 필요하다. 나를 돌아보고 생각과 감정을 정리하는 시간을 갖는 것이 좋다. 이런 시간을 통해 나는 어떤 사람이고 무엇을 원하는지, 어떻게 살아가고 싶은지 생각할 수 있다.

아는 만큼
보이고 보이는 만큼
즐겁다

한때 '아는 만큼 보이고, 보이는 만큼 느낀다'는 짧은 문장이 내 마음을 밀고 들어 온 적이 있다. 이 문장의 의미는 지식과 경험이 우리의 시각과 감각을 형성한다는 의미다. 우리가 어떤 대상을 볼 때, 그 대상에 대해 지식이 많을수록 더 많은 걸 보고 느낄 수 있다. 예를 들어 미술에 대해 잘 아는 사람은 그림을 볼 때, 그림의 구도, 색감, 붓질, 표현 방식 등 다양한 요소를 볼 수 있다. 반면 미술에 대해 모르는 사람은 그림의 전체적인 분위기나 인상만을 본다. 또 어떤 경험을 할 때도 경험에 대한 이해가 깊을수록 더 많은 것을 느낄 수 있다. 예를 들어 외국 여행을 한 적이 있는 사람은 그 나라 문화와 풍습, 사람들의 삶을 더 잘 이해할 수 있다. 반면, 외국을 여행한 적이 없는 사람은 그 나라에 대한 막연한 이미지를 갖고 있을 수 있다. 이렇듯 어떤 사물이나 현상에 대해 모르면, 그 사물이나 현상을 있는 그대로 볼 수 없다. 우리가 사물이나 현상에 대해 지식과 경험이 있다면 더 객관적인 시선으로 다양한 각도에서 사물이나 현상의 본질을 볼 수 있다.

나도 보이는 만큼 볼 수는 있었지만 느낄 수는 없었다. 그저 보이는 게 하나의 피사체로 보일 뿐 그것이 보는 느낌이나 즐거움까지 연결되지 않았다. 그런데 내가 간과한 것이 있었다. 사람은 자기가 아는 만큼 보고 원하는 것만 습득하는 편식성을 지니고 있고, 그 편식성으로 인해 균형의 파괴와 소멸을 낳는다는 것이다. 그러니까 내가 아는 만큼 보인다고 생각한 게 내가 아는 지식과 경험을 가지고 사물을 본 것이다. 우리가 어떤 대상을 안다고 할 때 무엇을 아는지, 혹은 어떻게 아는지에 대한 문제가 있다. 무엇을 아는지는 존재론적 사고에서 생각하고, 어떻게 아는지는 인식론의 범주에 있다. 또 인식의 연유와 과정이 어떠한지를 묻는 방식에 따라 관찰과 성찰로 나눌 수도 있다. 이는 인식구조 및 사유 습관에 큰 영향을 받는다. 그래서 같은 대상을 보더라도 사유 배경과 관습에 따라 관찰 결과는 다를 수도 있다. 말하자면 그동안 내가 보고도 느끼지 못한 것은 사물을 인식하는 사유의 습관을 벗어나지 못해서다. 오랫동안 직장생활을 한 사람은 대부분 사물을 보면 경제적 관점이나 마케팅 관점 아니면 기능적인 관점에서 보려고 하는 습관이 있다. 이런 편식성은 아는 만큼 볼 수 있지만, 보이는 만큼 느낄 수 없다.

그러나 물고기를 잡기 위해서는 물고기가 되어야 하고, 시를 이해하기 위해서는 시인이 되어야 하듯 낯선 것을 이해하기 위해서는 자신을 타인의 시선으로 열어둘 수 있어야 한다. 즉 인문학도가 과학책을 잃고 경제인이 시를 읽고 정치가가 음악을 이해할 때 비로소 내적 균형을 찾는다. 이때 우리는 대상을 이해하게 되고 비로소 보는 것의 즐거움을 알게 된다.

5장 배우고 표현하는 삶

표현은 사회적 동물인 인간의 기본적 욕구다. 인간은 자기 생각, 감정, 경험을 표현하여 다른 사람과 공유하며 관계를 형성한다. 또 표현의 욕구를 통해 자기 정체성을 발견하고, 세상을 이해하고 삶의 의미를 찾는 데 도움이 된다. 표현의 욕구는 다양한 방식으로 나타난다. 자기 성격이나 기질에 따라 표현의 방식을 달리할 수 있다. 말로, 글로, 그림 등 다양한 언어로 표현할 수 있으며, 음악, 미술, 연기, 문학처럼 예술적 방법으로 표현할 수 있다. 또 정치, 봉사, NGO 활동과 같은 다양한 방법으로 자기의 생각과 감정을 표현할 수 있다.

이렇게 자기의 생각과 감정을 표현함으로써 자기 정체성을 확립하고 타인과 소통하며 삶의 의미와 가치를 발견한다.

공부하는 이유도 단순히 지식을 쌓는 데 있지 않다. 지식을 활용하여 세상을 이해하고, 문제를 해결하고, 새로운 걸 창조함으로써 공부한 결과를 표현한다. 그러므로 공부하면서 배운 지식을 표현하는 건 공부의 목표를 달성하기 위한 필수적인 과정이다. 공부하면서 배운 내용을 다른 사람에게 설명하거나, 글을 쓰거나, 그림을 그리거나 하면 공부한 내용을 더 깊이 이해하고, 표현하는 과정에서 논리적이고 체계적으로 생각하는 능력을 키울 수 있다. 그리고 공부한 내용을 다른 사람과 공유하면 다른 사람의 생각을 듣고 자기 생각을 확장하는 기회가 되고, 학습효과를 높이고 공부 의욕을 유지하는 데 도움이 된다. 또한 공통의 관심사를 가지고 있는 사람들과 함께 공부한 내용을 표현함으로써 서로의 관계를 돈독히 하고 협력적인 관계를 만들 수 있다.

이렇듯 표현은 공부의 완성이라고 할 수 있으며, 자신의 성장과 발전을 확인하는 방법이다. 또 자신의 역량을 사회에 알리는 방법이며, 공부를 통해 얻은 지식을 사회에 기여하고 자기 가치를 증명할 수 있다. 이런 과정에서 다른 사람에게 동기부여와 희망을 주기도 한다.

내
역사를
기록하라

　퇴직자 대부분은 아무것도 한 게 없는데 세월만 갔다고 푸념한다. 직장생활을 통해 자기 능력을 발휘하고, 사회에 기여했다는 성취감이 없어서다. 그래서 의미를 찾지 못하고 허무와 좌절을 느낀다. 또 만족한 삶을 살지 못했다고 생각하기 때문이다. 직장을 이유로 가족과 친구들과의 관계를 소홀히 하거나 자기가 좋아하는 것을 한 번도 해보지 못하고 살았다는 것이다.

　이런 경우 대부분 퇴직 후 삶의 활력을 찾지 못하고 무기력과 우울감을 느낀다. 그러나 퇴직은 끝이 아니라 새로운 시작이다. 퇴직 후 삶을 의미 있게 보내기 위해서는 그동안 무엇을 추구했고, 그리고 앞으로 무엇을 하고 싶은지 생각하는 게 중요하다. 이때 필요한 게 자기 역사다. 개인의 역사가 중요한 건 삶의 의미를 찾고 앞으로 어떻게 살아갈지 생각해 볼 수 있어서다. 삶의 역사를 통해 자기 강점과 약점, 가치관을 이해하고, 지금의 나를 이해할 수 있으며 미래 방향성을 찾을 수 있다. 그동안 바쁘게 살고 수용에 익숙한 삶을 살면서 지나온 시간을 돌아볼 틈이 없었다. 그래서 잘하고 잘못하는 게 무엇인지 무엇에 가치를 두고 살았는지 알 수 없다. 퇴직 후 자기 역사를 기록하는 건 그래서 큰 의미가 있다.

자기 기록을 남기는 방법은 많다. 먼저 연대기적 방법이다. 태어난 날부터 현재까지 순서대로 기록하는 방법이다. 강장 기본적인 방법으로 자기 삶을 전체적으로 조망하고 이해하는 데 도움이 된다. 두 번째는 주제를 선택하여 기록하는 방법이다. 자기 삶에 중요하다고 생각하는 주제나 사건을 중심으로 기록하는 방법으로 가족, 친구, 직장, 여행, 취미 등과 같은 주제를 선택해 기록한다. 세 번째는 자신이 평생 관심 있는 주제를 대상으로 공부한 결과를 기록하는 방법이다. 예를 들어 내가 질문에 관한 주제를 가지고 책을 쓰는 거와 같은 방법이다. 나는 앞으로도 계속 질문에 관한 책을 쓸 것이다. 또 사마천의 '사기'처럼 사명을 가지고 쓰는 방법도 있다. 사마천은 부친인 사마담의 유언에 따라 '사기'를 집필한다. 집필하는 과정에 이릉(李陵)을 대변하다 궁형의 치욕을 당하면서도 '사기'를 썼다. 이런 방법 말고도 일기나 블로그 사진이나 영상을 활동하는 방법도 있다. 방법을 선택할 때는 자기 성향과 목적을 고려하는 것이 좋다. 시간 순서대로 자기 삶을 정리하고 싶은 사람은 연대기적 방법을, 특정 주제에 집중하여 기록하고 싶다면 주제별 방법을 선택하는 것이 좋다. 또 자신의 삶을 되돌아보고 성찰하는 데 도움이 되고 싶은 사람은 일기나 블로그를 사용하는 게 좋고, 자신의 삶을 다른 사람과 공유하고 싶으면 사진이나 영상으로 기록하는 방법을 선택할 수 있다.

일기는 하루의 역사를 기록하기 좋은 방법이다. 우리는 매일 많은 경험과 감정을 느낀다. 하지만 모든 걸 기억 하기란 쉽지 않다. 여기서 일기의 역할이 중요하다. 일기는 단순히 기록, 그 이상의 의미를 지니면서 우리 삶에 긍정적 영향을 미친다. 그중 가장 중요한 게 자기 성찰의 도구로써 일기보다 좋은 것은 없다. 하루를 정리하며 글을 쓰다 보면, 자기의 행동과 생각을 돌아보게 된다. 이 과정에서 우리는 스스로 더 깊이 이해하게 되고, 부정적인 감정도 글로 표현하다 보면 마음의 짐을 덜기도 한다. 이는 일종의 정서적 정화작용으로 퇴직 후 크게 도움이 된다. 일기의 긍정성은 이루 말할 수 없다. 그러나 이 장에서 강조하고 싶은 건 일기가 내 삶의 소중한 기억장치란 것이다. 시간이 지나 기억이 흐려질 때, 일기는 과거의 순간들을 생생하게 되돌려 준다. 특별했던 날들, 소소한 일상의 기쁨, 그리고 우리를 성장시킨 경험을 기록함으로써 우리는 아름다운 순간들을 간직할 수 있다. 그렇게 기록은 역사가 된다.

이쁘지 않은 꽃 없듯이 하찮은 인생도 없다. 자기 역사를 기억하고 존중하는 건 자기 삶을 더 나은 곳으로 안내한다. 또 몇천 년 전의 기록이 마치 몇 날 전에 띄운 편지처럼 읽어지듯 기록은 사라져가는 걸 존재하게 하고 다시 내 눈앞으로 되돌려 준다. 그러므로 자손 대대로 그 아름다운 이름을 남기는 것은 대단한 영예가 아닐 수 없다. 우리는 그것이 가능한 사회에 살고 있고, 누구나 가능하다.

많이 읽고
꾸준히
써라

언어를 통한 의사소통은 말하기와 듣기, 읽기와 쓰기로 나누어 생각할 수 있다. 말하고 듣기는 말로, 읽고 쓰기는 글로 한다. 말로 하거나 글로 쓰는 게 크게 다르지 않은 것처럼 보지만 그렇지 않다. 먼저 말이 즉흥적이라면, 쓰기는 계획적이고, 말이 구어체를 사용해 간략하게 지식과 정보를 전달한다면 쓰기는 문어체를 사용하여 자세하게 지식과 정보를 전달한다.

또 말하기는 주로 듣는 사람을 대상으로 전달되기 때문에 듣는 사람의 이해를 돕기 위해 간결하고 쉽게 말해야 한다면, 쓰기는 읽는 사람을 대상으로 전달되기 때문에 자세히 명확하게 써야 한다. 중요한 것은 말하고 쓰기 위해서는 읽기가 선행되어야 한다는 것이다.

읽기는 필요와 취향 그리고 읽고 싶었던 책을 선택하면 좋다. 읽는 방법에는 정독과 속독이 있다. 정독은 문학서나 철학서 같은 책을 반복해서 읽으면서 세상의 이치를 터득하고자 할 때 필요한 독서법이다. 반면에 현대와 같이 정보과 지식이 문자로 손쉽게 만들어져서 유통되는 시대에는 속독이 효과적이다. 물론 독서의 목적과 수준, 책의 종류에 따라서 독서의 방법은 달라진다. 또 책을 골라 읽기 위해서는 점검독서가 필요하다. 이 책은 무엇에 대해 썼고, 어떻게 구성되어 있으며, 어떤 종류의 책인지 답하면서 읽어야 한다. 더 구체적으로 책의 서문을 읽고, 목차를 살피고, 출판사나 먼저 읽은 독자의 서평 등을 참고로 전체적인 내용을 파악하는 방법이다. 또 다른 방법으로 분석독서가 있는데 책의 내용이 완전히 자기 것이 될 때까지 철저하게 분석하고 필자가 생각한 문제는 무엇이고 그가 제시하는 결론이 무엇인지 검토한다. 특히 관심 있는 주제에 대해서는 한 필자의 주관적 생각이 바로 객관화되지 않게 다른 필자의 책을 한두 권 더 보는 게 좋다. 나 또한 좀 더 객관적 생각을 할 수 있어 이 방법을 선호한다. 사람들은 교양 함양과 수양, 정보와 지식을 쌓고, 정서를 배양하기 위해 독서를 한다. 어떤 목적이든 책의 내용을 일방적으로 이해하고 수용하는 데 그치지 않고, 독서를 통해 적극적으로 사유하고 통찰하여 삶의 질을 변화시켜야 한다.

쓰기는 자기 경험을 기록하고 표현하여 타인과 소통하고 관계 맺기를 희망하며 쓴다. 경험은 그냥 흘러가는 게 아니라 우리 의식 속에 쌓여 있다가 필요한 순간에 언어로 재현된다. 그러나 글로 기록하면 그저 막연하고 추상적인 느낌이나 생각이 훨씬 명료하고 구체적으로 이해하고 정리된다. 또 일기나 메모, 여행기, 낙서 등과 같이 특별한 사건의 전후 사정도 글로 써 두면 사진처럼 오랫동안 기억할 수 있다. 자기의 경험을 뒤돌아보면서 객관화시키는 과정은 자신과 주변을 탐색하고 성찰하게 만든다. 글쓰기는 결과적으로 소통의 과정이다. 내가 사회에 참여하고 타인을 정서적으로 감동 줄 수 있고, 이성적으로 설득할 수 있다. 나아가 사회를 변화시키는 한 줄기 빛이 될 수 있다.

직장에서 보통 실무자는 쓰기로 일을 한다면 리더는 대부분 말로 일하게 된다. 그래서 교육 과정도 실무자는 보고서를 쓰고 만드는 교육을, 리더는 말하고 듣는 교육을 더 많이 한다. 사회가 복잡해진 만큼 지적 융합과 협력이 필수적인 환경에서 이런 교육은 분명히 비효율적이지 만 많은 기업이 아직도 이런 틀을 벗어나지 못하고 있다.

그러나 퇴직하면 말하는 일은 많이 줄어든다. 어떤 날은 한마디도 안 하고 지나가는 날도 있다. 반면에 시간적 여유가 생기면서 말없이 책을 읽는 시간은 많아진다. 그런데 책은 읽지만 안타깝게도 마지막 책장을 넘기는 순간 책의 내용도 함께 사라진다. 비단 책뿐 아니라 영화나 연극 같은 공연을 봐도 그렇다. 그렇다고 나이를 탓하기는 아직 젊다. 이때 필요한 게 쓰기다. 읽은 책을 글로 쓰면 자신이 읽은 내용을 이해하고, 생각을 정리했는지 알 수 있다. 또 읽은 내용을 글로 쓰면 자기 생각을 다른 사람에게 설득력 있게 전달하는 역량이 커지고 새로운 문장력도 생긴다. 이렇게 쓰기를 통해 자신이 경험과 생각을 효과적으로 정리하고 성찰하는 습관을 갖게 되면 어제와 다른 나를 발견하게 되고 삶은 한층 더 충만함을 느낀다.

대개 사람들은 글을 잘 쓰면 타고난 재주가 있기 때문이라고 생각한다. 그러나 유명한 시인이나 작가도 스스로 타고났다고 말하는 사람은 없다. 그들은 한결같이 끊임없는 습작과 노력의 결과라고 한다. '내 인생의 첫 책 쓰기' 저자이자 오랫동안 책 쓰기 프로그램을 운영하는 책 쓰기 멘토 오병곤은 이렇게 말한다. "책은 재능이 아니라 엉덩이의 힘으로 써내는 것이다." 다시 말해 쓰기는 타고난 재주가 아니라 적절한 훈련과 노력만 있으면 가능하다. 나도 글을 제대로 써본 적이 없다. 다만 틈틈이 읽은 책을 정리하고 마음을 밀고 들어오는 문장을 필사하고 내 생각을 블로그와 SNS에 글 올렸다. 그리고 사내 인트라넷에 후배들의 고충을 내 실무경험과 지적 경험을 토대로 글을 썼고, 그 글이 모여 직장인의 성장을 돕는 책 '굿잡'(2016)을 출간했다. 퇴직 후에는 관심 분야인 '질문' 공부와 생각을 정리해 브런치(카카오에서 제공하는 콘텐츠 퍼블리싱 플렛폼)에 꾸준히 기록한 결과로 '지시말고 질문하라'(2021)란 책을 썼다. 나는 이런 과정을 통해 꾸준히 사회에 참여하고 사람들과 소통하고 즐기며 성장하고 있다.

2부

운동
습관

1장 너무 쉽게 늙지 않기

언젠가 모 방송에서 104세 철학자 김형석 연세대 명예교수의 건강 비결을 방송한 적이 있다. 104세라는 고령의 나이가 어쩌면 잘 피부로 와 닿지 않을 수도 있다. 그럼 이렇게 설명하면 어떨까? 이 분은 도산 안창호 선생을 실제로 만났고, 윤동주 시인이 동창, 단편소설 소나기의 황순원 작가가 선배였다. 실로 살아있는 역사책이라 할 수 있다. 김형석 교수는 지금도 24시간을 바쁘게 보낸다.

그의 건강 비결은 어디에 있을까? 그 비결은 매일 똑같이 먹는 아침 식사 그리고 습관처럼 움직이는 활동성이다. 아침 식단 구성을 보면 첫째 우유 반 잔과 호박죽 반 잔, 두 번째는 달걀 반숙, 세 번째는 생채소 샐러드, 네 번째 토스트와 찐 감자다.

좀 더 구체적으로 식단의 영양성분을 살펴보면, 첫 번째 구성요소인 우유에는 칼슘과 단백질이 함유되어 있어 뼈와 근육을 유지하게 한다. 호박죽은 성분이 고르고 맛이 달며 독이 없고 오장을 편안하게 한다. 또 황산화제인 카로티노이드는 세포손상과 질병을 유발하는 유해 산소를 빨아들인다고 한다. 이는 나이 들수록 정상 세포가 암세포로 변화되는 것을 막는다. 두 번째 구성 요소인 달걀 반숙이다. 달걀에는 뇌 건강에 좋은 레시틴이 가득 들어 있다. 레시틴은 반숙으로 먹을 때 몸에서 잘 흡수한다고 한다. 우리 뇌는 수분을 제외한 성분 중 무려 30%가 레시틴으로 채워져 있고 기억저장 시스템에 필요한 신경신호를 전달하는 데 필요한 성분이라고 한다. 또 달걀은 완전식품이라 할 만큼 영양 성분을 인정하는 식품이다. 세 번째 요소인 싱싱한 샐러드에는 비타민 C가 많이 함유되었다. 비타민 C는 면역력을 키우고 몸의 노화를 늦추는 항산화 성분이 많다.

런던 대학교 연구팀에 의하면 매일 야채와 과일을 500g 이상 섭취하면 질병에 의한 조기 사망률이 42%나 감소된다는 효과가 있다고 한다. 또한 샐러드 속 피세틴이라 불리는 영양소는 기억력 감퇴와 치매 증상을 예방하는 효과가 있고, 생채소는 풍부한 식이섬유를 섭취하므로 소화력을 높인다. 이렇게 생채소를 충분히 먹는 사람은 심리적으로도 행복감이 높다고 한다. 네 번째 구성인 토스트와 찐 감자는 번갈아 가면서 탄수화물을 고루 섭취한다. 탄수화물은 하루에 필요한 에너지를 충전한다. 감자는 몸에 쌓인 나트륨을 배출하여 혈압 조절과 부종을 가라앉히는 효과가 있다.

김형석 교수의 건강 비결은 밸런스 있는 식사와 활동성에 있다. 김형석 교수의 아침 활동에도 루틴이 있다. 매일 아침 6시에 일어나 아침 스트레칭으로 하루를 시작한다. 그리고 걷고 계단을 오르내리며 생활 속 움직임으로 하체 근력을 보호한다. 그리고 매일 뒷산에 오르며 근력을 강화한다. 그는 매일 읽고 쓰고 간간이 강연한다.

또 김형석 교수는 은퇴한 삶에 대해서도 언급한 적이 있는데, 은퇴 이후에는 사회를 위해서 일하는 시기라고 하며 사과나무로 예를 든다. 사과나무는 열심히 키워 맺은 열매를 사회에 주지 않으면 나무 구실을 못 하게 된다. 직장에서 퇴직하면 이제 사회인으로서 사회를 위해 일해야 한다고 했다. 그러면서 만약 아무 일도 안 하고 늙는다면 지금까지 일군 삶의 열매는 없어진다는 것이다. 또 그는 몸은 시간을 거스를 수 없지만 정신은 늙지 않아야 한다고 한다. 정신적으로 늙지 않으려면 계속해서 공부하거나 독서해야 늙지 않고 계속 성장한다고 한다. 그리고 문학, 음악, 예술에 관한 관심도 정신을 늙지 않게 한다.

정리하면 첫째 건강한 식단 유지다. 가능하면 정시, 정량, 소식하는 것이 좋다. 두 번째는 규칙적인 운동이다. 활동성을 높이고 근력 운동을 꾸준히 한다. 세 번째 매일 공부하며 정신적 건강을 유지 한다. 네 번째 사회 구성원으로서 사회를 위는 일을 한다. 어렵고 힘든 건 없다. 중요한 건 실천이고 습관이다.

내가
먹는 것이
나를 만든다

'내가 먹는 게 나를 만든다.'란 말이 있다. 내가 평상시 먹는 음식이 우리의 신체와 정신에 영향을 미친다는 의미다. 우리 몸은 우리가 섭취하는 음식을 통해 지탱한다. 먹는 음식이 건강하고 영양가가 있다면 몸도 건강하고 튼튼할 것이고, 반대로 음식이 불균형하거나 영양이 부족하면 우리 몸도 건강하지 못할 것이다. 음식이 건강하고 영양가가 있어야 한다는 건 균형 잡힌 식단을 의미한다. 우리 몸은 3대 필수 영양소인 탄수화물, 단백질, 지방과 미네랄, 비타민과 같은 미세 영양소를 균형 있게 섭취해야 건강할 수 있다.

한 사람이 한 끼 섭취하는 적절한 열량은 성별, 나이, 체중과 활동량에 따라 다를 수 있으나 평균 남성은 600~800kcal, 여성은 500~600kcal를 섭취하는 게 적당하다. 퇴직 후 즉 50~69세는 하루 약 2,300kcal가 권장 kcal이다. 이렇게 섭취한 에너지는 우리가 활동하는 에너지원으로 근육의 양과 질을 유지하는 데 사용한다. 그러나 반대로 복부 지방과 지방간의 형태로 축적되기도 하는데 이는 언제 무엇을 어떻게 먹느냐에 따라 좌우된다. 노화를 지연하며 건강하게 장수하는 사람들의 특징 중 하나가 정시, 정양, 소식하는 걸 보면 같은 음식이라고 먹는 데 전략적으로 접근할 필요가 있다.

음식을 전략적으로 소비하기 위해서는 첫째, 나는 하루 세 끼를 어떻게 먹는지 살펴볼 필요가 있다. 내가 매일 먹는 하루 세 끼가 누적되어 내 몸의 모든 특성을 만들고, 식습관에 따라 자신이 가지고 있는 의학적 기능적 문제의 원인이 되는 경우가 많기 때문이다. 같은 칼로리의 식사 하더라도 어떤 걸 먹고, 언제 먹는지 등에 따라 다른 결과를 가져온다. 먹는 걸 바꿔도 앞으로 경험하게 될 많은 문제를 개선하거나 예방하는 기제가 될 수 있다.

두 번째 앞서 말했듯이 체성분 검사를 통해 자기 몸의 이해다. 특히 체성분 검사를 통해 나온 체질량 지수(Body Mass Index)와 체지방률은 건강한 체중을 판단하는 중요한 척도다. 체질량 지수는 신장과 체중을 이용해 체지방을 간접적으로 측정하는 지수다. 즉 체질량 지수=체중(kg)/키(m)^2 예를 들면 키가 170cm고 체중이 70kg이라면 체질량지수=70kg/(1.7m)^2=23.1다. 체질량 지수 5단계로 분류하는데 18.5 미만은 저체중, 18.5~22.9는 정상, 23~24.9 과체중, 25~29.9 경도 비만, 30.0 이상은 비만으로 분류하고 있다. 체질량 지수는 향후 식사의 목표를 설정하는 데 필요하다.

　　세 번째 목표에 맞는 식단 선택이다. 비만인 경우는 근육을 보존하면서 지방을 빼는 식사를 만들어야 하고, 마른 비만인 경우는 지방을 빼면서 근육은 늘리는 체성분 전환의 절차가 필요하기 때문이다. 이렇게 전략이 수립되면 다음과 같은 목표로 적합한 식단 계획을 세워 실행한다.

　　먼저 체중 감량과 지방 감소를 목표로 한다면, 식단에서 탄수화물 함량을 줄이면서 탄수화물 흡수가 느리게 하여 포만감 유지를 통해 칼로리 섭취를 줄여야 한다. 현미나 통곡물처럼 흡수 속도가 느리면서 식이섬유가 풍부한 식품 위주로 섭취한다. 체중을 줄이기 위해서는 칼로리 섭취보다 소비를 늘려야 한다. 반대로 단백질 섭취는 늘린다. 단백질은 포만감을 오래 유지 시켜 주고 근력을 유지하는 데에도 도움이 된다. 일반적으로 하루에 체중 1kg당 1.2~1.8g 단백질을 섭취하는 게 좋다. 지방은 포화 지방과 트랜스 지방의 섭취는 줄이고 견과류나 올리브유, 들기름 같은 불포화 지방을 섭취하는 것이 좋다.

다음은 체지방 감소와 근육량을 증가로 한다면, 탄수화물은 근육 운동에 필요한 에너지원으로 사용되기 때문에 근력 운동을 하는 경우 충분한 탄수화물을 섭취해야 한다. 체지방 감소와 근육량을 증가하려면 하루 소비 칼로리 중 탄수화물 비율을 40% 정도 섭취해야 한다. 단백질 30%, 지방 30% 비율을 지키면 좋다.

단백질은 근육의 성장과 회복같이 근육합성에 필수적인 영양소다. 단백질은 하루 체중 1kg당 1.6~2.2g의 단백질 섭취가 좋다. 단백질은 두부, 콩과 같은 식물성과 닭고기 소고기, 달걀, 생선 등 동물성을 균형 있게 섭취해야 한다. 지방은 불포화 지방을 중심으로 섭취하고 포화지방과 트랜스 지방의 섭취를 제한하는 것이 좋다.

마지막으로 체중 증가와 근육량 증가가 목표라면, 탄수화물은 근육 운동에 필요한 에너지원이므로 탄수화물 섭취를 늘려야 한다. 체중을 늘려야 하므로 흡수가 느린 현미나 통곡물보다 흰쌀밥이나 빵과 같이 정제 곡물 섭취가 효과적이다.

단백질 섭취도 늘려야 한다. 단백질은 근육의 성장과 회복을 도우므로 체중을 늘리는 사람에게 단백질 섭취는 중요하며, 하루 체중 1kg당 1.5~2.0g을 섭취하는 것이 좋다.

지방은 적당한 섭취를 한다. 지방은 에너지원으로 사용되며 체내 호르몬 생성에 필수적이므로 적당한 섭취를 해야 한다.

그러나 과도한 지방 섭취는 체중 증가에 도움이 되지 않는다.

　이렇게 세 가지 식단을 기본으로 참고하여 현재 나의 식사가 위 세 가지 식단 중 어디에 해당하는지 생각해 보자. 그리고 점차 나에게 맞는 식사 패턴으로 바꾸어 건강한 인생 오후를 맞이하자.

02

나는 집을
잘 찾아갈 수
있을까?

건강검진 하기 전 필수적인 게 문진표다. 문진표를 사전에 작성하는 건 수검자의 건강 상태를 파악하여 적절한 검사를 시행하고, 검진 결과에 대한 해석에 중요한 참고 자료가 되기 때문이다. 이런 문진표에서 빠지지 않고 중요하게 다루는 게 흡연과 음주 정보다. 3~40대에는 대수롭지 않게 다루던 게 50대 이후부터는 민감하게 다룬다. 그뿐 아니다. 어떤 이유가 되었던 의사를 상담하게 되면 가장 먼저 하는 질문이 흡연과 음주 유무다. 그만큼 흡연과 음주 습관이 우리의 건강과 밀접하다는 의미다. 몸이 예전 같지 않고 잔병이 많아지는 건 면역력이 약해졌다는 거고, 신체적 기능이 약해졌다는 증거다.

폐와 간은 우리 몸의 대사기능 중 가장 중요한 기능을 한다. 폐의 기능을 다 설명할 수는 없으나 호흡을 통해 공기 중의 산소를 혈액으로 보내고, 혈액 속의 이산화탄소를 공기로 배출하여 노폐물을 제거한다. 간 또한 많은 기능이 있지만 그중에서 우리 몸의 유해 물질을 해독하는 기능을 한다. 알코올, 약물, 독소 등의 물질은 간에서 대사되어 해롭지 않은 물질도 바뀌어 체외로 배출된다. 폐와 간은 우리 신체에서 가장 중요한 역할을 하는데 흡연과 음주는 두 기능을 약하게 하여 각종 질병의 원인을 제공한다.

담배는 노화 속도를 가장 빠르게 하는 물질 중 하나라고 한다. 이는 담배를 피울 때 생성되는 활성 산소가 직접적으로 혈관을 손상하게 하고, 발암물질들이 유전자 불안정성을 초래하는 등 다층적인 노화 속도를 빨라지게 하기 때문이다. 또 담배는 각종 암의 위험을 증가시키고 만성 기관지염, 폐렴, 치매, 우울증 등 다양한 질병의 위험도를 높여 기대수명을 단축한다.

그러나 다행하게도 금연을 하게 되면 빨라진 노화를 회복할 수 있다. 담배를 피우지 않으면 가장 좋지만, 흡연 중이라면 금연은 빠를수록 더 효과적이다. 25~34세에 금연하면 10년, 35~44세에는 9년, 45~54세에는 6년, 55~64세에는 4년을 회복할 수 있다. 전자담배는 괜찮다고 잘못 생각하는 사람이 있는데, 전자담배 또한 니코틴과 기타 화학물질 등 많은 유해 성분을 포함하고 있다. 그리고 지금까지 장기적인 건강 영향에 관한 연구 결과는 충분하지 않다.

금연은 가까운 보건소나 관련 의료기관에서 운영하는 금연 클리닉의 도움을 받을 수 있다. 그러나 무엇보다 금연을 하게 되면 호흡곤란, 가래, 기침, 피로감, 잦은 감기, 두통 등 다양한 불편에서 벗어나 삶의 질이 높아진다는 것이다.

흔히 적당한 술은 큰 문제가 안 된다고 생각한다. 그런 인식이 잦은 음주로 이어지고 나도 모르게 알코올 의존도가 높아진다. 알코올 의존도가 높다는 것은 음주량, 음주 빈도, 음주 패턴 등으로 알 수 있다. 음주량은 남성의 경우 하루에 7잔, 여성의 경우 5잔 이상을 마시면 알코올 의존도가 높다고 할 수 있다. 빈도는 일주일에 5일 이상 마신다면 알코올 의존도가 높다고 할 수 있고, 음주 패턴이 불규칙적일수록 알코올 의존도 위험이 증가한다. 또 음주 후 구토나 두통 손 떨림 같은 증상을 자주 경험한다면 알코올 의존도가 높은 것이다.

술은 담배보다 중독성이 훨씬 강하고, 뇌 건강에 해로운 영향을 미친다는 점에서 흡연보다 나쁘다. 알코올은 뇌의 신경 세포를 손상하고, 뇌의 혈류를 감소시켜 기억력, 사고력, 판단력, 학습 능력 등의 인지기능을 떨어뜨려 치매 위험을 증가시킬 수 있다. 그러나 금연과 마찬가지 금주를 하면 위축된 뇌가 활성화

되고 노화의 가속도를 줄일 수 있다.

우리의 음주 문화를 보면 금연보다 금주가 더 어렵다. 이럴 땐 차선으로 절주의 방법도 있다. 절주 방법으로 술을 마실 때 음주량을 정하고 마시거나, 마실 때 물을 많이 마시고, 술을 마시는 날을 정하는 것도 하나의 방법이다. 더 좋은 방법은 몸으로 할 수 있는 운동을 정해 놓고 술이 생각날 때마다 하면 효과적이다. 예를 들어 술이 생각날 때 팔 굽혀 펴기를 20회 하는 식이다. 금주도 금연과 마찬가지 우울증, 수면 장애, 탈수 현상 등 많은 불편에서 벗어나 삶의 질을 높일 수 있다.

간혹 이렇게 살다 죽으면 된다는 무책임한 말을 하는 사람이 있다. 옳지 않은 생각이다. 이런 자세는 자신에 대한 폭력이고, 나를 부양하게 될 가족에 무책임한 행동이다.

오늘도 사람을 찾는다는 안전 문자가 휴대전화의 벨을 울린다. 아침에 집을 나섰는데 밤이 되어도 돌아오지 않는다. 남자(나이 75), 키 165cm, 검정 잠바, 검정 바지, 검정 운동화…한 달에 몇 번씩 안전 문자가 온다. 미래의 내가 아니길 바란다면 지금 금연과 금주(절주)를 생각해야 한다.

잠이
보약이다

　　나는 잠이 보약이란 말을 많이 들어왔고, 또한 이 말을 참 많이 하고 산다. 그만큼 잠이 우리 몸과 마음의 건강에 매우 중요하다는 의미다. 그러나 잠을 보약으로 생각하는 사람은 그리 많지 않은 것 같다. 현대인 세 명 중 한 사람은 잠을 충분히 자지 못한다. 특히 퇴직은 시간에 구속되지 않고 생각이 많아지면서 잠자는 시간이 불규칙하기 쉽다. 또 넷플릭스와 같은 다양한 미디어와 유튜브나 SNS 같은 채널에 빠지면서 수면 부족을 가중한다.

수면 부족으로 인한 가장 큰 문제는 건강을 유지하기 어렵다는 것이다. 가장 흔한 증상은 집중력저하다. 수면 부족이 일정 시간 누적되면 집중력과 판단력이 크게 떨어진다. 예를 들어 10일 동안 하루 6시간만 수면하면 24시간 동안 잠을 안 잔 사람과 비슷한 집중력을 보인다고 한다. 수면 부족은 스트레스호르몬 분비를 증가시키고 심혈관계의 긴장도를 높여 심근경색 같은 질환으로 인한 사망 가능성을 높이고, 면역력과 인지기능을 크게 떨어뜨린다고 한다. 또 뇌에 베타 아밀로이드라는 단백질 축적을 증가시켜 알츠하이머병 발생 위험을 높인다고 한다. 다시 말해 수면이 부족하면 치매에 걸릴 확률이 높아진다는 것이다.

반면에 잠을 잘 자면 낮 동안 활동하면서 손상된 조직을 복구하여 피로를 빠르게 회복하고 에너지를 보존한다. 또한 잠을 충분히 자면 면역력이 강화되어 질병과 맞설 힘을 충분히 가지게 된다. 그리고 충분한 수면은 기억력을 높이고 스트레스를 해소하고 기분을 좋게 만들어 정신 건강을 개선한다. 그렇다면 적정 수면시간과 효과적인 수면 방법은 어떤 방법이 있을까?

먼저 적정 수면시간은 청소년은 하루 8~10시간의 수면시간을 권장하고 성인은 7~8시간이 권장 수면시간이다. 그러나 수면시간을 지키는 것도 중요하지만, 더 중요한 건 자기에게 맞는 수면시간이다. 아침에 일어났을 때 피곤하지 않고, 낮에 졸지 않고 생활할 수 있는 정도의 시간이다. 주말에 몰아서 자는 사람이 많은데 좋은 습관이 아니다. 신체 리듬에 혼란을 주고 밤에 잠들기가 어려워 다음날 더 힘들게 한다. 50대 이후에는 수면시간을 지켜도 깊은 잠을 자지 못하는 경우가 많다. 새벽에 눈이 떠지거나 화장실을 가게 되는 경우가 생기기 때문이다. 이런 경우 수면 보충이 필요하게 되는데 전날 잠든 시간에서 15시간 후 또는 오후 3시 전까지 수면을 보충하면 효과적이다. 그럼 좋은 수면을 하기 위해서는 어떤 방법이 있을까?

먼저 규칙적인 취침과 기상 습관을 갖는 것이다. 똑같은 시간에 자고 일어나는 게 어렵다면 취침은 2시간 이내에서 기상은 1시간 이내에서 조정하여 실천하면 효과적이다. 그리고 수면 호르몬으로 불리는 멜라토닌 분비를 위해 하루 15분 이상 햇빛을 쏘이고 12시 이전에 자는 게 좋다. 특히 밤에 스마트기기를 많이 사용하면 멜라토닌 분비가 억제되므로 이를 피해야 한다. 두 번째, 카페인을 줄이고, 불면증에 좋은 상추, 양파, 우유를 섭취하면 효과적이다. 세 번째, 꾸준한 운동을 하면 수면의 질을 높일 수 있다. 운동은 잠들기 4시간 전이 수면에 도움이 된다. 각자 일상의 패턴에 맞게 일찍 잠자리에 드는 사람은 아침 운동이나 오후 1~2시에 운동하는 게 좋고 늦게 자는 사람은 저녁 7~10시 사이에 운동하는 게 좋다. 그러나 잠자리에 들기 1시간 전에 격렬한 운동을 하는 건 금해야 한다. 자기 직전 강도 높은 운동은 심박수가 높아져 잠드는 시간이 더 걸리기 때문이다.

퇴직은 자칫 방심하면 불규칙하게 생활하게 되고 불규칙한 생활은 건강은 물론 삶의 질을 떨어뜨리게 된다. 자기에게 가장 적절한 수면시간을 찾아서 실천한다면 활기찬 인생을 즐길 수 있고, 삶의 질 또한 높아질 것이다.

2장 내 몸을 보호하자

퇴직 후 사람들이 많이 실천하는 게 여행과 운동이다. 가장 좋은 선택이고 필요한 실천이다. 특히 운동은 신체적으로나 정신적으로도 가장 좋다. 그러나 퇴직이 주는 정신적 영향과 새롭게 시작한다는 의미가 있어 너무 의욕적일 수 있다. 의욕이 너무 앞서면 자기 몸을 생각하지 않고 무리하다 부작용을 초래한다. 그래서 운동을 할 때는 자신의 체력과 건강 상태에 맞게 적절히 조절해야 한다. 젊을 때는 마음만 먹으면 얼마든지 과격한 운동도 할 수 있었다. 하지만 퇴직을 앞둔 나이가 되면 안타깝게도 몸이 따라주질 않는다. 자기도 모르게 근력이 약해져 있고 관절은 물론 몸의 유연성이 예전과 같지 않다. 마음만 청춘이다. 이런 마음을 믿고 운동하면 다치거나 부작용의 후유증으로 고생한다.

퇴직 후 운동을 시작할 때 고려해야 하는 건 가장 먼저 자기 건강 상태다. 퇴직할 때쯤 되면 몸이 내 몸 같지 않다는 생각이 들 때가 많다. 내분비 계열은 물론 오랫동안 자리에 앉아 일하다 보니 어깨, 팔, 무릎, 목 등 신체적으로 이상하지 않은 곳이 없다, 그래서 건강 상태를 점검하고 자기 건강에 맞게 해야 한다. 두 번째는 자기 체력 수준에 맞는 선택과 운동의 강도, 시간을 설정해야 한다. 운동을 하면서 체력 상태를 점검하고 강도와 시간을 늘리는 것이 좋다. 세 번째 처음부터 동호회 같은 곳에 가입해서 무리하지 않아야 한다. 많은 동호회가 년 초에 회원 모집 홍보하는 건 대부분 퇴직자를 가입시키기 위해서다. 물론 퇴직 후 동호회에 가입해 활동하는 것은 여러 가지 긍정적인 요소가 많다. 다만 운동 동호회에 가입하여 활동할 때는 주의해야 할 게 있다.

2022년 국민생활체육조사에 따르면 퇴직 후 가입해 활동하는 동호회를 살펴보면 골프, 탁구, 배드민턴, 조기축구 순으로 나타났다. 처음 운동을 시작할 때는 겨루거나 경쟁하는 운동은 가능하면 피하는 게 좋다. 만약 동호회에 가입했다면 다음 사항을 주의하면 좋다.

먼저 골프는 허리와 어깨 팔꿈치와 같이 자주 사용하는 부위의 건강 상태를 점검하고 비거리 등 욕심을 갖지 않아야 한다. 스윙스피드를 높이기 위해서 허리를 중심으로 상반신을 꼬였다

풀었다 하는 동작을 반복하면 허리에 큰 부담을 준다. 풀수윙 대신 스리쿼터 스윙으로 부드럽게 쳐서 몸의 무리를 줄여야 한다.

탁구는 유산소와 근력 운동, 인지기능에도 도움 되고 가까운 곳에서 할 수 있어 선호하는 운동이다. 탁구는 어깨 주변의 근육이나 힘줄이 무리하면서 부상이 많다. 탁구가 안전하다고 생각하겠지만 상체 부상이 빈번하게 일어난다. 운동 전 충분한 스트레칭을 하고 시간을 정해서 하는 것이 좋다.

배드민턴도 탁구처럼 쉽게 실천할 수 있어 선호한다. 그러나 많은 사람이 무릎 통증을 호소하는 경우가 많다. 스텝과 점프, 갑작스러운 방향 전환 등으로 무릎과 발목에 충격을 주기 때문이다. 탁구처럼 무리하지 않고 충분한 스트레칭과 시간을 정해서 하는 것이 좋다,

축구는 몸싸움이 심한 운동이기 때문에 가능하면 피하는 게 좋지만 만약에 하게 된다면 몸싸움을 피하고 너무 승리에 집착하지 않아야 한다. 이제 부상은 더 큰 질병으로 이어진다는 걸 명심하고 사전 사후 관리를 철저하게 해야 한다. 어떤 운동을 하

더라도 다음을 지켜야 한다.

① 몸 상태를 꼼꼼하게 점검한다.

② 반드시 준비운동과 정리운동을 한다.

③ 무리한 동작, 숙달되지 않은 기술은 충분한 연습을 한 후 한다.

④ 부상 시에는 견디지 말고 병원을 찾아가 치료를 받는다.

01

취향에
맞는
운동 하라

    퇴직 후 운동을 고려할 때 취향을 고려하면 좋다. 취향은 마음과 신체의 일치되는 점에서 선택되기 때문이다. 또 자기 취향에 맞는 운동을 하게 되면 꾸준히 할 확률이 높다, 하지만 유행을 따르거나 다른 사람을 따라 하게 되면 포기하는 경우가 많다. 운동은 생각보다 흥미와 밀접하다. 흥미가 없으면 동기가 저하되고 쉽게 포기할 수 있다. 흥미는 또 운동의 효과에도 영향을 미친다. 흥미 있는 운동을 하면 몰입도가 높아져 효과도 좋아진다. 퇴직 후에는 시간적 여유가 있으므로 자신이 좋아하는 운동을 찾아 다양한 운동을 시도해 보는 게 좋다. 취향을 고려하고 흥미가 있으면 운동을 통해 스트레스를 해소하는 데도 도움이 된다. 운동을 통해 몸과 마음의 긴장을 풀고, 기분 전환을 할 수 있다. 그럼 어떻게 취향에 맞는 흥미 있는 운동을 찾을 수 있을까?

먼저 내가 운동을 통해 이루고자 하는 목표와 선호하는 운동방식을 파악하는 게 중요하다. 예를 들어 체중 감량을 하는 게 목표인지 아니면 근력 강화인지, 유연성을 좋게 하려는지 목표가 무엇인지 먼저 생각한다. 그리고 혼자 하는 운동을 좋아하는지 함께 하는 운동을 좋아하는지, 실내를 좋아하는지 실외에서 하는 운동을 좋아하는지 고려해 볼 수 있다. 이런 점을 고려해 자기 취향을 점검해 보면 좋다. 그리고 다양한 운동을 체험해 보면서 자기에게 맞는 운동을 찾아야 한다. 운동의 목적에 맞게 진행되는 장소를 찾아 체험하고 전문가의 조언을 구하면 좋다. 또 인터넷이나 유튜브 방송을 찾아 정보를 얻어도 된다.

그러나 이렇게 자신의 취향에 맞게 선택했다고 해도 맞지 않을 수도 있다. 여러 이유가 있을 수 있지만 첫째가 운동의 강도가 맞지 않을 때다. 운동의 강도가 생각한 것보다 높거나 낮으면 중간에 후회하거나 포기하게 된다. 그래서 자신의 체력과 건강 상태를 잘 고려 해야 한다. 두 번째는 목적이 맞지 않을 수도 있다. 운동을 시작하는 목적이 건강 증진, 체중 감량, 근력 향상 등 자신의 목적과 부합하지 않으면 흥미를 잃을 수 있다. 세 번째는 환경과 맞지 않을 수 있다. 실내에서 하는 운동은 환경의 영향을 덜 받지만, 실외 운동은 환경의 영향을 많이 받는다. 취향이 맞아도 환경이 적합하지 않으면 실천하기 어렵다. 나도 처음 자전거를 타려고 했지만, 거주지 환경이 오르막과 내리막이 많아 자전거 타기에는 적합하지 않은 환경이다. 그 대신 북한산 자락에 있고 산을 좋아해서 산에 가는 운동을 택했다. 지금도 매주 산에 오르며 즐긴다. 이렇게 취향에 맞는 운동이라고 생각해도 막상 하거나 하려고 하면 아닌 경우가 있다. 이렇게 내 취향이라고 해도 놀이나 취미와 다르게 운동은 다양한 고려 요소가 있어 나와 맞지 않을 수 있다. 그러면 과감하게 다른 운동을 찾아야 한다. 평생 즐기면서 해야 하기 때문이다.

몸의
근력을
보호하라

퇴직 후 운동을 계획하고 있다면 근력을 강화하는 운동을 권하고 싶다. 아직 근력의 중요성을 실감하지 못하고 관심 사항이 아니다 보니 정보나 매체에서도 눈에 띄지 않는다. 그러다 보니 자연스럽게 관심에서 멀어져 있다. 그러나 나이 들수록 근력 운동이 가장 중요하다. 어떤 운동을 하든 근력 운동과 연결 지어 생각할 필요가 있다. 우리 근력은 50세 이후 급속도로 약해져 매년 15%씩 떨어진다. 간혹 걷다가 갑자기 휘청하거나 활력이 떨어지는 건 근력 감소와 무관하지 않다. 근력은 우리 몸의 골격을 지탱하고, 움직임을 가능하게 한다. 또 신체의 에너지를 저장하는 역할도 있어 일상의 활력과도 관련이 깊다. 그래서 근력이 약해지면 균형감각이 떨어져 골절 같은 부상을 초래할 수 있고, 일상적인 활동에도 제한되어 활력이 떨어져 활기를 잃는다. 활기를 잃고 활동량이 떨어지면서 체중 증가로 이어져 각종 질병의 원이 된다. 또 근력이 약해지면 자신감이 떨어지고 자존감마저 떨어져 우울증의 원인이 되기도 한다. 운동을 계획할 때 가장 먼저 고려해야 하는 이유다.

근력 운동을 꾸준히 하면 이러한 문제를 예방하거나 개선할 수 있고 다른 운동으로 발전시킬 수 있다. 근력 운동은 적어도 주 3회 이상 1회 30분 이상 해야 효과가 있다. 젊어서는 주 1회만 해도 근력을 유지할 수 있지만 50대가 되면 근력의 감소 폭이 크기 때문에 3회 이상은 해야 근력을 유지할 수 있다. 근력 운동은 큰 근육부터 작은 근육으로 진행하는 것이 좋고 운동 전후로 충분한 스트레칭을 해야 한다. 방법은 가능하면 전문 트레이너나 유튜브 정보 등을 이용해 올바른 운동법을 익히는 것이 좋다.

근력 운동은 올바른 운동법을 익히면 집이나 헬스장 또는 공원에 설치된 운동 기구 등을 이용하여 손쉽게 할 수 있다. 맨손으로 할 수 있는 운동으로 스쿼트, 런치, 팔굽혀펴기, 윗몸 일으키기 등이 있다. 아령과 같은 기구를 이용해서 데드리프트, 벤치프레드, 프런트 레이즈 등을 할 수 있고, 헬스장에서 더 다양한 기구를 이용해 근력 강화 운동을 할 수 있다. 중요한 것은 운동법을 선택해 꾸준히 실천해야 한다.

근력은 운동과 함께 단백질, 탄수화물, 지방 등 영양소를 섭취해야 효과적이다. 단백질은 하루에 체중 1kg당 1.2~2.0 그램의 단백질을 섭취하면 좋다. 피부노화를 예방하고 싶으면 동식물성 단백질의 균형을 유지하면 좋다. 그러나 근력에는 고기가 더 효과적이다. 고기를 먹으면 콜레스테롤 수치가 올라갈 것을 걱정하는 사람들이 많다. 물론 콜레스테롤은 식물성에는 없고 동물성에 함유되어 있어 그런 생각을 할 수 있다. 그러나 고기를 먹는다고 무조건 나쁜 콜레스테롤이 많아진다는 주장은 사실이 아니라고 한다. 건강한 사람은 콜레스테롤을 많이 섭취해도 자연적으로 합성을 조절할 수 있어 큰 영향을 받지 않는다는 것이다. 그러므로 심뇌혈관질환 고위험군이 아니면 고기를 통한 콜레스테롤 섭취에 대해 막연한 두려움을 가지지 않아도 된다. 운동을 하면서는 충분한 단백질 섭취는 필수다. 단백질을 섭취할 때는 보충제보다는 닭고기, 소고기, 계란, 두부, 콩류 등 섭취하는 게 좋다. 또 탄수화물은 밀가루 종류보다 현미나 잡곡처럼 흡수가 느린 식품을 섭취하면 좋은데 하루 섭취하는 총칼로리의 45% 정도를 탄수화물로 섭취하면 좋다고 한다. 지방은 하루 총칼로리 중 30% 정도를 들기름이나 올리브유, 견과류 같은 불포화 지방을 충분히 섭취하면 좋다. 나는 매일 아침 들기름을 한 스푼을 먹어 보충하는데 들기름은 산화가 빨라 보관을 잘해야 한

인생오후 굿 웰프라 걸

다. 또 비타민과 미네랄은 근육의 생성과 회복, 기능 유지에 필수적이라 다양한 식품을 통해 충분히 섭취하면 좋다. 섭취하는 방법은 운동 전에는 근육 운동을 위한 에너지를 공급하는 탄수화물을 섭취하고, 운동 후에는 근육 회복을 돕는 단백질 섭취를 하면 좋다. 근력 운동을 하면서 균형 잡힌 식단을 유지하면 근육량을 유지하고 늘리는 데 효과적이지만, 퇴직 후 건강한 신체를 유지하는 데도 좋다.

근력이
연금보다
강하다

우리 사회는 노후 준비라고 하면 대부분 연금을 떠올린다. 퇴직 후 안정적인 삶을 위해 연금 마련에 힘쓰는 것은 당연하고 중요한 일이다. 하지만 과연 연금만으로 우리의 인생 오후를 보장받을 수 있을까? 이 질문에 대해 나는 단호하게 '아니오' 대답할 수 있다. 인생 오후에는 연금보다 더 중요한 게 건강이고 건강 중에서도 근력이다.

근력은 단순히 근육의 힘만을 의미하는 것이 아니다. 그것은 우리 몸 전체의 기능을 유지하고, 높이는 핵심 요소다. 나이가 들수록 자연스럽게 근력이 감소하고 약해지는데, 이는 다양한 건강 문제로 이어질 수 있다. 골다공증은 물론 관절염, 균형감각 저하로 인한 낙상 위험 등 대표적이다. 이는 활동력이 떨어지고 독립적인 활동이 어려워지면서 삶의 만족도가 크게 떨어지게 된다.

반면에 적절한 근력을 유지하면 노후에도 활기차고 독립적인 삶을 영위할 수 있다. 또한 근력은 대사량을 높여 체중 관리에 도움을 주고, 혈당 조절 능력을 개선하여 당뇨병 같은 만성질환 관리에도 효과적이다. 더불어 근력 운동은 정신 건강에도 긍정적 영향을 미친다. 운동 중 분비되는 엔도르핀은 우울증과 불안감을 감소시키고 전반적인 삶의 질을 높여 준다.

그런데 왜 많은 사람이 연금에 집중하고 근력 관리에는 소홀히 할까? 아마도 당장 눈에 보이는 경제적 안정에 더 관심갖기 때문일 것이다. 하지만 아무리 많은 연금을 받아도 건강을 잃으면 그 돈을 제대로 즐기기 어렵다. 모아둔 돈을 병원비로 소진하거나, 활동이 불편해 여행이나 취미활동을 즐기지 못하는 상황이 올 수 있다. 반면 적절한 근력을 유지하면 의료비 지출을 줄이고, 능동적으로 삶을 즐길 수 있어 결과적으로 연금의 가치를 높일 수 있다.

근력 관리는 지금 당장 시작할 수 있다. 나이에 상관없다. 지금 당장 주변 공원에 가면 할 수 있다. 그러나 가능하면 근력 운동은 전문가의 조언을 받아 자기에게 맞는 운동법을 찾는 게 중요하다. 아울러 단백질 섭취, 충분한 휴식 등 근력 높이기 위한 생활 습관 개선도 함께 하면 더 효과적이다.

물론 근력 관리가 중요하다고 해서 연금 준비를 소홀히 해도 된다는 의미는 아니다. 이상적인 방법은 근력 관리와 연금, 두 마리의 토끼를 잡으면 좋다. 하지만 하나를 선택해야 한다면 근력에 더 무게를 두는 것이 더 현명하다. 건강한 몸과 마음이 노후에는 더 중요하기 때문이다.

결론적으로 노후를 준비에 대한 인식의 전환이 필요하다는 것이다. 단순히 돈을 모으는 걸 넘어, 건강한 신체를 유지하는 데 더 많은 관심과 노력을 기울여야 한다. 특히 근력 관리는 노년의 삶의 질을 결정짓는 핵심 요소다. 지금부터 규칙적인 운동과 건강한 생활 습관을 통해 근력을 키우고 유지하는데 투자해야 한다.

3장 건강 테크를 하자

퇴직하면 업무에 대한 부담과 육체적 부담감이 줄어들면서 긴장감이 일시적으로 해소된다. 반면에 활동량이 감소하고, 식습관이나 생활 습관이 불규칙해지기 쉽다. 이런 변화가 건강에 악영향을 미치기 때문에 예방하고 관리해야 한다. 건강 상태를 주기적으로 진단하고 관리하여 건강한 오후 삶을 대비하기 위해서는 재테크보다 건강테크가 더 중요하다.

건강테크의 기본은 정기적으로 건강검진이다. 직장에 있을 때는 조직에서 챙겨 주지만 퇴직하고 나면 스스로 관리해야 한다. 건강검진은 현재의 질병을 찾아내기도 하지만, 미래의 질병을 알아내 식생활 습관 개선과 운동을 통해 건강을 지킬 수 있다. 그러므로 정기적(2년 간격)으로 하는 건강검진을 꼭 받아야 한다. 가능하면 검진하는 년도 초에 받아야 결과에 따라 식생활 습관을 바꾸고 운동 계획을 세워서 꾸준히 할 수 있다.

최근에는 IT기술을 활용하여 건강관리를 더 쉽고 편리하게 할 수 있도록 도와주는 서비스가 많아 자기에 적합한 도구와 방법을 선택할 수 있다. 예를 들어 스마트 워치나 헬스 밴드와 같은 웨어러블 기기를 사용하면 24시간 동안 활동량은 물론 수면 패턴, 심박수 등을 측정하여 건강 상태를 측정할 수 있다. 인공지능(AI) 기반의 헬스케어 서비스는 개인의 건강 상태에 맞는 맞춤형 건강관리를 할 수 있다.

이런 도구나 프로그램을 이용할 때도 자기가 목표로 하는 프로그램을 선택해야 한다, 예를 들 어, 체중 관리에 중점을 두고 싶다면 칼로리 계산 기능과 식단 관리 서비스를 선택하고, 운동량 증대에 중점을 두고 싶다면 운동량 측정 기능이 있는 웨어러블이나 AI 기반의 프로그램을 선택할 수 있다. 또 계획과 실천 결과를 확인하는 프로세스를 지켜야 한다. 결과를 바탕으로 계획량을 늘리거나 줄이는 수정을 할 수 있기 때문이다. 그리고 건강관리 커뮤니티에 참여하여 다른 사람의 경험을 공유하고, 건강관리에 대한 정보를 얻을 수 있다. 커뮤니티에 참여하면 건강관리에 대한 동기를 유지하고, 어려움을 극복하는 데 도움이 될 수 있다.

그동안 우리는 건강관리는 전문가의 도움이 있어야 가능

했다, 그러나 IT기술 발달로 편의성이 향상되어 건강관리를 혼자서도 편리하고 효율적으로 할 수 있게 되었다. 또 AI 기반의 헬스케어 서비스는 개인 맞춤형 건강관리 프로그램을 제공한다. 그뿐 아니라 기존 관리 방식보다 정확성이 향상되어 이를 기반으로 건강관리 계획을 세워 실천하고 결과를 확인하는데 충분하다. 그만큼 예방적 효과가 향상된 것이다. 예를 들어 웨어러블 기기의 측정한 심박수나 수면 패턴의 변화를 확인하여 건강 상태의 이상을 조기에 발견할 수 있고, 질병의 위험을 예측할 수 있다. 그러나 웨어러블이나 헬스케어 서비스는 건강관리를 효과적으로 관리할 수 있도록 도와주는 도구일 뿐이다. 중요한 건 건강관리에 대한 내 의지와 노력이다.

01
내
몸을
이해하라

　노후를 대비한 가장 안전한 투자는 내 몸에 투자하는 것이
다. 그러나 아무리 안전한 투자도 자기 자산에 대한 파악과 분석
이 필요하듯 내 몸에 대한 충분한 분석과 이해가 있어야 한다. 안
전하다고 무조건 투자하고 투자 수익률 높은 사람을 따라가서
성공한 사람은 없다. 자기 몸에 대한 투자도 그렇다. 무조건 운동
하고 친구 따라 하다가는 효과를 떠나 몸을 상할 수 있다. 자기
몸에 맞게 해야 효과도 좋고 오래 할 수 있다.
　자기 몸을 이해하기 위해서는 먼저 몸의 체성분 검사를 통

해 분석할 수 있다. 체성분 분석은 체수분, 단백질, 무기질, 체지방, 근육량, 제지방량, 체중 등 측정 항목에 대한 측정값으로 자기 몸의 체성분을 분석한다. 여기서 얻은 측정값으로 근육량, 체지방률, 허리둘레 등을 통해 비만 유무를 알 수 있다. 또 몸, 오른팔, 왼팔, 오른발. 왼발의 구체적인 근육량을 알 수 있다.

여기서 적정 측정값과 비교하면 자기 몸의 상태를 알 수 있다.

또 혈액을 통해서는 혈압, 혈당, 콜레스테롤 분석으로 내분비 계열의 상태를 파악해 종합적으로 대사증후를 알게 된다. 대사증후군이란 복부비만, 혈압상승, 중성지방 상승, HDL콜레스테롤 저하, 공복혈당 상승 같은 심혈관 질환의 주요 위험인자들의 복합체를 말한다. 건강한 사람을 제외하면 대부분 직장인은 이와 관련된 약을 한 가지 이상 복용하고 있다. 자리에 앉아 있는 시간이 길고, 기름진 음식이나 치맥과 같은 포화지방 음식을 조절 없이 먹고 업무 스트레스가 쌓이면서 몸의 나쁜 수치가 올라가서 그렇다. 특히 LDL-콜레스테롤이 과다해지면 동맥경화증, 심근경색 뇌졸중 등을 비롯한 심장, 뇌혈관계 질환의 위험도가 높아진다. 또 중성지방이 과다해지면 LDL-콜레스테롤이 크기가 작고 밀도가 높은 좋지 않은 형태로 바뀌어, HDL-콜레스테롤이 줄어든다. 이런 증상을 모르고 방치하면 실혈관 질환, 당뇨병, 암의 위험을 크게 높인다. 그뿐 아니라 과거 질병 기록, 가족력, 식습관, 수면 패턴, 스트레스 수준 등 자신의 생활 습관도 다시 한 번 점검하는 것이 좋다.

　　자기 몸을 이해하는 방법으로 최근의 건강검진 기록을 참고하는 게 가장 좋다. 추가로 거주지 보건소에서 검사받고 담당 전문의와 상담하여 몸의 상태를 종합적으로 평가하는 것도 좋다. 각 지자체의 보건소에는 주민을 위한 다양한 분석 시스템을 구축하고 서비스를 제공하고 있으니 적극 활용하는 걸 추천한다. 나도 보건소에서 운영하는 프로그램을 적극 활용하여 6개월 간격으로 몸 상태를 점검한다. 이 모든 과정은 비용 없이 진행된다. 자기가 자주 가는 병원 전문의 의견도 반영하면 더 구체적이고 경각심까지 갖게 된다. 투자에는 심각성을 깨달아 경계하고 조심하는 경각심이 중요하다. 퇴직 후에는 시간적 여유가 있으니 관련 정보를 충분히 학습하면 더 효과적인 관리 계획을 세울 수 있다. 이런 분석을 통해 자기 몸을 이해하고 식생활은 물론 운동에 시간과 자기 에너지를 투자해야 한다.

02

투자
효율을
높이자

자기 몸을 분석하고 이해하게 되면 먼저 어디를 대상으로 시간과 노력을 투자해야 하는지 알게 된다. 투자 종목에 맞게 시기와 적정성이 맞아야 수익률을 높일 수 있다. 종목에 적합한 투자가 이루어지지 않으면 지속하기 힘들다.

거듭 말하면 좋은 투자는 좋은 습관을 만들기 위함이다. 예를 들어 심혈관 기능이 심각하면 먼저 심혈관 개선에 시간과 노력을 투자해야 한다. 혈압이 높은데 과도한 운동을 하면 건강에 도움보다 위험이 크다. 심혈관 기능을 개선하기 위해서는 먼저 식생활 개선이 해야 하는데 나쁜 식습관 관리를 먼저 하는 게 좋다. 하지 말아야 하는 걸 하지 않거나 줄이는 노력을 먼저 하는 게 좋다는 것이다. 보편적으로 고칼로리, 저영양, 포화지방산을 함유된 음식을 많이 먹는 게 나쁜 식생활이다. 이런 음식을 먹지 않거나 줄여야 한다. 또 가장 문제가 되는 건 과도한 열량 섭취다. 권장량보다 많은 열량을 섭취하면 비만이 생기고 비만은 고혈압, 당뇨, LDL 콜레스테롤의 위험인자가 되기 때문이다. 과도한 열량은 과식과 간식 같이 불 규칙적인 식생활이 문제가 되므로 정시 정량의 노력이 필요하다. 건강하게 장수하는 사람들의 특징 중 하나가 정시, 정량, 소식이다.

음주도 혈압상승을 유발하고 지방간 수치를 높이므로 가능하면 절주해야 한다. 절주하면 복부 지방은 자연스러울 정도로 줄어든다. 이렇게 식습관만 바꾸어도 큰 효과를 얻을 수 있다. 식습관을 바꾸면서 몸이 가벼워지므로 운동을 시작하면 된다. 처음 운동은 유산소 운동을 주 3~4회 30분 이상 하면 좋다. 이후 근력 운동은 주 2~3회 정도 같이 하면 혈압이 낮아지고 심폐기능이 개선되며 대사 요인들이 호전되게 된다.

나도 지리산 단식으로 체중을 6kg을 감량하고 꾸준히 운동 습관을 갖게 된 건 먼저 식생활을 바꾼 효과가 크다. 식습관을 정량, 소식을 실천하고 채식과 단백질은 두부, 계란 같은 식물성으로 바꾸니 몸이 날아갈 정도 가벼워졌다. 이후 금주하며 꾸준히 주 3회 이상 유산소 운동과 근력 운동을 하니 적정 체중을 유지하면서 혈압과 체지방 등이 정상 수치가 되면서 약봉지 하나를 줄였다. 그렇다고 모든 게 좋은 건 아니다. 설사 좋아졌다고 해도 효율적 투자는 지속되어야 한다.

식습관, 운동과 함께 중요한 것이 적정 수면이다. 수면은 몸의 피로감을 회복시켜 주고 생체 리듬을 유지하기 때문에 충분한 수면은 건강에도 도움이 크다. 수면은 모든 사람에게 똑같이 적용되는 건 아니지만 대한수면학회에 의하면 우리나라 사람은 6~8시간의 수면을 하는 것이 좋다고 한다. 수면이 부족하면 피로감이 높아지고 집중력이 떨어지고 운동 능력이 저하되면서 비만 수치도 올라간다. 또 잠을 너무 많이 자는 게 건강에 해로울 수 있다는 보고도 있다. 퇴직 후 불규칙적인 수면이 건강에 해로울 수 있으니 규칙적인 생활 습관을 만드는 게 중요하다. 반대로 부족한 수면량을 늘리고 싶으면 이동성을 늘리는 게 우선이다. 이후 자기 몸에 맞게 식생활을 개선해 가면 좋다. 효과적인 투자가 중요한 건 지속할 수 있는 동기가 되기 때문이다. 자기 몸에 대한 투자도 가시적인 효과가 있어야 꾸준히 실천하게 된다.

03

분산하고
장기
투자하자

　　성공적인 투자의 기본은 분산과 장기 투자다. 그러나 기본
을 지키는 사람은 그리 많지 않다. 많은 사람이 유망주라고 하는
곳에 집중하는 것을 쉽게 볼 수 있다. 예를 들어 이차전지 관련주
가 유망하다면 그곳에 집중하고, 바이오산업 주가 유망하다면 그
곳에 집중한다. 그러나 전망은 수시로 바뀌고 장기 투자는 생각
할 수 없게 된다. 그리고 얼마 가지 못해 투자는 실패로 끝난다.

　　퇴직 후 운동도 비슷하다. 한 곳에 집중하는 것 보다 균형
있는 관리가 되어야 한다. 간혹 한 종목에 꽂혀 거기에 집중하는

사람이 있다. 예를 들어 등산에 꽂혀 매일 산으로 출근한다던가 당구에 꽂혀 매일 당구장으로 출근하는 게 그렇다. 그러지 않을 것 같지만 오늘도 배낭을 메는 사람이 있고, 당구장과 골프연습장 앞에서 서성이는 사람이 있다. 퇴직 후 많은 사람의 일상이다. 이렇게 한 운동에 집중하면 몸과 삶의 균형을 잃고 균형을 잃으면 오래 하지 못하게 된다. 퇴직 후 운동은 건강한 삶을 살기 위함이지 그것으로 유명해지거나 경쟁에서 승리를 목적으로 하지 않는다.

운동을 균형감 있게 해야 하는 이유는 신체의 모든 부위를 골고루 발달시켜 주어 삶의 활력을 찾고 균형감각을 잃지 않아 부상을 예방하는 데 도움이 되기 때문이다. 그래서 한가지 또는 한 종목에 집중하는 건 바람직하지 않다. 또 나이 들수록 신체 연결성이 떨어져 운동하는 부분만 발달하게 된다. 그러므로 한 가지 자세만 열심히 하는 것 보다 여러 자세를 취하는 게 좋다. 예를 들어 주식 투자에서 이차전지 종목에 투자한다면 관련 주를 2개 이상 투자하는 식이다. 운동을 할 때도 복근 운동을 한다면 보통 윗몸 일으키기에 집중하는데 병행해서 하늘 자전거 타기를 겸하고, 코어 근력을 키우기 위해서 프랭크 운동을 한다면 동시에 사이드 프랭크 또는 팔굽혀펴기를 번갈아 가면서 하는 식이다.

투자에 있어 기본은 장기 투자다. 그러기 위해서는 종목 선

정과 단계별 투자다. 처음부터 한 번에 목표한 금액을 투자하기
보다는 목표 투자 금액을 단계별로 투자해야 한다. 소액 투자자
들이 물타기라고 하는 방법인데 상황을 보면서 단계별로 투자
금액을 조정하는 방법이다.

운동도 단계별 자기 몸 상태를 점검하면서 꾸준히 오래 해
야 한다. 방법은 단계별 계획과 목표를 세우고 목표 달성을 위한
실천 계획이 세워야 한다. 그리고 단계별 실천 결과를 기록관리
하면서 결과에 맞게 다음 단계 운동의 강도와 시간을 조정한다.
목표는 명확하게 정의하고 구체적으로 세워야 한다. 또 달성할
수 있는 목표를 세우고 측정할 수 있으면 좋다. 그래야 계속할 수
있는 동기부여가 된다. 그리고 자기 체력 수준을 고려해야 한다.
처음 운동을 시작하거나 체력이 약하면 1단계에서 운동량과 시
간을 고려한 다음 점차 늘려가는 방법이 좋다. 또 시간이 나면 운
동하는 것이 아니라 시간과 장소를 정해 놓고 하는 것이 좋다. 이
렇게 자기 체력과 운동 경험에 맞게 다음 계획을 세워야 부상을
예방하면서 꾸준히 효과적인 운동을 할 수 있다. 자기 몸의 건강
을 구성하는 여러 종목에 분산하고 꾸준히 관리하는 것만큼 확
실한 투자 없다.

04

작은
고통을
피하지 말자

운동을 시작했다면 작은 고통은 피하지 않고 즐겨야 한다.
대부분 작은 고통은 운동을 통해 근육이 발달하고 회복하는 과
정이다. 운동을 꾸준히 하면 작은 고통에 대한 내성이 생긴다. 그
러므로 처음에는 작은 고통을 느껴도 너무 걱정하지 않고 운동
을 계속하는 게 좋다. 대부분 통증은 근육이 수축과 이완 과정이
반복되는 과정에서 근육에 미세한 손상이 발생하면서 느낀다.
근육은 이런 손상이 회복되면서 발달하게 된다. 헬스장에서 헬
스 트레이너들이 한 개만 더 한 개만 더하는 건 그런 이유다. 즉

통증이 있어야 근력이 발달한다는 것이다. 그러나 처음 운동을 시작하게 되면 이런 긍정적인 통증 외에 여러 크고 작은 통증을 느낄 수 있다.

일반적으로 느낄 수 있는 통증과 원인 대처 방법을 살펴보면 다음과 같은 것이 있다. 먼저 현기증이 날 때의 경우다. 운동을 하게 되면 혈액이 평상시 보다 왕성하게 흐르다가 머리 쪽으로 몰리면서 발생한다. 처음 운동 하는 사람이 운동을 과도하게 하거나 공복에 했을 때 수분 부족으로 탈 수나 저혈압, 당분 부족으로 발생한다. 이럴 때는 충분한 휴식을 취하거나 운동 중간중간 갈증 날 때마다 물을 마시면 좋다.

또 관절에 '뚜둑' 하는 소리가 날 때가 있다. 이는 관절 주위의 경직된 힘줄이나 근육의 마찰, 관절 사이의 압력에 의해서다. 운동이 부족할 때 생기는 현상이니, 운동 전에 스트레칭을 충분히 하면 이런 증상을 줄일 수 있다.

마지막으로 근육에 경련이 일고 쥐가 나는 경우다. 갑자기 운동하거나 심한 운동을 하게 되면 근육 내 혈액 흐름에 이상이 생기고, 에너지원이 전달되지 않아 경련이 일어나거나 쥐가 난다. 이런 경우는 가볍게 마사지하거나 따뜻한 타월로 찜질을 해주는 게 좋다. 사전 예방하기 위해서는 운동의 강도를 서서히 높여 몸에 무리가 가지 않게 해야 한다. 이런 증상은 대부분 운동을 막 시작하게 되면 의욕이 앞서 스트레칭은 물론 휴식을 잊고 운동 강도를 조절하지 못하는 경우 발생하게 된다.

다시 처음으로 돌아가면 운동은 적당한 통증이 있어야 효과가 있고 점차 발전적일 수 있다. 운동은 나의 체력을 키우는 과정이다. 앞서 얘기했듯이 우리 몸의 체력은 50세를 기준으로 급속하게 떨어지고, 근력이나 심폐기능이 저하되기 때문에 떨어지는 속도를 극복해야 건강을 유지할 수 있다. 그 임계점이 바로 고통을 느끼는 지점이다. 그 고통을 넘어야 건강할 수 있다. 중력을 이기지 않고 하늘을 나는 새는 없듯이 작은 고통을 이기지 않고 건강한 삶을 살 수 없다.

4장 일하듯이 운동하자

우리의 몸은 움직이게 설계되어 있다. 그러나 이러한 이동성을 기계에 맡긴 결과, 역설적으로 운동 역시 노동화 되었다. 헬스장에 갈 때마다 묘한 기분이 든다. 하루 이동하는 대부분을 자동차나 엘리베이터를 타고 다닌 사람이 헬스장에서 1만 보를 채우겠다고 런닝머신 위를 헉헉거리며 뛰고 걷는 모습을 보면 모순적이다. 마치 직장에서 과중한 업무 부담을 줄이기 위해 연이어 대책 회의를 하는 모습을 보는 것 같다.

서구화된 생활 습관 가진 현대인의 신체활동으로 사용하는 평균 열량은 비활동적인 현대인(하루 종일 앉아서 일하는 사람)이 250~300kcal를 소비하고, 활동적인 현대인(30분 이상 중등급 정도 활동)이 500~700kcal를 소비한다. 그런데 수렵 채집하던 시대 사람들은 식량을 구하기 위해 걷고, 달리고, 사냥하고, 헤엄치고, 나무를 타는 등 매우 활동적인 생활을 했기 때문에 현대인들보다 훨씬 많은 열량을 소비했다고 한다.

연구에 의하면 탄자니아 하드족의 경우 남성은 하루 평균 2,600kcal, 여성은 1,900kcal를 신체활동으로 소모하는 것으로 나타났다. 이는 비활동적인 현대인의 10배에 해당하는 수준이다. 현대인의 신체 활동량의 감소는 건강에 여러 가지 문제를 야기하고 있는 것이 현실이다. 현대인들의 신체적 정신적 질병과 무관하지 않다. 특히 비만으로 인한 고혈압, 당뇨와 같은 심혈과 질환은 대부분 신체적 활동하고 관련이 깊다. 직장인 대부분 퇴직 시기가 되면 약봉지 하나쯤 달고 사는 것도 그런 이유다. 그래서 퇴직 후 변화된 일상에 자칫 방심하면 건강에 치명적일 수 있다. 반면에 운동을 생활의 한 부분으로 생각하고 시간과 공간을 지정하고 일하듯이 규칙적인 운동하는 습관으로 바꾸면 퇴직 전보다 더 건강한 모습으로 인생 오후를 즐길 수 있다.

퇴직 후 활동량이 적어지고 긴장과 불안감이 높아지면서 몸이 갑자기 무거워짐을 느끼게 된다. 몸이 무거워졌다는 건 그만큼 체력이 떨어지고 있다는 증거다. 퇴직으로 이동성이 떨어지고 하는 일이 없어지면서 생기는 현상이다. 시간과 공간이 집으로 한정되면 신체기능은 물론 우울증이나 무기력증 같은 정신 건강 문제에도 노출될 수 있다. 그래서 퇴직 후에는 운동을 일처

럼 생활의 한 부분으로 생각하고 매일 일정한 시간이 되면 운동
을 하고, 운동하는 걸 즐겨야 한다.

운동이 인생 오후에서 중요한 이유 몇 가지를 들어보면, 첫
째는 신체적 건강 유지다. 퇴직으로 줄어든 활동량이 크게 떨어진
신체기능을 운동으로 유지해야 한다. 운동으로 근력을 키우고, 심
폐기능도 향상되면 퇴직으로 떨어진 생활의 활력도 찾을 수 있다.

두 번째는 질병 예방이다. 퇴직하고 만나는 가까운 주변 사
람을 보면 건강이 좋아진 사람과 약봉지가 더 늘어난 사람으로
나뉘어 있음을 알 수 있다. 운동을 하면 고혈압, 혈당, 뇌졸중 등
심혈관질환을 예방할 수 있다. 또 앞서 말했듯이 우울증과 같은
정신 건강 문제도 예방할 수 있다.

세 번째는 삶의 질이 좋아진다. 자칫 잘못하면 퇴직으로 삶
의 질이 크게 떨어질 수 있다. 그러나 운동을 하면 기분을 좋게
하고, 에너지를 증가시키며, 그동안 느낄 수 없었던 삶의 만족을
느낄 수 있다. 또 운동하면서 자연스럽게 새로운 사람을 만나고
사회활동을 할 기회도 만들어지면서 삶의 질이 더 좋아진다.

01

시간과
공간을
지정하자

직장 다닐 때는 업무나 관계관리 때문에 시간이 없어 규칙적인 운동을 하기가 어렵다. 그러나 퇴직 후에는 시간의 여유가 생기기 때문에 운동을 위한 시간을 따로 지정해 놓고 실천하는 게 좋다. 공원이나 헬스장같이 운동하기 좋은 장소를 미리 정해 놓으면 실천하는 데 도움이 된다. 가능하면 집 가까운 곳으로 하는 것이 좋다. 나는 오전부터 오후 2시까지 공부를 하고 점심 후 휴식을 취한 다음 오후 4~6시까지 동네 헬스장을 이용 운동한다. 그리고 주말에 특별한 일이 없으면 산에 간다. 그렇게 주 4~5

일은 규칙적으로 운동을 한다. 이렇게 해야 생활에 일관성을 부여하고 습관을 형성하는 데 도움이 된다. 중요한 건 운동을 즐기는 것이 중요하기 때문에 공원이나 헬스장 같은 곳이 아니어도 자신이 좋아하는 운동을 하면 좋다. 걷기, 수영, 자전거 타기 등 다양한 운동이 있으므로 자신에게 맞는 운동을 찾아서 즐겁게 하면 규칙적으로 운동하기가 더 쉬워진다.

그러나 매일 규칙적인 운동을 하는 게 쉬운 일이 아니다. 새해가 되면 헬스장은 물론 수영장, 골프 연습장, 필라테스, 요가 등 다양한 운동시설에 사람이 넘친다. 새해가 시작되면 모두 의욕이 넘치고 작심하기 때문이다. 그러나 대부분 작심삼일을 벗어나지 못한다. 매일 하던 것이 일주일에 세 번으로 줄고 세 번이 두 번이 되고 결국 포기에 이른다.

왜 우리는 작심삼일을 벗어나지 못할까? 사람들은 대부분 자기 의지 부족을 탓한다. 그러나 의지 부족이 아니라 뇌의 문제다. 사람의 뇌는 변화를 싫어한다. 지금까지 익숙한 행동에 변화를 주려고 하면 저항한다. 대부분 사람이 중도에 포기하는 것은 이런 뇌의 저항에 굴복하고 하기 때문이다.

반면에 성공하는 사람은 어떨까? 내가 가는 헬스장에는 연세가 있어 보이는 분들이 많다. 어느 날 어떤 분이 하시는 말씀을 기억한다. "여기 매일 나오는 게 죽기보다 힘들어" 하신다. 그만큼 매일 규칙적으로 운동하고 습관 하는 게 힘들다는 것이다. 그러나 죽기보다 더 힘든 걸 실천하게 하는 것은 뇌가 아니라 작심

인생을 두 배로 버는

하는 마음이다. 그래서 흔들리고 포기하고 싶을 때마다 마음을 바로잡고 다시 규칙의 궤도에 올라서야 한다. 규칙적으로 하기 위해서는 목표를 명확하게 설정하는 게 좋다. 목표를 설정하면 운동의 동기를 유지하는 데 도움이 된다. 그리고 언제, 어디서, 어떤 운동을 할 것인지 계획을 세우면 실천하기가 더 쉽다. 계획은 자신의 건강 상태와 체력 수준을 고려하여 세우는 게 좋다. 그리고 운동할 때마다 운동량과 시간을 기록하면 변화를 확인하고 계속 유지하는 동기가 된다.

처음 운동을 시작할 때 다음 사항을 고려하면 도움이 된다. 먼저 자신의 건강 상태와 체력을 고려하여 강도와 시간을 조절하는 게 좋다. 사람들이 무턱대고 운동만 하면 된다고 생각하지만 그렇지 않다. 작심삼일이 되는 건 자기 몸 상태를 고려하지 않고 무리하기 때문이다.

두 번째는 처음부터 무리하지 않는 목표를 세워야 한다. 처음 의욕이 넘쳐 무리하면 건강을 헤질 수 있을 뿐만 아니라 뇌의 저항이 커진다. 그래서 가벼운 운동부터 꾸준히 하면서 점차 강도를 높이는 게 좋다. 그렇게 하면 성취감도 생기면서 스스로 건강해지고 있다는 것을 느낄 수 있다.

세 번째는 한 가지 운동에 집중하기보다 다양한 운동을 하는 게 좋다. 기구를 사용할 때도 다양한 기구를 사용하여 그동안 사용하지 않던 근육을 자극하는 게 좋다. 간혹 뱃살을 빼기 위해

복근 운동만 하는 사람이 있는데 자칫 허리에 무리가 갈 수 있다. 요일별로 유산소 운동, 근력 운동, 유산소+근력 운동을 하는 방법도 좋다. 중요한 건 바른 자세로 양쪽 몸을 고루 사용하는 균형 있는 운동이 건강에 효율적이다.

네 번째는 몸을 잔뜩 웅크리고 한쪽 몸만 사용하는 승부를 겨루는 운동은 피하는 게 좋다. 건강에 도움이 되지 않을 뿐만 아니라 다칠 수 있다. 이제 다치게 되면 회복이 늦어 건강에 치명적일 수 있다. 더 많은 고려 사항이 있지만 중요한 것은 매일 규칙적으로 하는 것이다.

운동과
이동을
분리하지 말라

우리 몸은 약 206의 뼈와 360개의 관절 650개의 근육으로 구성되어 있다. 뼈가 몸의 틀 역할을 한다면 관절은 뼈를 연결하고 움직임을 허용한다. 그리고 근육은 뼈를 움직인다. 이런 뼈와 근육으로 다양한 움직임이 가능하다. 인간은 이런 골격계를 통해 탐험하고 관계 맺으며 100만 년 이상 이동과 생산수단 역할을 했다. 그러나 농경사회를 거쳐 산업화가 이루어지면서 신체활동이 급격히 감소했다. 그리고 현대사회는 자동화와 디지털화로 하루 과자 한 봉지 만큼만 칼로리를 소비하는 신체활동을 한다.

사람들은 일상생활에서 편하게 하는 방법이 있는데도 몸을 움직이면 마치 손해 보는 행동으로 받아들인다.

이동에 근육을 쓰는 것을 싫어하기 때문에 자동차는 도로를 가득 메우고 엘리베이터 앞은 끝도 없이 줄을 선다. 몸이 불편해서가 아니라 움직이는 게 불편해서다. 그렇다고 시간이 단축되는 건 더더욱 아니다. 간혹 차를 가지고 시내에 나왔다가 차를 가지고 나온 걸 후회한 적이 한두 번이 아니다. 현직에 있을 때 출근 시간 엘리베이터 앞은 항상 건물 밖까지 줄이 이어졌다. 계단을 이용하면 3~4분이면 사무실에 도착할 걸 10분 넘게 줄을 서서 기다린다. 우리 뇌는 게으르고 편함을 선택하기 때문에 몸은 더 편해지려고 한다. 거기에 식품산업과 배달 플랫폼의 발달은 더 이상 움직이지 않아도 되게 만든다. 그렇게 근육을 사용하지 않으면 근육은 줄어들고 지방은 늘어나면서 대사증후군과 연관된 만성질환들이 찾아온다. 이렇게 몸을 움직이는 게 손해라고 생각하고 편리함만 소비하다 보면 퇴직 후 빠르게 찾아오는 근골격계 건강과 대사 건강 악화로 신체적 정신적 고통을 겪게 된다.

신체적 고통에서 손쉽게 벗어나는 방법은 이동과 운동을 구분하지 않는 것이다, 우리 몸은 성능 좋은 이동 수단으로 설계되어 있다. 조금 빠른 걸음으로 걸으면 보통 10분에 1km를 걸을 수 있고 약 55~63kcal를 소모한다. 엘리베이터나 에스컬레이터를 최소한으로 이용하면 하루 400~600kcal는 충분히 소모할 수 있다. 물론 사람마다 조금씩 다르겠지만 하루에 수 백kcal는 더 소모

인생오후 근육프로젝트

할 수 있다. 나는 대중교통이 불편한 곳을 갈 때를 제외하고는 대중교통을 이용한다. 퇴직하면서 시간에 쫓길 일이 별로 없어 버스를 탈 때는 한두 정류장은 걷는다. 지하철을 탈 때는 대부분 계단을 이용하고 기다리는 시간은 플랫폼 끝과 끝을 왔다 갔다 걷는다. 이렇게 이동하면 평균 600㎉ 이상 소모한다. 이 정도 소비하려면 헬스장에서 런닝머신을 한 시간은 타야 가능하다.

타는 걸 줄이고 걷기를 선택하면 늘어나는 체중을 예방할 수 있고, 심혈관 기능 개선은 물론 근력 강화와 뼈를 건강하게 한다. 또 뇌 기능 향상으로 치매에도 효과적이고, 무엇보다 손쉽게 실천할 수 있어 좋다.

노르웨이 어부들은 바다에서 잡은 정어리를 저장하는 탱크 속에 반드시 정어리의 천적인 메기를 넣는 게 습관이라고 한다. 천적을 만난 불편함이 정어리를 살아 있게 한다는 것이다.

무일(無逸)이란 말이 있다. '편안하지 않음을' 의미하는 말로 불편함이 정신을 깨어 있게 한다는 것이다. 죽기보다 힘든 일을 실천하지 않고 죽음을 이길 수 없고, 편리함을 이기지 않고 건강을 지키기는 쉽지 않다.

마음보다
몸의 변화를
막아라

젊어서는 몸보다 마음이 변화가 더 심하다. 심리적 성장과
정체성 형성이 활발하게 일어나는 시기로 다양한 사회 경험과
감정의 변화가 일어나기 때문이다. 이런 과정을 통해 자아를 발
견하고 가치관을 형성한다. 반면에 몸은 활동량이 많아 대체로
큰 변화 없이 성장한다. 그러나 나이가 들면 마음보다 몸의 변화
가 더 심하다. 나이 들수록 마음은 감정의 기복이 줄어들고, 표현
이 덜 극단적이고, 지식과 경험으로 얻은 지혜와 통찰을 통해 삶
을 바라보기 때문에 마음의 변화는 적다. 반대로 몸은 변화가 매

일 다르게 느낄 정도로 빠르게 변한다. 먼저 근력의 감소다. 우리 몸의 근력은 40대부터 1년에 1%씩 줄어든다고 한다. 젊어서는 활동량이 많아 자연스럽게 예방되어 표시 나지 않지만 나이 들수록 활동량이 줄어들면서 표나게 감소한다. 몸 씻을 때마다 근력 빠지는 게 눈에 보일 정도다. 또 잘 보이지 않는 데 뼈의 약화다. 간혹 주변에서 골절되었다는 소리를 자주 듣게 되는 건 그런 이유다. 그뿐 아니다. 관절이 경직되어 움직임이 불편해지면서 아침에 일어날 때마다 신음이 절로 나온다. 인지기능은 물론 눈, 귀의 기능이 떨어지고, 기억력도 떨어져 주차장에서 차 찾는 경험이 많아졌다. 그리고 건강 검진할 때마다 건강 수치는 나빠진다. 서글픈 일이다. 그렇다고 그냥 지켜보기에는 우린 아직 젊다.

그렇다, 아직 젊고 이제 인생 오후의 시작이다. 노화를 그냥 지켜보기에는 너무 젊다. 몸의 변화를 멈추게 할 수는 없지만 늦출 수는 있고 늦추어야 한다. 진시황제의 불로초도 노화를 멈출 수 없었다. 그러나 많은 사람이 규칙적인 운동으로 몸의 변화를 늦추고 있다. 우리도 얼마든지 규칙적인 운동을 통해 몸의 변화를 늦추고 건강하게 기대수명을 늘릴 수 있다. 중요한 건 규칙적이어야 한다. 한 번쯤 경험해 봤을 것이다. 3일만 거르면 몸이 알고 반응한다. 다시 처음 시작처럼 힘이 든다. 몸의 변화가 그만큼 빠르게 진행되고 있다는 증거다. 근력 감소, 심폐기능, 신체기능 저하와 같은 몸의 변화가 그만큼 빠르게 진행되기 때문이다. 특히 근력이 40세부터 1%씩 줄어든다면 심폐기능은 50세부터

15%씩 저하 된다고 한다. 그래서 운동을 하루만 걸러도 몸이 바로 반응한다. 이런 몸의 변화를 막을 수 있는 건 꾸준함이다. 운동을 꾸준히 하면 근력 유지, 심폐기능 강화 등 신체기능 향상으로 몸의 변화를 줄일 수 있다. 운동 습관이 중요한 이유다.

운동은 몸의 변화를 막는 가장 효과적인 방법이다. 운동의 효과를 말하면 끝도 없지만 그중 몇 가지만 든다면 첫째 계속 언급하고 있듯이 근육량을 늘리고 유지하는 데 도움 된다. 근육은 우리 몸의 에너지를 생성하고 뼈와 관절을 보호하는 역할을 한다. 운동은 근육을 늘리거나 유지하는 데 가장 효과적이다. 근육량이 많을수록 신체기능 저하를 예방할 수 있다.

둘째 신체의 균형과 안전성을 높인다. 나이 들수록 균형감각과 안전성이 떨어진다. 한 발 서기를 해보면 알 수 있다. 영국 일간지 '데일리메일'이 전 세계 의사들이 고안한 기본적인 근력 및 민첩성 테스트를 통해 건강 상태와 장수 가능성을 스스로 확인해 볼 수 있는 방법이다. 내용을 소개하면 한쪽 다리로 균형 잡기를 2초 이하만 버틸 수 있는 최하위 점수를 받은 사람은 10초 이상 버틸 수 있는 사람보다 사망 확률이 3배 이상 높다고 한다. 물론 우리는 아직 그 정도는 이지만 운동으로 신체의 균형 각각을 유지하는 것이 중요하다는 것이다.

셋째 운동은 혈액순환 개선과 면역력을 높인다. 운동으로 체내 노폐물이 빠지면 혈액순환이 잘되어 영양소 공급이 원활해진다. 영양소 공급이 원활해야 면역력이 높아져 다양한 질병으로부터 몸을 보호할 수 있다. 거듭 말하면 규칙적으로 꾸준히 해야 이런 효과를 누릴 수 있고 몸의 변화를 막을 수 있다.

꾸준히 걷기만 해도 효과가 있다고 한다. 인간은 직립 보행하면서부터 걷고 달리는 동물로 진화했다. 비록 산업화와 디지털화로 걷기를 포기하는 사람이 있지만 최근 맨발 걷기 열풍을 보면 유전 인자까지 포기하진 않았음을 알 수 있다. 요즘 사람들은 다시 걷기를 통해 건강을 찾고 노화 속도를 늦추는 법을 찾고 있다. 맨발 걷기는 기본적으로 자연 속에서 이루어지고 자연의 맑은 공기를 호흡하며 천천히 걷는 과정이다. 이는 걷는 명상과도 비슷해 정서적으로 안정되어 스트레스 감소 효과도 있다고 한다.

특히 맨발 걷기는 땅과의 접촉과 지압 효과로 다음과 같은 기대효과가 있다고 한다. 첫째 땅과의 접촉을 통해 활성산소와 정전기를 제거해 혈액이 희석되고 혈류가 개선되어 혈액순환에 도움을 줄 수 이고, 두 번째는 땅의 음전하를 띠는 자유 전자가 우리 몸으로 유입되어 염증을 유발하는 활성산소를 제거함으로써 만성통증, 관절염 등 염증 질환 감소 효과가 있을 수 있다고 한다. 그 외에도 수면의 질 향상, 에너지 대사활성, 근육 긴장 완화 등 다양한 효과를 얻을 수 있다고 한다. 《맨발걷기, 김도남, 씽크스마트》 나도 2023년 5월부터 지금까지 꾸준히 맨발 걷기를 하고 있다. 혈액순환이 좋아져 발바닥 각질 개선과 수면의 질이 좋아진 경험 하고 있다. 처음부터 무리하지 않고 가까운 공원이나 주변 학교 운동장 또는 강변을 따라 걷기부터 시작하는 것도 운동을 시작하는 좋은 방법이다.

자기 몸을
이용하여
운동하자

걷기, 앉기, 일어나기 물건 들기 등 일상적인 동작은 몸 전체의 근육, 관절, 인대 등이 유연하게 작동할 때 자연스럽게 이루어진다. 상호 보완적으로 작동하면서 건강을 유지한다. 강도의 차이는 있지만 일상적인 몸의 동작이 운동이 된다. 그러나 퇴직하면 활동량은 물론 활동 범위가 줄어들어 집에서 가볍게 하는 운동이 좋다, 이때 우리 몸을 이용하면 때와 장소를 가리지 않고 손쉽게 운동할 수 있는 편리성이 있다. 또 자기 몸을 이용하면 부상 위험이 적고, 자기 몸 상태에 따라 선택과 강도를 조절할 수 있어 안전 적이다. 그뿐 아니라 언제 어디서나 할 수 있고 기구를 사용하지 않아도 되니 경제적이다. 물론 기구를 사용하는 것보다 효과가 다소 떨어질 수 있지만 처음 운동을 시작하는 사람에게는 가장 좋은 방법이다.

어떤 운동을 하던 준비 과정이 중요하다. 조금 식상하게 들릴 수 있지만 운동 전 스트레칭은 자기 몸을 이용하는 가장 기본적인 준비운동이다. 스트레칭을 하면 근육과 관절의 유연성이 향상되어 긴장과 경직을 해소하여 부상 위험이 줄어든다. 스트레칭은 운동하기 전에도 필요하지만, 잠자리에서 일어나 매일 하는 스트레칭은 몸을 가볍게 하고 하루를 활기차게 시작할 수 있어 좋다. 그럼 손쉽게 몸을 이용해 할 수 있는 운동과 방법에 대해 알아보자. 사전에 매트와 작은 덤벨 의자를 준비하자.

런치
① 다리를 어깨너비로 벌리고 선다.
② 오른발을 앞으로 한 발자국 앞에 내밀고 왼발의 뒤꿈치를 세운다. 시선은 정면을 향한다.
③ 등과 허리를 똑바로 편 상태에서 오른쪽 무릎을 직각으로 구부리고 왼쪽 무릎은 바닥에 닿는 느낌으로 몸을 내린다.
④ 하체의 힘을 이용해 천천히 처음 자세로 돌아온다.
⑤ 반대쪽도 가은 방법으로 한다.

바이시클 크런치

① 바닥에 등을 대고 눕는다.

② 양다리를 바닥에서 살짝 띄워 들고 양손은 머리 뒤에서 깍지를 낀다.

③ 한쪽 무릎을 복부로 당기면서 동시에 반대쪽 팔꿈치가 무릎에 닿듯이 상체를 비튼다.

④ 이때 굽히지 않은 반대쪽 다리는 쭉 뻗은 자세를 유지한다.

⑤ 굽힌 무릎을 제자리로 펴면서 동시에 반대쪽은 3번과 같은 자세를 위한다. 이 동작을 번갈아가며 한다.

스쿼트

① 다리를 어깨너비로 벌리고 선다.

② 허리를 꼿꼿이 세운 채 엉덩이를 뒤로 빼듯 무릎을 굽혀 앉는다.

③ 이때 무릎은 발끝보다 앞으로 나가지 않도록 한다.

④ 발바닥으로 바닥을 밀면서 올라온다.

⑤ 팔은 앞으로 뻗어도 뻗고 힘이 들면 의자를 잡고 한다.

앉았다 일어서기

① 의자에 바르게 앉는다.

② 다리는 어깨너비로 벌리고 양손은 가볍게 무릎 위에 놓

는다.

③ 발바닥으로 바닥을 밀면서 일어선다.

④ 이때 몸이 지나치게 앞으로 나가지 않도록 한다.

플랭크

① 엎드린 자세에서 양팔을 어깨너비로 벌리고 팔꿈치와
손을 바닥에 댄다.

② 무릎을 펴고 발끝으로 몸을 지지한다.

③ 이때 팔꿈치가 어깨 아래 위치하는지 확인한다.

④ 복부에 힘을 주면서 등과 다리가 일직선이 되도록 유지
한다.

팔 굽혀 펴기

① 엎드린 자세에서 양손은 어깨너비보다 살짝 넓게 바닥
을 짚는다.

② 무릎을 펴고 발끝으로 몸을 지지하면서 팔을 곧게 편다.

③ 가슴을 바닥으로 내미는 느낌으로 팔꿈치를 구부려 바
닥에 닿기 직전까지 내린다.

④ 손으로 바닥을 밀면서 몸을 들어 올린다.

3부

취미

습관

1장 나에게 취미란 무엇인가?

취미의 사전적 의미는 "전문적으로 하는 것이 아니라 즐기기 위해 하는 일"이다. 즉 직업이나 학업과 같이 목적을 위해 하는 것이 아니라, 오로지 개인의 즐거움을 위해 하는 활동이다. 그러나 산업화 시대의 주역인 우리 세대는 취미란 게 생소한 것이었다. 먹고 살기 힘들고, 일하기 바쁜 데 무슨 취미냐 하며 살았다. 그러나 요즘 우리 사회의 많은 사람에게 취미는 그야말로 필수적인 게 되었다. 그리고 어느 정도 전문성을 보여줄 수 있는 취미를 가진 사람은 여

유롭고 멋진 삶을 누리는 현대인을 나타내는 기호다. 그래서 몸과 마음을 쏟을 수 있는 취미 하나 가지지 못한 자기에 대해 자괴감을 느끼게 한다.

그동안 우리는 취미를 갖는다는 게 부담도 있지만 취미를 발전시킬 기회도 없었다. 또 취미에 대한 제대로 된 교육도 정보도 부족하고 바쁜 일상에서 어느 정도 전문적 능력을 갖춘다는 것은 그리 쉬운 일이 아니었다. 그래서 즐거워야 할 취미가 오히려 괴로운 것이 되었다.

그러나 우리 사회도 경제적 발전과 노동시간 단축 등 여가 시간이 많아지면서 취미를 즐기는 사람이 많아졌다. 이런 변화로 인해 취미의 종류도 운동, 음악, 미술, 공예, 독서, 여행, 게임, 수집, 기르기 등과 같이 다양해지고 많은 사람이 능동적으로 취미를 즐기고 있다.

　퇴직은 의도하지 않게 시간의 여유가 생긴다. 대책 없이 늘어난 시간은 잘못하면 재앙이 된다. 지금까지 자기 시간을 가져 보지도 못하고 제대로 놀아 보지 못한 사람에게 늘어난 시간은 재앙이다. 이제 여가 시간을 경영하지 않으면 남는 시간으로 매일 스트레스를 받게 된다. 이미 많은 퇴직자는 아침에 눈을 떠도 할 일이 없는 게 가장 힘들다고 한다. 이런 의미에서 여가 시간에 즐기는 취미는 퇴직을 전후에 꼭 준비해야 하는 삶의 도구다. 이제 퇴직 후 취미는 선택이 아니라 필수고, 취미 하나는 있어야 인생 오후가 즐겁고 행복할 수 있다.

　취미는 일반적으로 여가 시간에 즐기는 활동이지만 정기적으로 하는 경우가 많다. 취미활동을 통해 스트레스를 해소하고, 새로운 지식을 습득하고, 창의력을 발휘하며 퇴직 후 잃어버리기 쉬운 자신감을 키울 수 있다. 예를 들어 어떤 사람은 그림 그리기를 통해 자신의 감정을 표현하고, 음악 연주를 통해 스트레스를 해소하는 사람이 있고, 어떤 사람은 읽고 쓰기를 통해 새로운 지식을 습득하고, 또 다른 사람은 공예를 통해 창의력을 발휘하기도 한다. 또 취미활동을 통해 일상에서 벗어나 새로운 경험을 할 수 있으며, 자신을 더 잘 이해하고 발전시킬 수 있다. 그뿐 아니라 퇴직 후 단절된 관계로 인해 외로움을 느끼게 되는데 취미활동을 통해 새로운 사람과 관계를 맺을 기회가 되고 사회에 활동을 넓힐 수도 있다.

그러나 한 번도 생각하지 못한 취미를 찾는다는 건 쉬운 일은 아니다. 먼저 관심 있는 분야나 좋아하는 일을 생각할 수 있다. 처음 관심 분야를 찾고 조금씩 좁혀가면서 하고 싶은 것을 선택하면 좋다. 다른 방법은 해보고 싶었던 걸 하나씩 경험하면 선택이 쉬워진다. 나는 이 방법이 좋다고 생각한다. 하고 싶은 마음하고 할 수 있는 건 다르다. 하고 싶은 게 욕구라면 할 수 있는 건 재능이다. 나는 취미로 목공을 즐기고 있는데 처음에는 기타를 치고 싶었다. 기타 치며 노래 부르는 사람이 좋아 보여 나도 그런 모습을 상상했다. 그러나 기타를 배우면서 내게는 음악적 재능이 없다는 걸 알게 되었다. 그리고 재능이 없는 걸 배우려고 하면 스트레스가 된다는 것도 알았다. 이렇게 취미를 찾는 데 시간이 걸릴 수도 있다. 그러나 시간이 조금 걸려도 자신에게 맞는 취미를 찾는다면 삶의 질은 한층 더 높아진다.

여가는
기회이자
함정이다

우리는 퇴직으로 시간이 부족한 시대에서 시간 과잉의 시대를 맞이하게 된다. 눈만 뜨면 바빠 죽겠다고 하던 사람이 눈을 뜨면 무엇을 해야 할지 고민해야 한다. 그래서 시간은 퇴직 후 나를 힘들게 하는 것 중 하나다. 그러나 시간은 희소가치보다 활용가치에 있다는 점에서 더 중요한 의미가 있다. 지금까지 시간은 어쩌면 내 시간이 아니었다. 의무와 책임을 위한 시간은 의무와 책임 속에 귀속된다는 점에서 그렇다. 그런 의미에서 퇴직은 의무와 책임에서 벗어나 온전히 내 시간을 갖게 된다. 그리고 지금까지 시간이 통제되었다면 퇴직 후 시간은 자유롭다. 문제는 여기에 있다. 통제와 구속에서 벗어난 자유가 갈 길을 잃고, 한 번도 경험하지 못한 자유가 우리를 힘들게 한다. 또 한순간도 손에서 일을 놓아본 적이 없는 우리에게 할 일이 없다는 건 재앙이다. 그래서 퇴직 후 구직을 하기 위해 온오프라인을 헤매는 건 당연한 일이다. 뭐라도 해야 마음이 편하기 때문이다. 이게 우리의 모습이다. 그러나 인생 오전 프로그램 그대로 오후를 살 수 없다. 오전과 오후는 전혀 다른 환경이다. 인생 오후에 맞게 새롭게 프로그램되어야 한다. 그래서 지금 우리에게 필요한 건 오전의 프로그램을 바꾸는 용기다.

　　퇴직은 우리에게 주어진 새로운 기회다. 그럼에도 우리가 기회의 길을 쉽게 찾지 못하는 건 길을 잃은 두려움과 불안 때문이다. 그러나 길을 잃지 않으면 어떤 것도 찾아낼 수 없다. 길을 잃는다는 건 새로운 길을 발견하는 기회다. 지금까지 길을 잃으면 안 된다고 배우고 가르쳤기 때문에, 길 잃는 즐거움을 외면하게 되고 두려워한다. 그러나 세상의 모든 건 길을 잃어버린 결과다. 우리도 다르지 않다. 퇴직은 오던 길을 잃어버리고 새로운 길을 찾는 기회다. 그 기회의 결과가 내가 즐길 수 있는 길이 된다.

　　인생에서 길을 잃는 건 탐색의 기회이다. 내가 걸어온 길과 걸어갈 길을 위해 탐색하는 시간이다. 오랜 시간 쌓아온 경험과 지식은 한번 지나가면 끝나는 것이 아니다. 내 몸과 마음에 기억되고 그 결과가 지금의 나다. 그러므로 탐색을 통해 잘하고 못하고 좋아하고 싫어했던 시간을 다시 경험해 봐야 한다. 그 시절에는 모르고 지나갔던 게 지금 생각하면 나를 기쁘고 즐겁게 하는 것이 있고, 그때는 대단했던 것이 지금은 사소한 것일 수 있다. 중요한 건 그런 경험들이 나를 만들었다는 것이다. 이제 다시 나를 만든 가치들을 찾아 연결하고 경험해 보자. 기회는 밖에 있는 게 아니라 내 안에 있기 때문이다.

반대로 퇴직이 함정이 될 수도 있다. 누구도 퇴직을 준비하고 나오는 사람이 없어 많은 퇴직자가 이 함정에 빠진다. 설사 퇴직을 준비했다고 해도 대부분도 장롱을 지키는 자격증 몇 개가 전부다. 함정에 빠진 대부분 사람은 과거의 시선으로 현실을 본다. 상황이 바뀌고 환경이 바뀌었어도 과거의 생각을 버리지 못한다. 그래서 그렇게 원하던 자유를 얻어도 과거를 벗어나기가 쉽지 않다. 되려 신경 쓰고 눈치를 보아야 할 게 더 늘어난다. 그래서 하루하루가 더 버겁기만 하다. 겉으로는 자유스럽게 보이지만 옛날 그대로의 나를 보면서 한숨만 나온다. 이제 조금씩 알 것 같다. 선배들이 거리를 헤매고 매일 배낭을 메는 이유를 알겠다. 그렇다, 자유가 주어졌다고 해서 모두가 자유인 것은 아니다. 마치 어릴 때부터 묶여 자란 코끼리가 시간이 지나 묶긴 줄이 풀려도 자연으로 돌아가지 못하는 거와 같다. 우리에게 용기가 필요한 이유다. 새끼 독수리가 절벽에서 뛰어내리는 용가가 있어야 하늘을 날 수 있듯이 우리도 매달린 절벽에서 손을 뗄 수 있어야 나와 마주할 수 있다. 남의 눈치 보지 않고 남의 평가에 연연하지 않아야 자유인이다. 싫은 건 싫다고 하고 좋은 건 좋다고 말할 수 있는 자유, 자기 삶을 살아갈 힘과 자기 미래를 결정할 수 있는 것은 오직 자유의 힘이다. 자유는 용기 있어야 얻을 수 있고, 자유를 느낄 수 있어야 하고 싶은 걸 할 수 있다.

어떤
취미가
좋을까?

취미는 먼저 몇 가지 조건을 갖추어야 한다. 먼저 삶을 영위하기 위해 하는 생업과 무관한 것이어야 하고, 몰입과 즐거움을 주는 활동이어야 한다. 또 취미를 즐기기 위해서는 최소한의 경제적 여유와 시간적 여유가 있어야 한다. 이런 조건들은 대부분 퇴직자에게 적합한 조건이다. 또한 최근 추이는 취미가 새로운 직업이 되고 사회활동의 기반이 된다는 측면에서 취미활동의 여건과 의식이 크게 바뀌고 있다는 점도 고려하면 좋다.

그럼 어떤 취미가 좋을까? 먼저 취미를 카테고리별로 구분해서 생각할 수 있다. 먼저 창조적 활동으로 그리기, 쓰기, 연주, 요리, 디자인, 공예 등이 있다. 두 번째는 수동적 활동으로 독서, 영화 감상, 게임, 스포츠 관람 등이 있고, 세 번째 활동적인 취미로 운동, 등산, 낚시, 여행, 자전거 타기, 수영, 캠핑 등이 있고, 네 번째 지적 활동으로 학습, 연구, 식물 기르기 같은 취미로 분류할 수 있다. 이렇게 활동을 중심으로 구분한 다음 자기와 적합한 취미를 선택할 수 있다. 취미를 선택할 때도 다음과 같은 사항을 고려하면 좋다.

첫째 자기 취향을 따르는 것이다. 먼저 자기가 하고 싶어 하는 마음을 따르고 경험을 통해 재능과 맞는지 알 수 있다. 취향과 재능이 맞아야 즐길 수 있고 즐거워야 꾸준히 하게 된다. 이렇게 자신이 잘할 수 있는 것, 좋아하는 걸 발견하여 능력을 배양하다 보면 그것이 직업이 되기도 한다.

두 번째는 최소한의 경제적 상황을 고려해야 한다. 어느 정도 전문성까지 갖추려면 최소한의 경제적 여유가 필요하다. 그러나 최근 취미가 직업으로 발전하는 걸 보면 역으로 생각할 수 있다. 예를 들어 취미로 자전거를 즐기다가 자전거 전문점을 운영할 수 있다.

세 번째는 다른 사람과 함께 하는 게 좋다. 취미는 사람들을 연결하는 중요한 매개이기도 하다. 취미는 공통의 관심사를 통해 새로운 인간관계를 열어가는 중요한 고리다.

다음으로 능동적 취미와 수동적 취미를 고려해야 한다. 능동적 취미는 자기 주도적으로 참여하고 창의성을 발휘하는 활동을 말한다. 예를 들어 그림 그리기, 악기 연주, 글쓰기, 여행, 스포츠, 공예 DYI 등을 들 수 있다. 이런 능동적 취미는 자신의 관심사와 역량을 개발하고, 새로운 경험을 통해 삶의 활력을 불어넣어 준다. 또 다른 사람과 교류를 통해 새로운 관계를 통해 사회성을 높이는 데도 도움이 된다.

반대로 수동적 취미는 외부에서 제공되는 콘텐츠를 소비하는 활동을 말한다. 예를 들어 음악 감상, 영화 감상, 독서, 게임 등이 있다. 수동적 취미는 스트레스 해소, 심리적 안정에 도움이 된다. 또 문화적 소양을 넓히고, 다양한 지식을 습득하는 데 도움이 된다.

능동적 취미와 수동적 취미는 각각의 장단점이 있어 고려하면 좋다. 능동적 취미는 몰입감과 성취감이 높은 장점은 있지만 시간과 노력이 많이 든다는 단점이 있다. 반면 수동적 취미는 편안하고 부담은 적지만 쉽게 지루할 수 있다는 단점이 있어 취미를 선택할 때 고려하는 게 좋다. 그리고 능동적 취미를 시작하고 싶다면 다음과 같은 구체적인 사항도 고려할 수 있다.

첫째, 자신의 관심사와 역량을 파악한다.
둘째, 도전하고 싶은 분야를 선택한다.
셋째, 기초지식을 쌓고, 실천해 본다.

넷째, 관련 커뮤니티에 가입하여 정보를 공유한다.

수동적 취미도 시작하기 전 몇 가지 고려한다면 첫째, 자신이 좋아하고, 고품질의 콘텐츠를 선택한다. 둘째, 콘텐츠를 소비하는 시간을 적절히 조절해야 한다. 이렇게 자기에게 맞는 취미를 찾아 즐긴다면 삶의 질은 한층 높아질 것이다.

03

취미는
삶의
목적 경험이다

취미는 일상에서 벗어나 재미와 휴식을 즐기는 활동이지만 그 이상의 의미가 있다. 자기가 좋아하는 분야에 몰두하다 보면, 자연스럽게 그 분야에 대한 지식과 기술을 습득하게 된다. 또한 취미를 통해 새로운 경험을 쌓으면서 자신의 가능성을 발견하고 성장의 발판이 되기도 한다. 특히 산업과 기술의 발달로 취미가 다양해지면서 그러한 기회는 더 많아지고 있다.

또 취미활동을 즐기면 삶의 활력을 된다. 퇴직 후 매일 반복되는 일상은 지치고 무기력하게 한다. 취미는 이런 삶에 활력을 넣어 준다. 목표를 달성하는 과정에서 성취감을 느낄 수 있고, 삶에 대한 만족감과 행복감도 높아진다.

그리고 취미는 타인과의 교류를 통해 사회성을 회복하는 데도 도움이 된다. 특히 퇴직으로 단절된 관계는 외로움과 우울함을 겪게 되는데 이런 심리적 갈등에서 벗어날 수 있다. 취미를 통해 같은 관심사를 가진 사람들과 만나 교류하면서 새로운 사회적 관계를 형성할 수 있기 때문이다. 이처럼 취미는 단순한 즐거움을 넘어, 삶의 질을 높이는 데 중요한 역할을 한다. 즉 자기에게 맞는 취미를 찾아 즐기는 활동은 자기 삶의 목적을 경험하는 것이다. 조금 더 구체적으로 취미가 삶의 목적 경험이라고 하는 이유는 다음과 같은 것이 있다.

첫째, 말 그대로 삶의 목적성이다. 취미는 휴식과 즐거움을 얻기 위한 활동이지만, 그 자체로 삶의 의미와 목적을 가지고 있다. 예를 들어 그림 그리기를 취미로 가지고 있다면, 그림 그리는 것을 즐기지만 다른 한편으로 그림을 통해 자신의 감정과 생각을 표현하고, 자기가 생각하는 새로운 세상을 창조하게 된다.

두 번째, 삶의 주체성에 있다. 취미는 누구의 지시나 의도에 의해서 하는 게 아니라 자기 주도적으로 선택하고 즐기는 활동이다. 따라서 취미를 통해 자기 관심사와 역량을 개발해 삶의 활력을 찾을 수 있다.

마지막으로 자기 완결성이 있다. 취미는 결과에 대한 평가

나 보상이 필요하지 않다. 취미는 단순히 즐거움과 자기 만족감을 느끼기 위해 하는 활동이기 때문에 자기 완결성을 가진 활동이라고 할 수 있다.

물론 취미를 단순히 시간을 보내기 위해 한다거나 스트레스 해소를 목적으로 하는 활동을 목적을 경험하는 일이라고 할 수 없다. 하지만 일반적인 취미는 대부분 자기 목적의 경험이라고 할 수 있다. 취미는 삶의 질을 높이는 중요한 역할을 하기 때문이다.

취미는
창조적
게으름이다

취미는 일과 같은 사회적 의무로부터 해방을 의미하며 강제적 활동과는 다르게 스스로 흥미와 재미를 추구하는 활동이다. 그래서 취미는 자신이 좋아하는 걸 자유롭게 하고 휴식과 재충전의 기회가 된다. 게으르지 않은 휴식 없고, 휴식이 게으르지 않으면 휴식이 아니다. 그리고 이런 휴식과 여유가 창의력의 토대가 되고, 새로운 경험과 지식을 쌓는 기회가 된다. 또 스트레스를 해소하고 심신이 안정을 찾는 데 도움이 된다. 게으르지 않으면 새로운 경험도 심신의 안정도 찾을 수 없다.

취미는 일상에서 벗어나 여유를 만끽하며 즐기는 활동으로 이런 과정에서 새로운 영감을 얻게 된다. 아무 생각이 없어야 생각할 수 있고 일에서 벗어나야 새로운 일을 할 수 있듯이 창조성은 게으름이 필수다. 우리가 퇴직 후 삶이 새롭고 활기차기 위해서는 게으름을 즐겨야 한다.

게으름을 즐기려면 자기 취향과 상황에 맞게 다음과 같은 방법으로 즐기면 좋다.

첫째 취미같이 재미있는 일에 집중하는 것이다. 취미는 게으르지 않으면 실천하기 어렵고 재미가 없으면 취미가 아니다. 취미활동에 몰입하면 스트레스가 해소되면서 긍정적 에너지가 창의력을 높인다.

둘째 산책, 명상, 음악 감상과 같이 일상에서 벗어나 자유로운 시간을 즐기며 마음을 편안하게 갖는다.

셋째 구름 구경, 하늘 바라보기, 멍때리기와 같은 빈둥거리는 시간을 갖는다. 이런 막연함이 새로운 생각을 떠올리게 한다. 최근 창의성 연구 결과에 의하면 일상생활 중에 창의성이 가장 높아지는 때는 아무 생각 없이 걷거나 운전하며 생각 없이 흥얼거릴 때라고 한다.

넷째 새로운 관점으로 세상을 바라본다. 호기심을 가지고 세상을 바라보면 평범한 일상에서 흥미로운 소재를 찾을 수 있다.

우리는 게으름을 부정적으로만 인식하고 있다. 거미와 베짱이, 토끼와 거북이 이야기처럼 그렇게 배우고 실천하고 가르쳤기 때문이다. 그러나 이제 게으름을 다른 관점에서 봐야 한다. 게으름은 우리가 생각하는 것만큼 부정적이지 않다. 게으르지 않으면 창의적일 수 없다. 창의성은 조급하거나 빨리빨리 문화에서 나올 수 없다. 스트레스 또한 게으르지 않으면 해소되지 않는다. 우리는 게으름이란 휴식을 통해 쌓였던 피로를 풀고 긍정적 에너지를 회복할 수 있다. 또 문제해결 능력 또한 문제에서 벗어나 휴식하는 과정을 통해 새로운 관점으로 접근할 수 있다. 새로운 관점을 통해 효과적인 해결책을 찾을 수 있다.

그뿐 아니라 게으름을 통해 자신의 가치관과 목표를 되돌아 보고 삶을 재정립할 수 있다. 내가 원하는 삶을 살기 위해서는 자신에게 게으름이란 시간이 필요하다. 그러므로 게으름을 느낀다는 건 몸과 마음의 휴식을 통해 자신을 이해하는 시간이다. 자신을 이해하는 사람이 자신을 존중하게 되고 자존감이 높아진다. 자존감이 높아야 삶의 질도 높아진다.

2장. 취미, 참을 수 없는 즐거움

취미가 선사하는 즐거움은 특별하다. 단지 시간을 채우는 게 아니라 무아지경 또는 몰아 일체 상태나 미적 황홀경에 빠지는 경험을 할 수 있다. 무아지경은 몰입 상태의 정점으로, 주체와 객체의 구분이 사라지고 순수하게 경험만 존재하는 상태다. 이 단계에서는 시간과 공간의 개념도 사라지고, 극도의 집중과 몰입의 즐거움을 느낄 수 있다. 조금 과한 표현일지 몰라도 취미에 몰입하는 순간의 즐거움이 그렇다. 행동력과 기회 사이에서 조화가 이루어질 때 우리는 바람직한 경험 하게 된다.

나도 가끔 공방에서 몰입을 경험한다. 처음 대패의 날을 갈 때나, 톱질할 때 많이 경험한다. 반복되는 동작, 한 번도 느껴보지 못한 감각, 숫돌 위를 미끄러지는 대패 날 소리, 톱질소리, 공중으로 날리는 톱밥과 조금씩 잘리면서 벌어지는 틈으로 스미는 빛에 빠지면서 무아지경에 이른다. 물론 나는 공방에서 느끼는 감정이지만 독서의 즐거움에 빠지는 후배도 이런 몰입의 경험을 하고, 식물 키우는 취미를 가진 지인은 식물과 대화하며 시간 가는 줄 모른다고 한다. 몰입의 즐거움의 저자 미하이 칙센트미하이도 몰입의 상태를 이렇게 말한다. "몰입은 의식이 경험으로 꽉 차 있는 상태다. 이때 각각의 경험은 서로 조화를 이룬다. 느끼는 것, 바라보는 것, 생각하는 게 하나로 어우러지는 것이다." 이렇게 감각의 조화가 참을 수 없는 즐거움을 준다.

　　취미활동이 이렇게 몰입하게 하는 가장 큰 이유는 첫째 자발적인 참여에 있다. 취미는 의무나 책임에 의한 것이 아니라 자발적으로 선택하고 참여하는 활동이기 때문이다. 두 번째는 내적 동기부여에 있다. 취미는 외부적인 인정을 받기 위해 하는 게 아니라 내적 동기에 의해서 하는 활동이라 그렇다. 또 이 과정에서 성취감과 만족감을 느끼며 몰입하게 된다.

　　세 번째는 취미활동을 통해 긍정적인 결과를 얻거나 다른 사람들로부터 긍정적인 피드백을 받으면 몰입도가 올라가게 된다. 악기를 연주하면서 실력이 향상되거나, 운동하면서 건강 상태가 개선되면 활동하려는 의지가 강해지면서 더 몰입감을 느끼게 된다.

네 번째는 새로운 경험과 도전을 통해 새로운 기술을 배우고 습득하는 과정에서 흥미와 몰입을 경험하게 된다.

　다섯 번째는 처음으로 자기가 진정으로 좋아하고 가치 있다고 생각하기 때문이다.

　이처럼 취미는 다양한 이유로 몰입하게 한다. 이런 몰입감은 즐거움을 증폭시키고, 새로운 경험과 발견을 가능하게 할 뿐 아니라 창의력을 발휘하고 자기표현을 할 수 있도록 도와준다.

　물론 모든 취미가 몰입의 즐거움을 주는 건 아니다. 개인의 흥미와 성향에 따라 몰입도는 달라질 수 있다. 그러나 대부분 사람은 자신이 좋아하는 취미를 통해 몰입의 즐거움을 경험한다.

왜 나는
뭘 해도
즐겁지 않을까?

　종종 스스로 이런 자문을 하는 경우가 있을 것이다. "나는 왜 뭘 해도 즐겁지 않을까?" 이 질문은 현대사회를 살아가는 많은 사람의 마음에 있는 질문이다. 우리가 느끼는 이 무기력과 무감각의 원인은 어디에 있을까? 그 답은 우리를 둘러싼 환경과 지금까지 살아온 생활 방식에 있다. 우리는 과정보다 결과를 중시하는 사회에서 살았다. 학교에서는 점수가, 직장에서는 실적이 모든 걸 좌우했다. 이런 환경에서 성장하고 일상을 보낸 우리는 무언가를 할 때 그 과정에서 얻을 수 있는 즐거움보다 최종 결과에만 집중한다. 시험 점수를 위해 공부하고, 승진을 위해 일하며, 타인의 인정을 위해 살았다. 이런 과정에서 우리는 어떤 일을 하는 그 자체의 의미와 즐거움을 잃어버린 것이다.

더불어 우리를 둘러싼 기술은 양날의 칼이 되었다. 스마트폰, 컴퓨터, TV와 같은 전자기기는 우리의 삶을 편하게 만들었지만, 동시에 우리 주의를 끊임없이 분산시키고 집중을 방해한다. 특히 유튜브, 페이스북 같은 소셜 미디어 플랫폼은 정교한 알고리즘을 통해 우리의 관심을 계속 붙잡는다. 우리는 이들이 제공하는 끊임없는 자극과 정보의 홍수 속에서 빠져나오지 못하면서 자기의 내면에 집중할 시간을 잃어버리게 된다. 이런 환경에서 우리는 점점 몰입의 경험을 잃어가고 있다.

몰입, 즉 어떤 활동에 빠져드는 상태는 인간에게 큰 즐거움과 만족감을 준다. 하지만 결과 중심적 사고와 끊임없는 외부의 자극은 이러한 몰입의 경험을 방해한다. 그러면서 한 번도 내가 하는 것에 집중하지 못하면서 주의가 분산된 채 살아간다. 이것이 바로 우리가 무엇을 해도 진정한 즐거움을 느끼지 못하는 이유다.

취미는 우리가 잃어버린 몰입의 즐거움을 찾게 해줄 수 있는 가장 좋은 도구다. 취미는 외부의 압력이나 결과에 대한 기대 없이 순수하게 활동 자체를 즐기기 때문이다. 결과에 연연하지 않고 과정 그 자체에 집중하며 즐거움을 느낄 수 있다.

이런 과정에서 자연스럽게 몰입에 빠져들게 되는 것이다. 그림을 그리는 사람은 붓끝에서 만들어지는 선과 색에 집중하고, 나무로 차 테이블을 만드는 사람은 나무와 나무가 만나 틀이 되는 과정에 집중하고, 등산을 즐기는 사람은 발걸음 하나하나와 자연에 몰입하게 된다. 이런 순간에는 시간 가는 줄 모르고, 주변의 모든 걸 잊은 채 오직 지금 하는 활동에만 집중한다. 이것이 몰입의 상태이며, 이때 우리는 큰 즐거움과 만족감을 경험하게 된다.

물론 몰입하는 게 쉬운 일은 아니다. 우리를 둘러싼 환경은 여전히 몰입을 방해하는 요소들로 가득하다. 하지만 취미나 운동을 하면서 조금씩 그리고 꾸준히 노력한다면 변화를 만들어 낼 수 있다. 스마트폰을 잠시 내려놓고, TV를 끄고, 조용히 자기가 좋아하는 일에 집중하다 보면 경험하게 된다. 처음에는 어색하고 힘이 들지만 점차 그 안에서 즐거움을 발견하게 된다.

몰입은
최고의 나를
만나는 기회다

　　취미가 몰입하게 하는 이유를 통해 알 수 있듯이 몰입의
순간 모든 게 나를 만나는 과정으로 주체와 객체의 구분이 사라
지고 순수한 경험만 존재하게 된다. 이러한 상태에서 우리는 잠
재력을 최대한 발휘하게 되고, 자기 존재를 인식하게 된다. 잠재
와 존재가 만나는 상태가 최고의 나를 만나는 순간이다. 그래서
취미뿐만 아니라 몰입은 과학, 비즈니스, 학습 등 여러 분야에서
그 위력이 발휘해 왔다. 뉴턴의 만유인력의 법칙은 오직 그것만
생각한 결과고, 아인슈타인의 상대성 원리는 99번의 실수 후 얼

은 결과로 모두 몰입 결과다. 이런 것이 가능한 건 열정을 가지고 적극적으로 자기 삶을 사는 자기 목적성에 있다. 자기 목적성은 자기가 하는 일 자체가 좋아서 할 때 그 일을 경험하는 것 자체가 목적이 될 때 우리는 자기 목적적이라고 한다. 예를 들어 그저 놀이 자체가 좋아서 두는 체스는 나에게 자기 목적적 경험이 되지만 만일 내가 돈을 걸고 체스를 두거나 그 세계에서 순위에 오르기 위해 체스를 둔다면 똑같이 두는 체스라도 자기 외부의 목적을 실현하려는 행위가 되어 외부적 목적성을 강하게 가질 수밖에 없다. 외부의 다른 목적을 달성하려는 의도보다 일 자체가 좋아서 하는 사람이 자기 목적성을 가지고 있다고 할 수 있다.

우리는 일을 하면서 자기 목적성을 가지고 임하는 경우는 드물다. 누구나 의무감에서건 필요에 의해서건 하는 일을 내키지 않았다. 물론 모두가 그런 것은 아니다. 정도의 차이는 있지만 무슨 일을 하더라도 그 일이 하등의 가치가 없다고 생각하는 사람이 있는가 하면 자기가 하는 일은 대부분 중요하고 그 자체로 의미가 있다고 굳게 믿는 사람이 있다. 자기 목적성이 있다는 것은 후자에 속하는 사람을 말한다. 자기 목적성을 가진 사람은 원하는 일을 하는 것 자체가 이미 보상이 되기에 물질적 수혜라든가 권력, 명예 같은 별도의 보상이 필요하지 않다. 이렇게 외부의 보상이나 위협에 쉽게 농락당하지 않는 사람은 자율적이고 독립적이라 자기 삶의 흐름에 깊숙이 빠져들 줄 안다.

자기 목적성이 있는 사람들은 몇 가지 특징을 가지고 있다. 첫째 높은 몰입도다. 자기 하는 일에 흥미와 열정이 있어 높은 몰입의 경지에 이르게 되면서 쉽게 포기하지 않는다. 또 현재의 활동에 집중하는 능력이 뛰어나고 몰입의 경험을 자주 경험한다.

두 번째는 긍정적인 사고를 한다. 어려움을 두려워하지 않고 새로운 도전을 즐기는 경향이 있고, 실패도 성장의 기회로 삼고, 발전하려는 자세를 가지고 있다. 이런 낙관적인 태도가 몰입도를 유지하며 자기 목적을 달성하게 한다. 또 자기 삶에 대한 주인의식이 강하게 작용한다.

세 번째는 자기 조절 능력이 있어 감정과 행동을 효과적으로 조절할 수 있어 스트레스를 극복하며 주도적인 삶을 산다.

네 번째 자기 성장에 관심이 높아 새로운 걸 배우고 자기 자신에 대한 이해를 통해 강점과 약점을 알고 성장하려는 욕구가 강하다. 또 자기의 생각, 감정, 행동을 객관적으로 관찰하고 성찰하는 능력이 있고, 타인과 협력하고 소통하면서 자기 존재감을 느낀다.

우리는 지금까지 대부분 외부 목적성에 영향받으며 살았다. 일은 수동적이었고, 권력과 명예, 경쟁의 우열과 같은 보상에 유혹되어 살았다. 그리고 권력과 명예가 높아지면 대부분 그 지위를 이용해서 몰입에 필요한 활동을 더 체계적으로 회피하게 된다. 물론 환경이 그럴 수밖에 없었던 게 사실이다. 그러나 퇴직 후 삶은 달라야 한다. 더 이상 주변만 빙빙 도는 행성의 삶을 멈추고 스스로 빛나는 항성의 삶을 살아야 한다. 그리하여 자기 잠재력을 발휘하고 자기 존재감을 찾아 내가 나인 삶을 살아야 한다.

일상에서
몰입 환경
만들기

몰입은 잠재력을 발휘하고 최고의 경험을 만드는 기회를
제공하므로 취미는 물론 일상에서도 중요하다. 물론 일상에서 몰
입 상태를 유지하는 건 쉬운 일이 아니다. 현대사회는 몰입을 방
해하는 요소가 너무 많기 때문이다. 하루에도 수백 번씩 스마트
폰을 열어 본다. SNS는 실시간으로 업데이트되고, 메신저는 쉼
없이 울리고, 유튜브 알고리즘의 유혹을 견디기 힘들다. 이런 환
경에서 몰입한다는 건 道 닦기만큼 어렵다. 그럼에도 몇 가지 원
칙을 치키면 일상에서도 충분히 몰입의 즐거움을 느낄 수 있다.

먼저 몰입을 방해하는 요소를 제거하거나 최소화해야 한다. 퇴직하면 시급성을 요구하는 상황은 많지 않다. 먼저 스마트폰 알림 소리로부터 해방이다. 무음으로 바꾸고 시간을 정해서 확인하면 효과적이다. 또 소셜 미디어 알고리즘에서 해방이다. 꼭 필요한 정보나 배움이 필요한 사항이 아니면 멀리하는 게 좋다. 시력 보호에도 좋다. tv 채널에서 해방이다. tv는 시간 도둑이라고 생각하고 가능하면 멀리하는 게 좋다. 가능하면 정서적 안정을 취하게 조용한 환경을 조성한다. 또 공간을 정리한다. 공간을 깨끗하게 정리하면 몰입에 도움이 된다. 그리고 집중력이 좋은 시간대를 파악하여 집중 시간을 설정한다.

이렇게 환경이 조성되면 자기가 하고자 하는 일, 즉 의미와 동기부여가 이루어지는 일에 대해 명확한 목표를 설정해야 한다. 목표가 구체적이고 명확해야 집중력이 높아지고 몰입도가 증가하게 된다. 그리고 목표는 실현 가능해야 좋다. 자기만족과 성취감을 느껴야 몰입도를 유지하기 좋다.

처음 목표를 세우는 어려움이 있다면, SMART 원칙을 활용하는 게 좋다. SMART는 구체적(Specific), 측정 가능(Measurable), 달성 가능(Achievable), 관련성(Relevant), 시간 제한적(Time-bound)인 목표를 의미한다.

다음은 몰입을 촉진해 주는 요소를 생각할 수 있는데, 일의 난이도에 대한 적절성이다. 난이도가 너무 쉬우면 지루함을 느끼고, 너무 어려워도 불안감을 느끼므로 자기에게 적합한 과제를 선택해야 한다. 이런 과정과 결과를 긍정적으로 평가하고 작은 성공을 만들어 스스로 축하하고 긍정적인 피드백을 제공하는 것이다.

또한 일상에서 몰입하는 방법으로 명상, 마음 챙김, 운동 같은 꾸준한 훈련을 통해서도 가능하다. 명상은 집중력을 높이고, 잡념을 없애는 데 효과적이다. 명상은 고도의 훈련이 필요하다고 생각하는데 그렇지 않다. 나도 자주 명상을 하는데 나는 지금 나를 방해하는 잡념 하나를 선택해 그것을 내려놓는 방법이다. 처음에는 어려울 수 있으나 자주 하게 되면 자기만의 방법을 터득하게 된다. 다음으로 마음 챙김은 일상에서 작은 것에 감사하는 습관이 좋다. 작은 것에도 감사하면 현재의 소소함에 집중하게 되면 일상의 자기 삶에 몰입하게 된다.

운동도 몰입 환경을 만드는 데 좋은 방법이다. 특히 운동은 뇌의 활동력을 증가시켜 주의력과 집중력을 높이는 데 효과적이다. 긍정적인 감정을 유발하는 엔돌핀 분비를 증가시켜 스트레스를 해소하고 잡념을 줄이고 현재에 집중하게 한다. 또 긍정적 에너지는 몰입에 필요한 동기부여와 열정을 제공한다. 이 외에도 운동은 숙면에 도움을 주어 집중력 향상과 피로 감소로 몰입에 필요한 조건을 만들어 준다.

퇴직 후 즐거운 삶을 살기 위해서는 일상에서 몰입의 경험이 중요하다. 그러기 위해서 선행되어야 하는 게 몰입 환경을 만드는 것이다. 몰입 환경을 만드는 과정의 처음은 어렵고 힘들 수 있다. 그러나 시간이 지나면서 과정 자체가 즐거움이 되고 경험하지 못한 삶의 즐거움을 만나게 된다.

04
|||||||||||

통하니
즐겁지
아니 한가

취미활동의 가장 큰 매력은 바로 즐거움이다. 의무감이나 책임감 때문이 아니라, 순수하게 좋아서 하는 활동이기에 그 자체로 즐거움을 준다. 이러한 즐거움은 삶의 질을 높이고, 정신 건강에도 긍정적 영향을 미친다. 몇 번을 강조하지만, 퇴직으로 생기는 스트레스는 물론 관계 단절로 인한 외로움, 이런 외로움에서 오는 우울함을 해결하는 데도 취미만큼 좋은 게 없다.

취미활동은 새로운 인간관계를 열어 준다. 직장에서의 관계와 달리, 취미를 통해 만난 관계는 더욱 자유롭고 편하다. 공통의 관심사를 가진 사람들이 모이기 때문에, 대화의 주제도 풍부하고 서로를 이해하는 폭도 넓다. 흔히 말해 마음이 통한다고 표현할 수 있다. 마음이 통한다는 건 단순히 대화가 통한다는 의미를 넘어선다. 그것은 감정의 교류, 경험의 공유, 그리고 서로에 대한 깊은 이해를 포함한다. 같은 취미를 공유하는 관계에서는 자기의 경험과 감정을 자연스럽게 공유하며 공감하게 된다. 간혹 등산을 취미로 하는 사람들은 산 정상에서 맞이하는 일출의 감동을 말하지 않아도 서로 이해할 수 있다. 도서 모임에 참여하는 사람들은 좋은 책을 읽었을 때의 희열을 공감할 수 있다.

이러한 통함은 나이와 배경을 초월한 관계를 만든다. 직장에서는 직급이나 나이 때문에 쉽게 다가가지 못했을 사람과도, 취미의 세계에서는 평등하게 어울릴 수 있다. 20대 청년과 60대인 내가 같은 취미로 만나 깊은 대화를 나누는 모습은 더 이상 낯선 광경이 아니다. 요즘 같은 시대에 세대를 넘어 통할 수 있는 건 극히 드물다. 또한 취미활동은 함께 학습하며 성장하는 기회가 되기도 한다. 예를 들어 사진을 취미로 하는 사람들은 함께 새로운 기술을 배우고 기법을 나누게 된다. 자기만 알고 있는 장소는 있어도 자기만 알고 있는 비법을 숨기는 취미는 없다. 취미활동에서는 누구든 학생이고 스승이 된다. 그래서 서로 인정하고 존중하게 된다. 그러면서 자신을 발견하고 타인과 연결되며 지속해서 성장하는 것이다. 이것이 취미가 더 즐거운 이유다.

3장. 취미가 業이 되는 시대

최근에 취미가 직업이 되는 경우가 많다. 이는 사회 전반의 변화와 인터넷 발달과 관련이 깊다. 과거에는 삶의 안정을 우선으로 했다면 지금은 삶의 만족도에 더 관심이 높다. 그래서 자기가 좋아하는 일을 하면서 돈을 버는 경우가 많다. 요즘 취미가 직업이 되었다는 소리를 자주 듣게 되는 것도 그래서다. 이제 개인의 흥미와 가치관에 따라 다양한 취미를 통해 성공할 기회가 많아졌다. 인터넷과 소셜 미디어의 발달로 인해 개인이 자신의 취미를 쉽게 공유하고 수익을 창출할 수 있는 환경이 조성되었다. 예를 들어 유튜브나 블로그를 통해 콘텐츠를 제작하거나, 온라인 강의를 개설하기도 하고, 전자상거래 등 다양한 방식으로 경제적 활동을 할 수 있다.

꼭 온라인이 아니어도 취미가 직업이 되는 경우는 많다. 내가 아는 사람은 자전거 타기를 취미로 즐기다 자전거 전문 오프라인 카페를 운영하고 있다. 또 다른 지인은 책 읽고 쓰기를 취미로 즐기다 북카페를 운영하면서 즐거운 일상을 보내고 있고, 사진을 취미로 하던 친구는 여행작가로 활동하고, 식물 키우는 재미에 푹 빠져있던 친구는 작은 식물원을 운영하고 있다.

또 개인의 가치관 변화도 큰 영향이 있다. 과거에는 물질적인 풍요를 추구하는 것이 주된 가치관이었지만, 이제는 자기의 개성을 살리면서 만족과 행복을 추구하는 가치관이 더 중요하다. 요즘 세대들의 가치관이 별난 것이 아니다. 퇴직 후 우리들의 삶도 그래야 한다. 그런 의미에서 취미는 선택의 문제가 아니라 필수다.

그리고 과거에는 한 직업, 한 직장에서 평생을 마치는 게 일반적이었지만 이제는 다양한 직업이 등장하면서 다양한 취미가 직업으로 가능해졌다. 따라서 자기 취미를 기반으로 다양한 일을 해보고 자신에게 맞는 직업을 찾는 게 중요하다. 즉 취미가 직업이 되는 게 당연해진 것이다. 이런 변화로 인해 학력이나 경력보다 개인의 재능과 능력이 더 중요해지고 있으며, 앞으로 직업은 나에게 딱 맞는 취미를 찾는 게 더 중요할 수 있다.

취미를 직업으로 갖게 되면 삶의 만족도를 높일 수 있다. 자신이 좋아하는 일을 하면서 돈을 버는 일은 매우 즐거운 일이다. 또 취미를 통해 다른 사람과 소통하고 교류할 수 있어 특별한 경제적 부담 없이 사회관계를 넓힐 수 있다. 또 계속 배우며 성장할 수 있다. 취미는 멈춰있는 활동이 아니라 끝없이 배우고 성장하는 활동이라 삶의 만족도가 높고 퇴직 후 발생할 수 있는 우울증 같은 정신적 질병을 예방할 수도 있다. 또한 경제적 활동으로 노후 생활의 안전성을 높일 수 있다.

그러나 취미가 직업이 되는 건 쉬운 일은 아니다. 특히 퇴직 후 취미를 직업으로 만들기 위해서는 먼저 자기가 진짜 좋아하고 재밌어야 한다. 두 번째는 취미활동에 얼마나 많은 시간을 투자할 수 있는지 알아야 한다. 세 번째 지속 가능성이다. 취미활동을 장기적으로 활동할 수

있는지 확인해야 한다. 더 중요한 건 처음부터 직업으로 접근하기보다 발전 단계를 거쳐 원숙한 단계가 되었을 때 경제적 가치, 시장성, 경쟁 상태 등을 고려해서 직업으로 발전시키면

좋다.

취미를 직업으로 삼는 건 신중하게 결정해서 선택해야 하지만 충분한 준비를 한다면 퇴직 후 삶을 더욱 풍요롭고 만족스럽게 만들 수 있는 좋은 방법이다.

01
비로소
알게 된
재능

　생각해 보니 지금까지 살아오면서 한 번도 내 의지대로 선택해 본 경험이 없다. 학교는 점수에 이끌려 선택했고, 직장은 다른 선택의 여지가 없었다. 직장에서는 주어지는 대로 시키는 일을 수용해야 했다. 가정을 이루고는 늘 가족을 우선해야 했고, 돈을 벌어야 했고, 조직에서 살아남기 위해 경쟁해야 했다. 그렇게 '무엇으로 살 것인가?'라는 물질적 문제에서 벗어나지 못하고, '무엇을 위해 살 것인가?'라는 나의 가치는 풀지 못한 채 인생의 오전을 보냈다. 지금까지 한 번도 나에 대한 이해가 없었고, 내가 무엇에 관심 있고, 무엇을 잘할 수 있고, 어떤 재능이 있는지도 모른다. 퇴직이 불안한 이유이기도 하다. 그러나 퇴직은 잃어버린 나를 찾아 나로 살 수 있는 정신적 르네상스다. 이제 우리가 쌓아온 걸 찬찬히 돌아보고, 나는 누구이고 어째서 지금의 나인지를 반추하는 삶의 한 지점에 있다. 내가 소유하고, 성취한 모든 걸 살피고, 이제 여기서 또 "어디로 갈 것인가?" 묻게 되는 순간이다.

한 아프리카인의 말을 들어보자 "손으로 밥을 먹으면 더럽다 한다. 미개하다고 말한다. 그러나 당신들은 고작 다른 사람들이 빨던 포크와 나이프로 밥을 먹는다. 나는 내 손가락으로 밥을 먹는다. 다른 사람이 먹던 도구로 밥을 먹는 것이 문명이라면 나는 나만을 위한 내 손으로 밥을 먹는 건강한 원시에 머물 것이다." 다른 사람이 원하고 다른 사람을 따라가는 삶이 아니라 이제 내 손가락으로 밥을 먹자. 그러므로 퇴직은 한 번쯤 나를 위해 나를 활용할 수 있는 적기다.

나는 성공적인 삶이 어떤 것일까? 이런 의문을 가진 적이 있다. 이제 그 삶이 어떤 삶인지 알 수 있을 것 같다. 자기의 재능을 충분히 발휘하며 사는 삶이다. 그런 삶이 가장 부럽고 좋아 보인다. 재능은 특별한 사람만 있는 것이 아니다. 사람은 누구나 타고난 재능을 가지고 태어난다. 일란성 쌍둥이도 다르듯이 각각

타고난 재능 또한 다르다. 우리가 재능을 찾지 못한 건 수용하는 삶을 살았기 때문이다.

그럼 어떻게 재능을 알 수 있을까? 재능을 발견하는 확실한 방법은 뒤로 한 발 물러나서 자신을 바라보는 것이다. 무의식적으로 반복되는 사고, 감정, 행동을 기준으로 살펴볼 수 있는데, 어떤 상황에 맞닥뜨렸을 때 자신이 맨 처음에 나타낸 무의식적인 반응이 무엇인지 생각해 보자. 하나의 활동을 시작하여 얼마나 빨리 그것을 습득했고, 얼마나 빨리 학습 단계를 뛰어넘었으며, 일을 하면서 배우지도 않은 새로운 방식과 변화를 추가한 게 얼마나 되는지 생각해 보자. 또 재능을 사용하면 즉각적으로 유쾌한 감정이 흐른다. 이런 감정들이 부드럽게 흐르면서 콧노래가 절로 나오는 걸 느낀 경험이 언제인지 생각해 보자. 이러한 개개인의 반응은 그 사람의 독특한 행동 패턴을 여실히 드러내며, 재능을 알 수 있는 실마리가 된다.

그 외에도 염두에 두어야 하는 건 누군가의 어떤 행동을 동경하는 것이다. 동경은 끌림 때문에 느끼는 감정으로 어린 시절부터 나타났을 가능성이 크다. 유전자의 작용 때문이든 아니면 유아기의 체험이 영향을 미친 것이든 어렸을 때 어떤 행동에 끌리었던 기억이 지금도 가지고 있다면 재능일 가능성이 있다. 또 하나가 학습 속도다. 모든 재능이 동경을 통해 신호를 보내는 게 아니므로 재능이 존재한다고 해도 내면에서 부르는 소리를 듣지 못할 수도 있다. 이때 재능의 존재와 정도를 알아볼 수 있는 게 새로운 기술이나 지식을 배우는 속도다. 나에게 학습 속도가 유난히 빠른 분야가 있다면 자세히 잘 살펴보자. 거기에 재능이나 재능이 될 만한 가능성을 발견할 수 있다. 만족감도 재능을 발견하는 수단이 될 수 있다. 재능을 발휘할 때 기분이 좋아진다면 재능을 사용하고 있을 가능성이 높다. 자신이 해온 일 중에서 어떤 게 자기 행동과 성과에 대해서 행복감을 느끼고 어떤 일이 즐거운가 하는 질문에 한결같은 대답이 재능일 가능성이 높다.

그러나 내가 어떤 일을 하는 중에, 현재와 미래 중 어느 시제를 의식하고 있는지 생각해 보는 게 좋다. 현재 상황에만 급급해하면서 "이 일이 언제 끝날까?"를 생각한다면, 재능을 사용하고 있지 않은 것이다. 하지만 미래를 생각하며 즐거워하면서 "언제 또 이 일을 하게 될까? 라는 기대가 일어나면 그 일을 즐기는 재능 중 하나를 사용하고 있을 가능성이 높다.

정리하면 자발적인 반응, 동경, 빠른 학습 속도, 만족감은 등은 재능을 발견할 수 있는 실마리가 된다. 그러므로 과거 현재 미래를 연결하여 자기 내면의 소리에 귀를 기울인다면 재능을 찾는 데 도움이 될 것이다.

재능을
강점으로
만들자

강점은 강점으로 발전할 가능성 있는 재능이 발전하여 나타난다. 즉 재능을 갈고닦으면 강점으로 만들 수 있는 것이다. 이때 필요한 게 지식과 기술이다. 먼저 지식은 사실에 입각한 지식이 필요하다. 예를 들어 상품을 판매하는 사람은 상품의 특징을 배우는 데 시간을 할애해야 하고, 이동통신사 고객 상담자는 고객에게 어떤 요금 체계를 쓰는 게 이로운지 이해시킬 수 있어야 한다. 이와 같은 사실적 지식을 쌓았다고 강점이 개발되는 게 아니지만, 강점을 개발하려면 반드시 사실적 지식을 쌓아야 한다.

아무리 기술과 재능이 뛰어나더라도 붉은색과 초록색을 합치면 갈색이 된다는 사실을 모른다면 뛰어난 화가가 될 수 없다. 본 게임에 참여할 자격은 이런 사실적 지식을 알고 있는 사람에게만 주어진다. 두 번째 지식은 경험적 지식으로 일을 하면서 스스로 훈련하고 배우고 습득한 것이다. 자신이 걸어온 길을 뒤 돌아보는 것은 그래서 의미가 있다. 이런 과정을 통해 자기 인식을 하는 것이 중요하다. 사람은 변하지 않는다는 말은 진실이다. 나 자신도 예외는 아니다. 그러므로 인생의 오후는 재능을 찾아 그것을 중심으로 다시 삶의 목표를 세워야 한다.

두 번째는 기술이다. 기술은 경험적 지식을 체계적으로 만들어 준다. 경험적 지식이 일정 단계에 이르면 지금까지 쌓아온 지식으로 일정한 체계를 세울 수 있다. 그 체계대로 따르기만 하면 업무를 완수할 수 있는 일련의 단계로 만들 수 있다. 이런 기술을 익히면 시행착오를 막을 수 있고, 자신의 분야에서 가장 일을 잘하는 사람이 습득한 내용을 배워 업무에 바로 적용할 수 있다. 물론 기술을 익힌다고 강점이 구축되는 건 아니다. 타고난 재능이 뒷받침되어야 하고 그렇게 강점이 구축되어야 평범함이 비범해질 수 있다.

또 공감처럼 단계별로 나눌 수 없는 기술도 있다. 그것은 다른 사람의 기분을 이해하는 재능으로 직관적이고, 순간적이고, 본능적으로 이루어지기 때문이다.

지금까지 말한 기술을 정리하면, 어떤 한 분야에서 가장 쉽게 발전하는 방법은 기술을 몸에 익히는 것이다, 기술을 몸에 익히면 자기가 하는 일에 더욱 능숙해질 수 있다. 그러나 기술을 익힌다고 해서 재능의 부족을 덮을 수는 없다. 기술은 강점을 개발하는 동안 재능과 맞으면 가장 가치 있는 것이 된다는 것이다.

강점은 내가 하고 싶은 일을 계속 거의 완벽하게 그 일을 할 수 있는 능력이나 성격을 말한다. 이런 강점은 타고난 재능을 만났을 때 강력해진다. 아니 재능과 강점은 불가분의 관계라고 할 수 있다. 그러므로 강점은 타고난 재능을 찾아 지식과 기술로 갈고닦는다면 빛나는 인생 오후를 맞이할 수 있을 것이다.

공통 분모가
만든
새로운 관계

우리는 살면서 다양한 관계를 맺는다. 가족, 학교, 직장 등 여러 환경에서 만난 사람과 관계를 이어간다. 그러나 이러한 관계들은 종종 내 선택이 아닌 주어진 환경에 의해 형성된다. 반면에 취미를 통해 만나는 관계는 다르다. 이는 나의 자발적 선택과 열정이 만들어 낸 특별한 연결고리다.

취미는 나이, 직업, 배경을 초월한 공통의 분모를 제공한다. 등산 동호회에서는 20대 대학생과 60대 은퇴자가 함께 산을 오르며 대화를 나눈다. 독서 모임에서는 주부와 기업의 CEO가 같은 책을 읽고 열띤 토론을 벌인다. 나 또한 공방에서 40대의 후배들과 함께 나무에 대한 쓰임과 창작에 관한 대화를 할 땐 나를 구성하는 요소는 사라지고 오직 공통의 주제만 남는다. 그래서 취미에서 만난 관계에는 특별한 진정성이 있다. 거기에는 의무나 이해관계가 아닌, 순수한 열정으로 모였기 때문이다. 이런 관계에서 나이나 지위에 상관없이 서로를 존중하고 배려하려는 자세가 자연스럽게 형성된다. 젊은이는 연장자의 경험에서 지혜를 배우게 되고, 연장자는 젊은이의 열정에 활력을 얻게 된다.

또한 취미를 공유하는 사람들 사이에는 특별한 언어가 존재한다. 그래서 외부인들에게는 이해하기 어려운 용어나 경험을 서로 쉽게 공유하고 공감하면서 동질감을 느낀다. 이러한 소통은 깊은 유대감을 형성하며, 때로는 가족이나 오랜 친구보다도 더 깊은 이해를 바탕으로 한 관계로 발전하기도 한다.

취미를 통한 관계의 또 다른 장점은 스트레스 해소와 정서적 지지다. 일상의 고민을 잠시 잊고 공통의 관심사에 깊이 몰입하는 순간은 큰 위안이 된다. 더불어 같은 취미를 공유하는 사람들과의 대화는 자연스럽게 서로의 고민을 나누고 위로하는 장이 되기도 한다. 특히 퇴직 후 가장 필요한 시간이다. 이런 시간은 위로를 넘어 용기가 되고 새로운 성장의 기회가 되기도 한다. 다양한 경험과 배경을 가진 사람들과의 교류는 새로운 관점과 아이디어를 접하게 해주며, 생각하지 못한 기회로 이어지기도 하기 때문이다. 또 취미활동의 성취감을 서로 응원하면서 자존감 향상에 도움이 되고, 삶의 다른 영역에서 긍정적 영향을 미치게 된다.

더불어 취미를 통한 관계는 세대 간 소통의 다리 역할이 되기도 한다. 현대사회에서 점점 벌어지는 세대 간 격차를 좁히는데 취미만큼 효과적인 게 없다. 서로 다른 세대가 공통의 관심사를 가지고 대화하고 활동하면서, 세대 차이를 넘어 이해와 존중이 싹트기 때문이다.

거듭 강조하지만, 취미를 통한 관계는 퇴직 후의 삶에 새로운 의미를 부여한다. 직장에서의 인간관계가 줄어드는 시기에, 취미를 통해 만난 사람들이 새로운 사회적 네트워크를 형성하기 때문이다. 이는 퇴직 후 고립감을 해소하고 활기찬 삶을 유지하는 데 큰 힘이 된다. 퇴직을 준비하는 후배들이 준비하고 나와야 하는 게 무엇이냐고 물으면 내가 주저 하지 않고 취미라고 답하는 것도 그래서다.

그래서 퇴직 후 취미는 단순히 여가 수준을 넘어 새로운 관계의 장이다. 다양성과 진정성, 깊은 이해와 공감, 스트레스 해소와 개인의 성장, 세대 간 소통과 퇴직 후 삶까지 취미가 만들어 주는 관계의 가치는 참으로 다양하고 풍부하다. 퇴직을 준비하든 퇴직하였든 자기에 맞는 취미를 찾아야 인생 오후가 더 행복하다.

비범한
삶을
살자

　나는 평범한 직장인이었지만 늘 비범함을 추구했다. 언제나 다름을 추구하며 꾸준히 공부했고, 끝임없이 변화를 추구하며 조직변화의 선봉에 섰다. 그래서 35년의 직장생활은 평범했다고 할 수 있지만 과정과 내용은 늘 비범했다. 일은 놀이처럼 재미있었고, 출근길은 늘 설렘이었다. 그리고 하고 싶은 일을 했고, 하고 싶은 방향으로 일할 수 있었고 행복했다. 그러나 내가 평범한 직장생활을 추구했다면 여타 직장인들처럼 일은 고된 노동이었을 것이고, 출근길은 고통이었을 것이다. 퇴직도 다르지 않다.

평범하게 보내야겠다고 생각하면 퇴직은 고통이다. 그러나 비범한 삶을 살아야겠다고 생각하면 퇴직은 지금까지 한 번도 경험하지 못한 행복한 시간이 될 수 있다. 비범한 삶은 특별한 사람의 전유물이 아니다. 평범과 비범 사이는 종이 한 장 차이다.

비범한 삶을 살기 위해서는 나를 사랑할 수 있어야 한다. 다른 사람과 비교의 대상이 아니라 나만의 독창성 즉 재능을 찾아 끊임없이 노력하고 발전시키는 자세가 있어야 한다.

자신만의 재능을 찾는 건 앞에서 말했듯이 쉽지 않은 일이다. 재능을 찾는 방법을 참고하여 다양한 경험을 하고, 다양한 분야의 책을 읽고, 새로운 사람들을 만나면서 숨겨진 재능이나 흥미를 발견할 수 있다. 틀에 박힌 생각을 넘고 남들이 다 하는 걸 넘어 자기만의 독창적인 것을 시도하는 게 중요하다.

그리고 꾸준히 노력하고 실천해야 한다. 꾸준히 하기 위해서는 계획과 목표를 세워서 실천하면 좋은데, 가능하면 Plan-Do-Check-Action 사이클로 관리를 하면 효과적이다.

또한 실패를 두려워하지 않아야 한다. 실패나 실수 없이 성공하는 건 없다. 모든 성공은 실패의 결과다. 많은 경험에는 크고 작은 실패나 실수는 당연하다. 그런 실패와 실수를 통해 배우고 자기를 알게 되면서 자기만의 독특한 재능을 발견할 수 있다.

더 중요한 건 자신감과 열정이다. 열정이 마치 젊은이들의 전유물처럼 생각하는데 그렇지 않다. 열정은 퇴직 후에 가장 필요한 에너지다. 열정이 있어야 끊임없이 노력하고 발전할 수 있다.

　　나는 평범한 삶에서 비범한 삶으로 가는 가장 좋은 방법은 자신에게 맞는 취미를 찾아 꾸준히 즐기는 삶이라고 생각한다. 취미는 다양하고 새로운 경험과 새로운 지식을 쌓고 기술을 익히면서 지금까지 경험하지 못한 경험을 할 수 있다. 또 새로운 사람을 만나고 이해(利害)를 넘어 같은 관심사를 가진 사람을 만나 새로운 관계를 맺으면서 사회적 관계를 형성할 수 있다. 그리고 자신만의 독창적성을 찾을 수 있다. 자기가 즐길 수 있는 활동을 통해 자신만의 재능을 찾아 강점으로 발전시킬 수 있기 때문이다. 이런 취미는 삶에 활력을 불어넣고, 삶에 대한 열정을 갖게 한다. 또 삶의 만족도를 높여 주고 긍정적인 마음을 가지면서 평범함을 넘어 비범한 삶을 살게 한다. 결국 비범한 삶이란 오롯이 자기 삶을 사는 것이다.

4부

봉사
습관

1장 의미 있는 하루

늘 바쁘고 분주했고, 하루가 어떻게 가는지 몰랐다. 뒤돌아 볼 틈도 주변을 살필 겨를도 없었다. 결혼해서 아이들을 낳고, 중년이라는 삶의 접점에 도달해서야 겨우 시간의 중요함을 느꼈지만, 가족 부양이라는 책임과 의무, 채워도 채워지지 않는 경제적 불안은 삶의 의미를 잃게 했다. 그렇다고 모아 놓은 돈도 많지 않고 건강도 예전만 못하다. 퇴직은 그렇게 아무것도 준비되지 않은 상태에서 온다. 그래서 퇴직은 자의가 되었던 타의가 되었던 누구에게나 좋은 감정으로 다가오지 않는다. 하지만 퇴직은 받아들여야 하는 생의 궤적과 같다. 다만 그것이 쉽지 않다는 데 있지만. 그러나 퇴직은 단순히 일을 그만두는 게 아니다. 길이 끝나는 지점에서 새로운 길이 시작되듯이 퇴직은 새로운 시작이다. 그러므로 퇴직 후 새로운 삶을 계획하는 건 중요하다. 퇴직을 지금까지 걸어온 길에서 벗어날 좋은 기회라고 생각하자. 분주함과 채우는 욕구를 내려놓고, "내 인생 오후의 날들을 어떻게 살아야 할까?"를 생각하기 좋은 기회다. 그래서 이 기회를 놓치면 안 된다.

봉사는 자신의 가치와 삶의 목적을 탐색하는 좋은 방법이다. 봉사활동을 통해 다른 사람을 돕고 그들의 감사와 기쁨을 직접 느끼는 경험은 자기 삶의 가치를 깨닫게 해준다. 특히 어려움을 겪는 사람들을 도움으로써 '우리'란 가치를 중요하게 생각하고 사회 구성원이면서 한 번도 경험하지 못한 책임감과 공동체 의식을 갖게 된다. 그리고 이런 가치에 대한 인식이 퇴직 후 잃기 쉬운 존재감을 찾는 기회가 된다. 퇴직하는 순간 자기 존재감에 의문이 생기는데, 봉사활동을 통해 다양한 사람들을 만나면서 새로운 삶을 탐색할 수 있다. 봉사활동은 다양한 배경을 가진 사람들과 교류하고 소통하면서 서로의 가치관을 이해하고 존중하면서 다양성을 존중하는 태도를 배우고, 삶의 의미에 대한 새로운 시각을 가질 수 있다. 그리고 봉사활동을 통해 평소 접하지 못했던 분야의 지식과 기술을 배우고 경험할 수 있어 좋다. 이러한 새로운 경험들은 자기 잠재력과 가능성을 발견하고 삶의 새로운 목표를 세우는 데 도움이 된다.

또한 봉사활동을 통해 사회문제 해결에 직접적으로 참여

하고 더 나은 사회를 만드는 데 기회가 제공되어 삶의 의미와 목적을 확고하게 다질 수 있다. 그러므로 봉사활동은 단순히 다른 사람을 돕는 행위를 넘어, 자기 삶의 의미를 찾고, 가치 있는 삶을 살아갈 수 있도록 이끄는 중요한 경험이다. 만약 퇴직 후 새로운 삶의 의미를 찾고 싶다면, 봉사활동을 시작하는 것을 적극 추천한다.

나는 15년째 두 곳에 작은 기부활동을 하고 있다. 내가 기부활동을 시작한 건 2009년이다. 정확히 내가 부장 진급하고 첫 급여를 받았을 때부터다. 그리고 임원이 되면서 한 곳을 추가했다. 어떤 계기가 있었던 건 아니다. 현장에서 근무하면서 문화생활에 소외된 곳에 영화관람 기회를 제공하면서다. 그들의 감사와 기쁨을 직접 느낀 경험이 자연스럽게 이어졌다.

기부활동은 물론 두 번째 출간한 책 '지시말고 질문하라.'를 기반으로 '질문리더십'을 주제로 재능 기부활동도 하고 있다. 특히 재능기부는 단순히 내 재능을 기부하는 것을 넘어, 나와 사회에 긍정적 영향을 미치는 가치 있는 활동이란 생각을 가지고 한다. 재능기부를 통해 다양한 사람들에게 긍정적 영향을 미치면서 전문성을 더욱 발전시키고 있고 계속 공부하며 다양한 사람들과 만남을 통해 새로운 관계를 형성하고 있다. 또 사회문제 해결에도 직접적으로 참여하고 사회 일원임을 깨닫게 되면서 퇴직 후 자칫 잃기 쉬운 자긍심과 자신감을 지킬 수 있었다. 이렇게 봉사는 퇴직 후 삶의 의미와 목적을 확고하게 다지는 데 큰 도움이 된다.

사람들은 좋은 일을 하며 살아야 하는 건 잘 알지만 쉽지 않다고 한다. 돈을 번 뒤 기부한다거나 복권에 당첨되면 뭉칫돈을 기부하겠다는 게 그들의 계획이다. 봉사를 특별하고 거창하게 뭔가를 확 바꾸어 줘야 한다고 생각한다. 그래서 봉사가 어렵고 힘들다. 그러나 봉사의 첫 번째 수혜자는 자신이다. 다른 사람을 바꿔서 생기는 즐거움이 아니라 나의 즐거움이 넘쳐 다른 사람까지 이롭게 만드는 것이 진정한 봉사다. 특히 퇴직 후 봉사는 자칫 잃을 수 있는 자긍심을 회복하고 삶의 의미와 목적을 찾는데 가장 효과적이다.

자긍심
회복

　　퇴직 후 가장 힘들게 느끼는 게 자긍심 상실로 인한 자신감 하락이다. 자긍심은 사람이 자기 자신과 자기의 활동 능력을 고찰하는 데서 생기는 기쁨인데, 퇴직으로 인한 자기 활동 능력이 끝났다고 생각하면서 자긍심 상실로 이어진다. 사회 구성원으로서 역할을 했던 직장생활은 사회적 연결, 목표 의식, 가정의 경제활동의 주체로서 자립을 이루며 사회적 인정을 받고 정체성을 가지는데, 퇴직은 이렇게 자기가 삶의 자긍심이라고 하는 것들이 빠져나가고 무너지고 있다는 자각에서 비롯된다.

그밖에도 경제적 불안, 직장 동료들과의 관계의 소멸로 고립감을 느끼면서 자긍심이 떨어진다. 그리고 직장에서 업무 성과를 통해 자기 가치를 평가받는 경우가 많은데 퇴직 후 이런 평가 기준이 사라지면서 자기 가치에 대한 의심이 생기고 그것으로 인해 자긍심이 떨어지게 된다. 그만큼 자긍심은 삶에 미치는 영향은 크다. 하지만 자긍심을 회복하는 건 어렵지 않다. 사실 누군가가 나를 인정해 준다는 단순한 사실 하나만으로 금방 자긍심은 회복할 수 있다.

또 직장에서 쌓은 지식과 경험은 퇴직으로 무용지물이 된다는 생각이다. 무엇이든 할 수 있을 것 같던 자신감은 시간이 갈수록 떨어지고 존재감마저 잃는다. 유능함이 무능으로 변하는 순간이다. 그러나 지식이나 경험은 그것이 무엇이든 무용이 되지는 않는다. 우리가 무용지물이라고 생각하는 건 가치가 아니라 실용의 상실일 가능성이 크다. 퇴직으로 삶의 대부분을 차지하던 일과 연결이 단절되면서 오는 상실감이다. 이러한 모든 문제는 퇴직을 끝이라고 생각하는 데 있다. 그러나 모든 시작은 끝이 있어 가능하듯이 어떤 끝도 그대로 끝나는 경우란 없다. 그러므로 퇴직은 끝이 아니라 새로운 시작이다.

나는 퇴직 후 상실한 자긍심을 회복하는 데 봉사활동이 가장 효과적이라고 생각한다. 자신의 가치와 능력을 재확인할 수 있다고 생각하기 때문이다. 어려움을 겪는 사람들을 돕고 그들의 감사와 기쁨을 직접 느끼는 경험은 자신의 새로운 가치와 능력을 알게 되는 기회가 된다. 그뿐 아니라 사회문제 해결에 직접적으로 참여하고 더 나은 사회를 만드는 데 참여할 수 있다. 그리고 자기 재능을 발전시키고 새로운 지식을 배우고 능력을 개발하면서 자신에 대한 새로운 점을 발견하기도 한다. 이런 기회를 통해 자신에 삶의 의미와 가치를 찾을 수 있기 때문이다.

또 자기 가치에 대한 상실을 회복하는 것이 중요한데 그동안 쌓은 지식과 경험의 필요를 찾는 것이 중요하다. 또 다른 유용성을 찾아 연결하면 새로운 실용의 가치를 만들 수 있기 때문이다. 그러므로 중요한 건 지식과 경험의 새로운 연결고리를 찾는 것이다. 그런 의미에서 재능기부는 가장 효과적이면서 발전적인 활동이다.

가까운 후배는 퇴직 후 무료함을 이기기 위해 몸을 활용하는 봉사활동을 시작했다. 주 2회를 주방에서 채소를 다듬고 식자재를 나르고 소분하고 하는 단순히 몸을 움직이는 활동 하면서 나름 보람과 뿌듯함을 느꼈다. 그러던 어느 날 봉사 단체 사람들과 관계가 조금씩 익숙해지면서 사무실에서 차를 한잔 마시게 되었다고 한다. 차를 마시다 우연히 한 직원의 서류를 정리하는 것을 보게 되었다. 그런데 엑셀 프로그램을 활용하면 쉽게 할 일을 일일이 수작업하며 힘들게 하는 걸 보고 엑셀 프로그램을 이용 쉬운 방법을 알려 주었다고 한다. 그 일을 계기로 지금은 하루는 사무실에서 봉사활동을 하고 있다. 서류를 정리하고, 관리 시스템을 바꿔주고, 자료를 편하게 찾아볼 수 있도록 폴더를 하나씩 만들어 정리해주면서 퇴직 후 가장 보람 있고 자기 존재감을 느낀다고 했다. 그러면서 후배가 하는 말이 "퇴직하면 회사에서 배우고 경험한 게 더 이상 별로 쓸모없을 줄 알았는데 이렇게 좋은 곳에서 의미 있게 활용하게 될지 몰랐다."라고 하면서 별것 아니 데 자긍심이 생긴다고 했다.

02
자기
능력과 가치
재발견

　　직장 생활 동안 우리는 주어진 업무를 정해진 방식으로 처리하는 데 익숙하다. 회사의 규칙과 절차, 조직이 원하는 방식에 따라 일하다 보면, 자기의 창의성이나 잠재력을 충분히 발휘하지 못하는 경우가 많다. 때로는 자기가 가진 능력의 일부만 사용하며, 그 외의 재능은 묻혀버리기도 한다. 이런 환경에서 오랜 시간을 보내다 보면, 우리는 자신의 진정한 능력과 가치를 제대로 인식하지 못하게 된다. 하지만 봉사활동은 자신을 새롭게 발견하고 재정의할 수 있는 좋은 기회가 될 수 있다.

봉사활동은 대개 엄격한 규칙이나 절차보다는 목적과 가치에 더 중점을 둔다. 이는 봉사자들이 자기의 능력을 자유롭게 발휘할 수 있는 환경이 제공된다. 예를 들어 회사에서는 단순히 데이터 입력 업무를 담당했던 사람이 지역 도서관에서 봉사를 하면서는 자기의 독서 경험과 지식을 활용해 독서 프로그램을 기획하고 운영할 수 있는 것이다.

봉사활동의 이러한 특성은 참여자들이 자기의 숨겨진 재능과 관심사를 발견하는 계기가 된다. 직장에서는 미처 발휘하지 못했던 능력이 봉사활동을 통해 표출하면서, 자신의 새로운 면모를 발견하게 된다. 오랜 시간 기업에서 재무 업무만 하다 퇴직한 친구는 퇴직 후 환경단체 봉사활동을 시작했다. 그런데 그곳에서 활동하면서 자신이 환경 보호에 대한 열정과 리더십을 발견할 수 있었다고 한다. 이는 단순히 숫자를 다루는 걸 넘어, 사회문제에 대한 깊은 이해와 해결 능력을 갖추고 있었음을 깨닫는 과정이라고 볼 수 있다.

또한 봉사활동을 통한 자기 발견의 과정은 종종 예상하지 못한 방향으로 전개되기도 한다. 평생 사무직으로 일했던 사람이 봉사활동을 통해 자기의 손재주를 발견하고, 이를 통해 새로운 삶의 의미를 알고 찾는 사례도 있다. 또는 대기업 임원으로 일하다 퇴직한 사람이 작은 마을의 지역 개발 프로젝트에서 자신의 경영 능력이 지역사회를 변화시키는데 큰 도움이 될 수 있음을 깨닫기도 한다. 이러한 경험들은 개인에게 새로운 도전 의식

231

과 성취감을 주고, 퇴직 후 삶에 새로운 활력이 된다.

이렇게 봉사활동을 통한 자기 재발견의 여정은 개인마다 다르게 전개된다. 어떤 사람은 평생 꿈꿔왔던 재능을 발휘할 기회를 찾기도 하고, 또 어떤 사람은 전혀 새로운 능력을 발견하며 놀라워하기도 할 것이다. 중요한 것은 이 과정이 끊임없는 성장과 학습의 기회라는 것이다. 퇴직이 끝이 아닌 새로운 시작이 될 수 있음을 보여준다. 중요한 것은 퇴직자들이 봉사활동을 통해 자기 능력을 다시 발견하여 오전의 삶보다 더 멋진 오후를 맞이하는 것이다.

자기
계발과
성장

봉사는 단순히 타인을 돕는 행위를 넘어 자신의 삶을 풍요롭게 만드는 값진 경험이다. 많은 사람이 봉사를 시작할 때는 자신이 가진 지식과 능력으로 무엇인가 나누고자 하는 마음에서 시작한다. 하지만, 봉사활동을 하다 보면, 예상하지 못한 방식으로 성장하고 발전하게 된다. 이것은 봉사가 단순히 베푸는 행위가 아닌, 자기 발전의 기회이자 새로운 경험을 쌓은 경험임을 깨닫게 해 준다.

처음 봉사를 시작할 때는 자기가 가진 경험과 지식으로 접근한다. 이게 처음 봉사를 시작하기에 가장 좋은 방법이기도 하다. 예를 들어 교직의 경험은 가르치는 일로 접근하게 되고, 요리에 능숙한 사람은 무료 급식소에서 봉사를 시작할 수 있다. 이 단계에서는 우리는 자기의 능력을 활용해 타인에게 도움 줄 수 있다는 것에 만족감을 느끼게 된다. 하지만 이것은 봉사를 통해 얻을 수 있는 많은 혜택 중 시작에 불과하다.

봉사활동을 계속하다 보면, 우리는 새로운 지식과 기술을 습득하게 된다. 이는 기존의 자기 지식과 경험에 새로운 차원을 더해 주게 된다. 예를 들어 노인 복지관에서 봉사를 시작한다면 처음에는 말동무가 되어주는 것으로 시작할 수 있을 것이다. 하지만 시간이 지나면 노인 심리에 대해 배우게 되고, 세대 간 소통 방식을 익히며, 더 나아가 노인 복지 정책에 대한 이해도가 깊어질 수 있다. 이러한 새로운 지식의 습득은 봉사하는 나의 시야를 넓히고, 더 효과적인 봉사를 가능하게 한다.

새로운 지식과 기술을 습득함에 따라, 우리의 봉사 경험도 질적으로 발전하게 되는 것이다. 처음에는 단순히 주어진 일을 수행하는 데 그쳤지만, 이제는 더 깊이 있는 이해를 바탕으로 창의적이고 효과적인 방식으로 봉사활동을 하게 된다. 이는 봉사의 질을 높이는 동시에, 봉사하는 자신에게도 더 큰 보람과 만족감을 준다.

지적 발전은 양질의 봉사로 이어지게 된다. 환경단체에서 봉사를 하면서 환경 과학에 대한 이해를 넓히는 것이나, 교육 봉사를 하는 사람이 아동 심리와 최신 교육 방법론을 학습하면서, 단순히 숙제를 도와주는 것을 넘어 아이들의 잠재력을 끌어내고 학습 동기를 높이는 멘토링을 제공할 수 있을 것이다.

봉사를 통한 자기 계발 과정을 통해 봉사자 자신의 성장으로 이어지게 된다. 새로운 지식과 기술의 습득, 다양한 사람과의 만남, 사회문제에 대한 깊이 있는 이해는 시야를 넓히고 삶의 가치관을 풍부하게 만든다. 이런 과정을 통해 얻은 지식과 경험은 개인의 삶 전체적으로 긍정적인 영향을 미치며, 더 나은 나로 성장하게 한다. 이렇게 개인의 성장과 양질의 봉사 경험이 맞물리면서 더 큰 보람을 느끼게 된다. 처음에는 단순히 돕는다고 하는 행위에서 오는 만족감에 그쳤다면, 이제는 자기의 성장과 함께 사회에 의미 있는 변화를 만들어 내고 있다는 깊은 성취감을 경험하게 된다. 이렇듯 봉사는 단순히 베푸는 행위를 넘어 자기 경험에 새로움을 더하고 나를 성장시키는 귀중한 기회다.

새로운
관점과
가치관 형성

　　인생을 대부분 직장에서 보낸 우리에게 퇴직은 단순한 은
퇴 이상의 의미가 있다. 그것은 삶의 패러다임을 바꾸어야 하는
중요한 전환점이기 때문이다. 지금까지 실리를 챙기며 목표지향
적으로 살아왔다면, 퇴직 후에는 가치 중심의 목적 지향적인 삶
으로의 전환이 필요하다. 이러한 관점의 변화는 단순히 시간을
보내는 방식을 넘어, 삶의 의미와 만족도를 크게 높일 수 있다.
이런 과정에서 봉사는 새로운 관점과 가치관을 형성하는 데 좋
은 기회가 된다.

직장 생활 동안 우리는 주로 실리적이고 목표지향적인 삶을 살았다. 승진, 연봉 인상, 업무 성과 등 구체적이고 측정이 가능한 목표를 향해 끊임없이 달려왔다. 이러한 접근 방식은 직업적 성공을 이루는 데 효과적일 수 있지만, 때로는 삶의 더 큰 그림을 놓치게 만들기도 한다. 우리는 그동안 '무엇을 이룰 것인가'에 집중한 나머지 '왜 그것을 이루려고 하는지'에 대한 질문을 간과했다. 그래서 퇴직은 이러한 패러다임을 재고할 수 있는 기회다. 더 이상 회사의 목표나 사회적 기대에 맞춰 살아가지 않아도 되는 시기가 왔기 때문이다. 이제는 자기의 내면에 귀 기울이고, 진정으로 중요하게 여기는 가치에 집중할 시간이다.

목적 지향적 사고는 무엇보다 "왜"에 초점을 맞추는 삶이다. 이것은 단순히 성과를 이루는 걸 넘어, 그 행동이 가져오는 의미와 영향력에 주목하는 것이다. 예를 들어 조직에 있을 때 프로젝트 완성이나 매출 목표 증대가 주요 목표였다면, 이제는 사회에 기여하거나 다음 세대를 위한 가치를 창출하는 등 더 큰 목적을 추구할 수 있을 것이다.

이러한 관점의 전환은 삶의 만족도와 행복감을 크게 높일 수 있다. 목적 지향적 삶은 개인에게 더 깊은 의미와 충족감을 주기 때문이다. 단순히 목표를 달성하는 것에서 오는 일시적인 만족감을 넘어, 자기 존재 가치와 사회적 기여에 대한 깊은 인식을 통해 지속적인 행복을 경험할 수 있기 때문이다.

이러한 관점과 가치관을 형성하는 데 있어 봉사는 매우 효과적인 방법을 제시한다. 봉사활동은 본질적으로 가치 중심적이고, 목적을 지향하기 때문이며, 금전적 보상이나 개인적 이득을 추구하기보다는 타인과 사회에 기여하는 것에 초점을 맞추기 때문이다.

봉사활동을 통해 우리는 다양한 사회문제들과 마주하게 된다. 이 과정에서 우리 사회의 실질적인 필요를 깊이 이해하게 되고, 자기의 행동이 어떻게 타인의 삶에 긍정적인 영향을 미칠 수 있는지를 직접경험하게 된다. 이는 우리의 가치관을 재정립하는 계기가 된다. 이런 관점의 전환은 개인의 삶을 넘어 사회 전체에 긍정적인 영향을 미치게 된다. 그러므로 가치 중심적이고 목적 지향적인 삶을 살아가는 퇴직자가 늘어날수록, 우리 사회는 더욱 따뜻하고 상호 협력적인 공동체로 발전할 수 있다. 결론적으로 퇴직 후 봉사활동은 새로운 관점을 체득하고, 삶의 의미를 재정의하며, 자기의 존재 가치를 재확인할 수 있는 좋은 기회를 제공한다.

소유는
나눔으로
빛난다

　나에게는 별것 아닌 게 어떤 사람에게는 소중한 경우가 많다. 후배의 사례에서 보듯이 나에게는 필요도, 가치도, 의미도 없다고 생각한 게 누군가에게는 중요한 인사이트가 된다. 그럼에도 많은 퇴직자가 현직에 있을 때 자부하던 지식과 경험을 너무 쉽게 잊는다. 물론 지식과 경험이 소유에 그치면 그럴 수 있다. 지적 재산은 개인에게 한정되면 가치가 제한되고 시간이 되면 가치를 상실하게 되기 때문이다. 하지만 나누고 공유하면 공공재가 되어 확대 재생산된다. 다시 말하면 내 지식과 경험이 자기에게 한정된다면 한정된 영역에서만 활용되고 끝나지만, 공유하면 다른 사람들에게 영감을 주기도 하고 새로운 가치를 창출하는 인사이트가 된다. 그러므로 오랜 시간을 두고 쌓은 지식과 경험을 나누는 지혜가 필요하다.

사과나무가 사과를 소유하지 않고 나누어서 오랜 시간 사랑받고 있듯이 퇴직은 오랜 시간 쌓은 지식과 경험을 아름답게 빛나게 할 좋은 기회다. 지식과 경험을 나누면 다른 사람들이 배우고 성장하는 데 도움이 되고, 나에게는 새로운 활동을 시작하는 좋은 기회가 될 수 있다. 또 지식과 경험을 나누면서 새로운 것을 배우고 성장의 발판이 되기도 한다. 다른 사람들과 상호작용을 통해 새로운 관점을 얻고 새로운 지식으로 발전시킬 수 있다.

한 후배는 현직에서 인력관리 업무 경험을 활용해 퇴직 후 후배들에게 경력개발에 대한 조언과 지도를 하다가 지금은 이와 관련 전문적인 강의를 하고 있다. 처음 자기 지식과 경험에 의존하는 정도였지만 차츰 학습하고 후배들과 교류하면서 새로운 지식으로 발전시킨 것이다. 또 다른 친구는 사회적 기업에서 시니어 인턴으로 봉사하고 있는데, 자기 지식과 경험에 새로움을 더할 수 있어 더 젊어지는 느낌이 든다고 한다. 또 다른 지인은 초등학교 명예퇴직을 하고 2년 정도 건강관리를 하고 최근에 소외 계층 아동을 위한 교육 봉사 활동을 시작했다. 자신의 교육 경험을 바탕으로 아동들에게 학습 기회를 제공하고 있다. 지인은 봉사활동을 통해 아동들의 성장을 돕는 데 큰 기쁨을 느낀다고 한다. 이렇듯 퇴직 후 지식과 경험을 나누고 공유하는 건 사회에 기여하고 지속적 학습을 유지하면서 의미 있는 삶을 살 수 있다.

꼭 지식이나 경험이 아니어도 좋다. 시간을 나누는 경험은 퇴직 후 실천하기 좋고 가장 효과적이다. 후배의 사례처럼 처음 무료한 시간을 보내기 위해 시작했지만 자기 지식과 경험을 활용하게 되었듯이 처음 봉사를 생각한다면 시간을 나누는 경험이 좋다.

많은 사람이 경험하는 일이지만 퇴직하면 가장 힘들게 하는 게 넘치는 시간이다. 현직에 있을 땐 시간이 부족해 힘들었다면 퇴직하면 시간이 넘쳐 힘들다. 매일 일어나면 무엇을 하고 보낼지 고민이다. 그렇게 나에게 오늘이란 시간은 별 의미 없을 수 있다. 하지만 오늘은 어제 떠난 사람이 그토록 그리던 내일이다.

시간은 누구에게나 공평하게 주어지지만 가치와 의미는 다르다. 물론 시간의 소중한 가치를 모르는 건 아니다. 돌이킬 수 없다는 것도, 한번 지나가면 다시 돌아오지 않는 것도 잘 알고 있다. 다만 한 번도 경험하지 않고, 준비하지 못한 퇴직에서 오는 혼란이 문제다. 혼란으로 방황하고 무기력증에 빠지고 사회적 고립이 되기도 한다. 이런 상황이 깊어지면 우울감이 생기고 사회적 역할과 책임이 줄어들면서 자존감마저 저하된다. 이런 혼란에서 벗어나는 방법이 적절한 통제력을 갖는 시간을 나누는 봉사다. 시간 봉사는 가능하면 지역에서 필요하면서 쉽고 의미 있고 성취감을 느낄 수 있는 일을 실천하면 좋다. 예를 들어 자연과 교감할 수 있는 환경 보호나 개선 활동, 다른 사람을 가르치는 경험을 할 수 있는 어린이 교육 봉사, 새로운 문화를 접할 수 있는 문화 봉사, 사회 복지 활동을 통해 사회 약자를 위한 봉사, 재난 복구 봉사 등 몸과 시간을 이용한 활동들이 좋다.

봉사활동 방법으로는 먼저 관심 분야를 찾는 게 중요하다. 다양한 봉사활동 기관이 있으므로 관심 있는 분야를 찾는 게 좋다. 그리고 봉사 기관에 대한 사전 학습을 하고 체력과 시간을 고려해야 한다. 중요한 건 봉사를 남을 위한 헌신이라고 생각하면 안 된다. 봉사활동은 자기 자신에게 다양한 긍정적 영향을 미치고, 삶을 더욱 풍요롭고 행복하게 만들 수 있는 가장 좋은 방법이다. 그러므로 봉사활동의 최고 수혜자는 자신이다.

2장 선택 방법

퇴직하면 그동안 하지 못한 봉사활동을 한번 해야겠다고 생각하지만 쉽지 않다. 현직에 있을 때처럼 일회성 보여주기 위한 봉사가 아니기 때문이다. 그러다 보니 이것저것 계산하게 되고, 내가 과연 할 수 있을까? 한다면 계속할 수 있을까? 등 주저하고 갈등하게 된다. 이런 주저와 갈등은 봉사에 대한 이해와 경험이 부족하기 때문이다. 물론 봉사에 좋고 나쁨이란 없다. 다만 내가 하는 봉사가 좀 더 가치가 있으려면 선택에도 신중을 할 필요가 있다. 선택에 앞서 봉사에 대한 이해가 선행된다면 선택에 좀 더 용기가 생긴다.

우리는 봉사가 다른 사람을 돕는 일방향으로 생각하는 경우가 많다. 그것은 봉사를 일회성 내지는 의무적으로 경험했기 때문이다. 그러나 봉사는 돕는 사람과 도움을 받는 사람 모두에게 긍정적인 영향을 주는 쌍방향적인 활동이다.

봉사를 통해 봉사자는 사회에 기여하고 공동체 의식을 함양할 수 있고 직간접적으로 사회문제 해결에도 참여하게 된다.

또 새로운 경험을 하고 다양한 사람을 만나고 새로운 지식과 기술을 익히면서 성장의 기회가 되기도 한다. 이런 과정을 통해 보람과 만족감을 느끼게 되고 자연스럽게 자존감도 높아진다. 특히 퇴직 후 정신적으로 힘들고 상실한 존재감을 회복하는 데는 봉사활동이 가장 좋다.

반면에 도움을 받는 사람에게는 삶의 어려움을 극복하고 희망과 용기를 얻고 삶의 의지를 강화하는 기회가 될 수 있다. 진정성 있는 봉사는 도움을 받는 사람의 자존감을 높여주는 계기가 되기도 한다. 그러므로 봉사는 단순히 도움을 주고받는 행위를 넘어, 서로에게 긍정적 영향을 미치고 함께 성장하는 과정이다. 또한 봉사는 타인의 강요나 부탁해서 하는 게 아니라 스스로 뜻을 가지고 하는 자발적인 활동이라 자부심도 생긴다. 이렇듯 봉사는 자신의 이익을 위해 하는 게 아니라 타인을 돕기 위해 하는 이타성을 기반으로 하는 긍정적 상호작용이다. 이런 상호작용으로 인해 사회는 더 따뜻해지는 것이다. 이렇게 봉사활동은 봉사에 대한 바른 이해가 있어야 봉사활동의 가치를 높이고, 참여 의지가 생기고, 봉사활동의 효과도 높일 수 있으며 봉사활동을 선택하는 데도 도움이 된다. 그럼 내게 맞는 봉사활동은 어떻게 찾을 수 있을까?

관심과
적성에
맞는 선택

봉사하면 떠오르는 게 있다. 정치인은 선거철에 자기 이미지를 개선하고 선한 이미지로 인식시키기 위해 참여하는 경우가 많다. 기업이나 기관들 또한 연말에 보여주기 위해 참여하고 학생들은 시간을 채우기 위해 일시적으로 참여한다. 이런 봉사가 우리에게 잘못된 인식을 갖게 한다. 그러나 퇴직 후 봉사활동은 단순히 시간을 채우고 보여주기 위한 것이 아니라, 새로운 인생의 의미를 찾고 삶의 가치를 높이는 중요한 활동이다.

봉사는 자기중심의 이기적 삶에서 벗어나 함께 더불어 사는 이타적 삶을 지향한다. 이타적 삶이란 기본적으로 자신보다 타인의 이익을 우선하는 삶이다. 이는 봉사를 통해 타인을 돕고, 공감하고 더 나은 사회를 만들겠다는 마음이다. 그러므로 봉사는 선택이 중요한데, 평상시 관심이 있거나 적성과 가치관에 맞는 봉사를 선택하면 좋다. 그런데 관심 있는 걸 찾는다는 게 생각보다 쉽지 않다. 한곳에서 같은 업무만 하다 퇴직을 한 사람이라면 더 그렇다. 내가 무엇에 관심 있고 무엇을 하고 싶은지도 모르고 살아왔기 때문이다. 그래도 내가 걸어온 흔적을 살펴보면 실마리를 찾을 수 있다. 학교생활이나 직장 생활을 하면서 스치듯 지났지만 내 안에 머물러 있거나 흥미를 느꼈던 것이 관심 있는 분야일 가능성이 크다. 또 최근 관심을 가지게 된 새로운 분야나 사회문제도 고려하면 좋다. 관심과 적성에 맞는 봉사를 선택해야 하는 이유는,

첫째, 지속 가능한 관계 형성이 중요하기 때문이다. 봉사활동은 단순히 일회성의 도움을 주는 게 아니라, 서로를 존중하고 배려하며 함께 성장하는 관계를 만들어 가는 과정이기 때문에 관계의 지속성이 중요하다. 대상에 대한 특성과 필요를 깊이 이해하고 신뢰를 바탕으로 더 깊이 소통하고 협력하는 관계가 가능하기 때문이다. 또한 관계가 지속되어야 봉사활동 참여자들 간의 유대감이 강화되고 공동체 의식이 함양되어 더 좋은 사회를 만들고 사회문제 해결에도 효과적으로 기여할 수 있다.

둘째, 효과적인 봉사활동이 가능하게 때문이다. 먼저 관심

분에서 봉사활동을 하면 지식의 경험이 있어 효과적인 활동을 할 수 있고, 흥미와 즐거움을 느껴 계속 활동할 가능성이 높다. 그리고 적성에 맞는 봉사를 하면, 자기 능력을 최대한 발하고, 능력을 인정받으면서 봉사활동에 대한 자긍심과 몰입도를 높일 수 있다.

셋째, 새로운 분야에 도전하여 다양한 사람들과 교류할 수 있다. 비슷한 관심사를 가진 사람들과 교류는 자연스럽게 새로운 인간관계를 형성하고 새롭게 사회적 지지망을 구축할 수 있다. 이렇게 자기 관심과 적성에 맞는 봉사활동을 통해 새로운 가치관을 형성하고 퇴직 후 삶의 새로운 목표를 설정할 수 있고, 자기 능력을 사회에 기여하는 데 사용하면서 삶의 의미와 가치를 찾을 수 있다.

자기
경험과 지식
활용

　나는 퇴직 후 처음 봉사활동을 하는 사람에게 몸을 적극 활용하는 봉사를 권한다. 이유는 순수성과 접근성, 선택을 쉽게 할 수 있어서다. 그리고 이 과정을 통해 봉사활동을 좀 더 깊이 이해하게 되면 자연스럽게 효과적인 활동을 생각하기 때문이다. 봉사활동을 가장 효과적으로 하는 방법은 자기 경험과 지식을 활동하는 것이다. 자기 경험과 지식을 활용하면,

　첫째, 전문적인 봉사활동을 할 수 있고, 과거 경험을 통해 터득한 다양한 문제 상황에 대한 해결 능력을 봉사활동 과정에

발생하는 어려움을 효과적으로 해결할 수 있다. 예를 들어, 식품 회사에서 퇴직한 한 지인은 봉사하는 조직에서 위로품을 준비하는데 예산 문제로 걱정하는 걸 보고 자기가 근무했던 회사에서 의뢰하여 다양한 물품을 지원받아 해결했다고 한다. 지원받은 물품도 지금까지 지원받은 물품 중 가장 많았다고 했다. 사실 많은 기업은 이런 기회를 일부러 만들어 지원하고 있고, 지인도 근무하면서 지원한 경험이 많아 그 경험을 잘 활용해서 예산 문제를 해결한 것이다.

둘째, 경험과 지식 또는 자기 강점을 적극 활용하게 되면 참여와 만족도를 높일 수 있다. 자기 경험과 지식을 통해 긍정적 변화를 만들어 내는 경험은 성취감을 느끼고 봉사활동에 대한 몰입도가 높아진다. 그리고 앞서 후배의 엑셀 프로그램 사례에서 봤듯이 봉사활동 조직의 근무 환경이 넉넉지 않아 전문성 있는 인력이 부족하다. 이런 환경에 자기 경험과 지식은 전문 인력 문제 해결하는 데 기여할 수 있고, 봉사활동 조직은 더 나은 전문성을 갖춘 봉사자들의 참여를 통해 더 효율적인 운영이 가능하다. 이러한 활동을 통해 새로운 기회를 확대하며 삶의 의미를 찾을 수 있다.

셋째, 자기 경험과 전문 지식을 다른 사람들과 공유하여 사회발전에 기여할 수 있고, 후배들에게 멘토링 역할을 하며 사회에 긍정적인 영향을 미칠 수 있다.

배우며
성장하는
봉사

　인간은 죽을 때까지 성장할까? 나는 그런다고 생각한다. 우리가 성장이 멈춘다고 생각하는 것은 대부분 육체적 성장이 멈추고 점점 쇠퇴기를 겪으면서 그렇게 생각한다. 그러나 우리의 정신과 지혜는 나이 먹을수록 더 넓어지고 깊어진다. 기술의 발전으로 기억을 기계에 의존하게 되면서 기억의 역할이 줄어들었지만, 마을에 노인 한 분이 죽으면 도서관 하나가 사라진다는 영국 속담이 있듯이 우리는 생명이 붙어 있는 한 성장하고, 생명이 있는 한 가능성이 있다. 중요한 건 성장이 삶의 길이를 늘리는 게 아니라 삶의 깊이를 갖는, 나답게 사는 것이다. 그리하여 나날이 나아지고 매년 더 깊어지는 것이다.

또 우리는 타고난 재능을 100% 사용하는 사람은 드물다. 미국의 한 갤럽의 설문조사에 의하면 미국 근로자는 개인의 노력과 환경에 따라 달라지지만 매일 자기 재능의 33%만 사용한다고 답했다고 한다. 이 말은 자기가 가지고 있는 잠재적 역량을 30%밖에 사용하지 않는다는 것이다. 그러나 우리는 상상 이상의 잠재력을 가지고 있다. 많은 사람이 경험하지만 극한 상황에 엄청난 힘을 발휘하는 걸 보면, 평소에 사용하지 않는 잠재력이 상상할 수 없을 만큼 존재한다는 것을 알 수 있다. 그러므로 재력은 환경과 노력에 따라 충분히 발휘할 수 있는 것이다. 또 우리는 대부분 30년 이상을 한가지 업무에 매여 살아왔기 때문에 무엇을 잘하고 할 수 있는지도 모르는 경우가 많다. 선택이 아니라 주어진 일을 하면서 자기 일에 만족을 모르고 살았다. 그런 불만족스러움이 퇴직 후 봉사활동을 선택하는 데는 도움이 된다. 하고 싶고, 좋아하고, 자기 재능을 발휘할 수 있는 선택을 하는 데 좋은 에너지로 작용하기 때문이다.

우리는 좋아하는 일을 할 때 계속 공부하게 되고 죽을 때까지 성장할 수 있다. 그러므로 가장 행복한 삶이란 좋아하는 일을 하며 계속 성장하는 삶이다. 반대로 죽을 때까지 자신이 좋아하는 일을 하지 못하고 죽는 것은 삶에 대한 모독이다. 여기에는 어떤 변명도 있을 수 없다. 실패한 삶이란 바로 하고 싶은 일을 하지 못하고 사는 것이다. 그래서 퇴직 후 봉사활동을 선택할 때는 먼저 좋아하고, 자기 잠재력을 발휘하면서 더 배우고 계속 성장할 수 있으면 좋다.

나는 오랫동안 직장인이었고, 경쟁력이란 말을 수없이 들었다. 그리고 그것이 내 미래를 좌우할 것이라고 믿었다. 경쟁력을 키우기 위해 배우고, 실험하고, 책을 읽고 경쟁력을 가지려고 공부했다. 그리고 그 힘으로 평사원에서 임원의 자리까지 올랐다. 하지만 퇴직 후에는 경쟁력이란 말은 의미가 없다는 걸 알았다. 더 이상 다른 사람과 비교되어 평가되는 삶에서 벗어나야 한다는 걸 알았기 때문이다. 우리는 경쟁력이란 걸 잘못 이해하고 실천하면서 내 무의식의 기본 바탕을 이루었다. 그러나 경쟁력은 근본적으로 경쟁자들을 이기는 힘이 아니라 내가 누군가를 위해 무언가를 할 수 있는 것이다. 다시 말해 우리가 봉사활동에 주저하는 건 경쟁력에 대한 잘 못 된 이해와 실천에서 비롯되었다고 할 수 있다.

누군가를 위해 무엇인가 하는 건 경쟁력이 아니라 영향력이다. 영향력이란 무엇을 얻을 수 있는 가에서 오는 것이 아니라 무엇을 줄 수 있는지에 의해 결정된다. 재능이 많으면 재능을 기부할 수 있고, 전문성이 있으면 전문성을 기부할 수 있고, 시간이 많으면 시간을 기부할 수 있다. 그때 선한 영향력을 가지게 된다.

이것이 공헌력이다. 퇴직 후에는 경쟁력이란 단어를 공헌력으로 대체해야 한다. 이기는 게 목적이 아니라 수혜자에게 새로운 차별적 가치를 제공하는 힘이 목적이 되어야 한다.

무엇이든 내가 가지고 있는 강점이 다른 사람과의 경쟁이 아니라 돕는 나만의 차별적 공헌력을 의미할 때, 우리는 함께 할 수 있고 즐길 수 있고, 혼자서 할 수 없는 새로운 사회를 만들 수 있다. 경쟁력은 친구를 만들기 어렵지만, 공헌력은 누구와도 친구가 될 수 있다.

3장 새로운 세상을 경험하기

많은 퇴직자가 퇴직 후 삶의 방향을 잃는 건 직장 경험 외에 특별한 경험이 없기 때문이다. 지금까지 직장은 주어진 시간 외에 다른 행동을 허용하지 않았다. 이런 규칙적인 생활은 시간을 제한하고, 장시간 근무와 과도한 업무량은 개인의 여가 생활이나 취미활동에 투자할 시간을 허락하지 않았다. 또 사무 공간은 제한되고 이탈은 생각할 수 없어 관계도 자연스럽게 업무와 관련되어 제한되었다. 그리고 개인의 생각과 관심사를 모두 업무에 집중하도록 요구받으면서 생각도 직장을 벗어나지 못했다.

개인 또한 바쁜 일상을 이유로 자신의 직업 분야 외에 관심을 가지지 못한다. 자기 전문 분야 외에 다른 분야에 관심을 가질 수 없는 건 전문성에 대한 부담감이 크게 작용하기 때문이다. 새롭고 다른 분야를 학습하고 경험하기가 어려웠던 것도 그런 이유에서다. 한 길밖에 모르는 사람은 그 길을 벗어나면 큰 혼란을 겪게 된다. 어쩌면 퇴직 후 삶의 방향을 잃는 건 당연하다.

중요한 건 어떻게 새로운 길을 모색할 수 있느냐인데, 이때 필요한 게 다양한 경험이다. 직장에서 시간, 공간, 관계 등 많은 제약이 따랐다면, 퇴직은 이러한 제약에서 자유로워 다양한 경험하기 좋은 기회다. 먼저 이런 제약에서 벗어나 다양한 분야에서 다양한 경험을 한 사람을 만나기에 봉사활동이 가장 좋다. 봉사활동은 선한 마음이 움직여 참여하기 때문에 지금까지와는 다른 관계를 맺고 새로운 세상을 경험하기에 가장 좋다. 다양한 경험을 한 사람을 만나는 건 다양한 세상을 만나는 것과 다르지 않다. 나는 내가 경험한 것 외에는 알 수 없다. 내가 경험하지 않은 세상을 알 수 있는 건 그 세상을 경험한 사람을 통해서 가능하다. 그러므로 다른 세상을 경험하기 위해서는 다른 사람을 만나야 한다. 이로써 새로운 인간관계를 만들고 새로운 시각을 얻는 좋은 기회가 된다.

두 번째는 봉사를 통해 자기가 가진 지식과 기술의 발전이나 새로운 기술을 배우면서 새로운 경험을 할 수 있다. 예를 들어, 환경 보호 활동을 통해 환경 문제에 대한 지식을 쌓거나, 교육 봉사 활동을 통해 다른 사람을 가르치는 기술을 익힐 수 있다.

이런 경험을 통해 취미를 찾을 수도 있고 새로운 일을 만날 수도 있다. 새로운 일은 직장에서 경험하지 못한 새로운 일의 세상을 만나게 된다. 이때 만나는 일은 이타적인 일일 가능성이 높고 느끼는 감정도 직장에서 하던 일이랑은 다른 느낌을 느끼게 된다.

세 번째는 새로운 환경 즉 공간적 경험이다. 직장인에게 직장이란 공간을 벗어나는 건 불안 그 자체다. 그러나 새로운 환경에서 봉사활동을 하면 직장이란 공간을 벗어나 생기는 불안을 쉽게 극복할 수 있고, 이런 경험이 삶을 더욱 풍요롭게 한다.

네 번째는 봉사활동을 통해 사회에 기여하고 다른 사람을 돕는 건 효율과 경제적 가치를 떠나 만나는 새로운 세상이다. 직장에서 하는 봉사활동과 전혀 다른 감정을 느끼면서 삶의 의미를 찾고 보람을 느끼게 한다.

이처럼 봉사활동은 다양한 배경에서 다양한 경험을 한 사람을 만나고, 경험하지 못한 새로운 지식이나 기술을 만나고, 경쟁과 이익이 아니라 협동과 공공의 가치를 추구하는 공간에서

이타심을 가지고 활동하는 새로운 경험은 인생 오후의 삶을 시
작하는 좋은 방법이다. 이렇게 봉사활동을 통해 새로운 세상을
만나면서 자기 능력과 가치를 재발견하고 새롭게 삶의 목적을
세울 수 있다.

세상을
보는
관점의 변화

    봉사활동을 통해 다양한 사람들을 만나고 새로운 경험을 하면서 삶의 가치와 의미에 대한 새로운 시각을 얻게 된다. 이는 자기가 사회에 기여하고 있다는 사실이 큰 기쁨과 만족을 주기 때문이다. 특히 자신의 시간과 노력을 통해 다른 사람의 삶에 긍정적인 영향을 미쳤을 때, 그 성취감은 지금까지 경험하지 못한 삶의 보람을 느끼게 한다. 또 자기 삶의 가치를 뒤돌아 보고 감사한 마음을 갖게 된다.

    감사한 마음은 이기심을 극복하고 자신의 이익보다 타인

의 이익을 먼저 생각하는 이타적인 태도를 배우게 한다. 그동안 대부분 직장인은 이기적인 태도가 몸에 배어있다. 이익을 목표로 하는 집단에 몸담고 있으면서 자연스럽게 이기적인 태도가 몸에 배었기 때문이다. 이익 집단 내의 구성원들은 자원과 기회를 놓고 경쟁하고 자신의 이익을 위해 다른 사람을 밀어내고 짓누른다. 또 성과를 중요하게 다루기 때문에 자신의 성과에만 집중하면서 타인을 돕거나 사회에 기여하는 일은 생각할 수 없다. 그러나 봉사활동을 통해 이타심을 배울 수 있다. 자리이타(自利利他)란 말이 있다. 남을 이롭게 하여 자신도 이롭게 된다는 말이다. 봉사는 타인을 이롭게 하면서 자신도 이롭게 되는 활동이다.

한 농부가 있었다. 그가 수확한 옥수수는 품질이 뛰어나 농산물 박람회에서 늘 일등을 차지했다. 이웃 사람들은 그를 부러워했다. 그런데 그는 이웃 농부들에게 자신이 가진 가장 좋은 씨앗을 나누어주었다. 그것도 공짜로, 놀란 이웃들이 이유를 물었더니 이렇게 답했다.

"다 나 잘되자고 하는 일이지요. 바람이 불면 꽃가루가 날리지 않습니까? 만약 이웃 들판에서 품질이 떨어지는 옥수수를 기른다면, 그 옥수수의 꽃가루가 날아와 내 밭에 자라는 옥수수의 품질까지 떨어뜨릴 수 있지 않겠습니까? 그러니까 이웃들도 최상의 옥수수를 기르는 게 제게도 도움이 된다는 겁니다."

인생 2 후 굿 라이프 디자인

봉사활동은 하게 되면 공감력과 이해심이 높아진다. '돕는다는 것은 우산을 들어주는 게 아니라 함께 비를 맞는 것이다'라고 말하듯이 어려움을 직접 경험하면서, 타인에 대한 공감과 이해심을 키울 수 있다. 또 사회문제에 관심이 높아지고 사회 구성원으로서 책임감을 느끼게 된다. 또 퇴직 후 자존감이 떨어지고 자기 존재감을 잃기 쉬운데 봉사를 통해 다른 사람에게 도움을 주는 경험은 자기 능력과 가치관을 인정하고 자존감을 높이고 사회에 기여하는 공헌자로서 자긍심을 느끼게 된다.

봉사활동은 물질적 만족보다 정신적 풍요를 추구하는 삶의 방식을 추구한다. 우리 삶의 오전은 대부분 경제적 안정을 추구했다. 경제적 삶은 건강한 삶, 교육, 주거 등 기본적 욕구를 충족시키는 토대가 되고, 미래에 대한 불안감을 줄여주고 심리적 안정에도 큰 도움이 된다. 그러나 퇴직 후 맞이하는 인생 오후는 정신적 풍요가 더 중요하다. 물질적 풍요를 추구하는 삶은 시간이 지나면 공허함을 느낄 수 있다. 그러나 정신적 풍요는 삶의 의미와 목적을 찾고 더 나은 삶을 살아가는 데 중요한 역할을 하게 된다.

이렇게 봉사활동을 통해 사회에 대한 긍정적인 시각을 갖게 된다. 그래서 봉사활동을 하게 되면 세상에는 도움이 필요한 사람이 많고, 동시에 이들을 돕기 위해 많은 사람이 노력하고 있다는 걸 알게 된다. 이는 세상에 대한 긍정적인 시각을 형성하고 자신도 더 나은 사회를 만드는 데 참여하고 있다는 자긍심을 갖게 된다.

작은 변화가
큰 변화를
만든다

자기의 행동에 대해 어떤 사람은 "나 하나쯤이야"이야 하고 생각하는 사람이 있고 "나로부터"라고 생각하는 사람이 있다. 전자는 대부분 자기의 행동이 미치는 영향을 미미하게 생각할 뿐 아니라 책임을 회피하는 경우가 많다. 그러면서 나 하나쯤 어기거나 하지 않아도 큰 문제가 되지 않는다고 생각한다. 예를 들어 쓰레기를 분리하지 않고 무단 투기하는 사람은 나 하나쯤 버려도 별문제가 없다고 생각하고, 선거에 불참하는 사람은 나 한 표 안 찍어도 결과는 크게 달라지지 않는다고 생각한다. 또 에너지 절약을 소홀히 하는 사람은 나 하나쯤 아껴도 큰 효과가 없다고 생각한다. 이런 사람은 봉사활동에 대해서도 '내가 한다고 무슨 변화가 있겠어' 하며 포기한다. 모두가 나 하나쯤이라고 생각하면 장기적으로 심각한 사회문제로 이어질 수 있다.

반면에 후자는 개인의 행동 변화가 중요하다는 걸 인지하고, 스스로 모범을 보이면서 변화를 이끌어 가겠다는 적극적인 태도의 소유자다. 이런 사람은 공동체의 발전이나 문제해결을 위해 자신부터 변해야 한다고 생각한다. 이런 사람은 환경에 대해서도, 선거와 같은 참정권의 행사에 대해서도 그렇고 봉사활동에 대해서도 나부터 사회에 도움이 되겠다는 자세로 적극적으로 참여한다. 이런 참여를 통해 공동체 의식을 가진 책임감 있는 사회 구성원으로 성장하는 것이다. 이렇게 "나 하나쯤이야"가 책임감을 회피하고 무관심을 드러내는 태도라면, "나부터"는 적극적인 변화와 책임감을 보여주는 태도다. 변화는 개인의 작은 행동의 변화가 모여 큰 변화를 만들어 가는 것이다.

나비 효과라고 하는 게 있다. 초기 조건의 사소한 변화가 전체에 막대한 영향을 미칠 수 있다는 의미로 쓰이는 말이다. 나비의 날갯짓으로 비유될 정도의 작은 변화가 일정 시간이 지남에 따라 큰 변화를 일으킬 수 있다는 현상을 말한다. 봉사활동은 이런 나비 효과와 같다. 봉사는 개인과 사회에 긍정적인 영향을 미치면서 시간이 지나면서 예상치 못한 큰 변화를 만들기 때문이다. 많은 사람이 봉사활동에 관심이 있으면서도 '나 하나쯤'이라고 생각한다. 하지만 세상의 모든 변화는 '나 하나쯤'이란 생각이 아니라 '나로부터'란 생각으로 시작되었다.

　나의 첫 책 '굿잡'도 나로부터 시작된다는 생각에서 쓰게 되었다. 후배들의 애로를 들어주고 조언하며 함께 변해 가는 과정에서 나비 효과를 떠올랐기 때문이다. 처음에는 직장 선배이자 상사로서 후배들의 애로를 들어주는 게 당연하고 별것 아니라고 생각했다. 그런데 시간이 지나면서 후배들과 팀이 긍정적으로 변해 가는 모습을 보고 이런 애로와 어려움이 우리 팀원들만의 문제가 아니라 직장인들의 애로고 어려움이란 걸 알게 되었다. 그래서 그동안 후배들의 애로와 어려움을 듣고 조언하며 함께 고민한 내용을 정리해 하나씩 사내 온라인 게시판에 게시하면서 조직에 더 큰 변화가 만들어졌다. 이후 생각은 대한민국 후배들로 커졌고 결국 책으로 출간하게 되었다.

　출간은 나의 지식과 경험을 나누고자 하는 지극히 순수하고 작은 마음에서 시작했다. 누구나 가능한 일이다. 누구나 저마다의 소질이 있고 지식과 경험이 있다. 그리고 우리는 오랜 시간 쌓고 다듬어 왔다. 그러므로 어떤 경험도 하찮고 쓸모없는 경험이란 없다. 그런 지식과 경험을 스스로 과소평가하면 안 된다. 과소평가하게 되면 평생 쌓아온 지적 경험들이 퇴직과 함께 사라진다. 아깝지 않은가? 하지만 아무리 하찮은 것도 필요를 찾아 공유하면 확대 재생산된다. 그래서 일찍이 플라톤도 각자의 소

인생오후 굿워크타는

질과 재능을 공동선에 기여하는 게 이상 국가의 상이라고 한 것이다.

우리나라의 교육은 공교육비 민간 부담률이 2.8%로 OECD (평균 0,9%) 국가 중 가장 높다. 그렇다 보니 대부분 지식이 사유화 되어있다. 교육이 개인의 입신양명 과정이지 공공적 과정으로 경제 및 사회의 유지 발전을 계발하는 과정이라고 생각하지 않았다. 물론 내가 많은 교육비를 부담하고 노력하여 쌓은 지식이기 때문에 사적인 것을 부정할 수 없다. 그러나 재화가 그렇듯이 지식도 사용 가치를 잃으면 백지에 불과하다. 내가 가지고 있는 지식과 경험을 사유재산으로 제한 하면 그 가치는 퇴직과 함께 무용지물이 된다. 내가 아무리 유능하고 지식과 경험을 많이 가지고 있어도 사용할 수 없으면 무용지물이다. 하지만 내 지식과 경험을 공유하게 되면 개인적으로는 쓸모를 상실했어도 누군가에게는 희망의 씨앗이 될 수 있다.

장자『외물』편에도 쓸모없음의 쓸모에 관한 이야기가 나온다.

혜시가 장자에게 말했다. "그대의 말은 쓸모가 없네."
장자가 말했다. "쓸모없음을 알아야 비로소 쓸모에 관해
함께 말할 수 있네. 세상이 넓고도 크지 않은 것은 아니

지만, 사람에게 쓸모가 있는 것은 발을 디딜 만큼의 땅이
네. 그렇다면 발을 디디고 있는 땅만을 남겨두고 나머지
땅을 모조리 파고들어 가 황천에까지 이른다면, 그 밟고
있는 땅이 사람에게 쓸모가 있겠는가?"
혜시가 대답했다. "쓸모가 없지"
장자가 말했다. "그렇다면 쓸모없음이 쓸모가 있다는 것
이 자명한 일이네."

이 이야기는 장자가 자신의 사유와 자신의 이야기가 무용
해 보이지만 사실 엄청나게 쓸모 있음을 역설하는 대목이다. 나
의 이야기도 다르지 않다.

나는 매년 봄이 되면 옷장을 정리한다. 입는 옷과 입지 않
는 옷을 구분하여 입지 않는 옷은 헌 옷 수거함에 넣는다. 아마
정리해 본 사람은 알 것이다. 매년 그 작업을 해도 매년 입지 않
는 옷이 나오고 어떤 옷은 한 번도 입지 않은 옷도 있다. 내가 매
년 이 작업을 하는 건 필요 없는 걸 필요를 찾아주기 위해서다.
나는 필요하지 않을지라도 누군가에게는 추위에 대한 절실함이
고 추위를 이긴 자의 희망이 될 수 있기 때문이다. 그래서 이 작
업을 하는 내내 기쁨이 넘치고 뿌듯하다. 이런 마음에 이르면 한
번도 입지 않은 옷도 언젠가 입어야지 하며 다시 옷장에 넣지 않
는다.

지식과
경험의
사회 환원

　많은 사람이 퇴직을 하면서 자기 경험과 지식의 유통기한
도 끝났다고 생각하고 하루빨리 잊으려고 한다. 그러나 오랜 직
장 생활에 매진하며 쌓은 경험과 지식은 개인의 소중한 자산이
자, 사회에 기여할 수 있는 귀중한 자원이 된다. 이러한 자산을
사회에 환원하는 봉사는 본인은 물론 사회에도 큰 의미와 가치
를 지닌다.

　먼저 자신의 전문성을 활용한 봉사는 퇴직자에게는 새로

운 삶의 목적과 보람이 된다. 오랜 시간 쌓은 지식과 기술을 다른 이들과 나누면, 여전히 사회에 기여할 수 있다는 자부심이 생긴다. 우리가 그동안 시간으로 평가하고 인정받기 위해 단순히 시간을 보내는 봉사가 아닌, 의미 있는 활동을 통해 삶의 질을 높이는 계기가 된다.

또한, 이러한 봉사는 세대 간 소통과 지식과 기술이 전수되는 장이 되기도 한다. 퇴직자들의 풍부한 경험은 젊은 세대에게 실질적인 도움과 조언이 될 수 있다. 내가 아는 선배는 교직에서 퇴직 후 저소득층 학생들을 위해 무료 교육을 제공하고 있고, 다른 후배는 직장의 경험을 살려 진료를 상담한다. 또 다른 선배는 청년들의 창업을 멘토링하기도 하면서 세대 간 격차를 줄이면서 사회의 지속 가능한 발전에 기여하고 있다.

그리고 전문성을 활용한 봉사는 지역사회 발전에도 큰 도움이 된다. 우리 지역에는 퇴직한 법률가가 무료 법률 상담을 제공하고 있고, 전문 기술을 이용해 자전거 수리를 해 주는 사람도 있다. 전직 경찰관은 자율 방범 활동을 하기도 한다. 이렇게 각자 전문 분야를 살린 봉사는 지역 주민들의 삶의 질 향상에 직접적으로 기여하게 된다.

이러한 봉사활동은 고립을 예방하고 활기차게 인생 오후를 사는 데 취미만큼이나 효과적이다. 정기적인 봉사활동을 통해 새로운 인간관계를 형성하고, 사회와 지속해서 소통함으로써 신체적 정신적 건강을 유지할 수 있다. 그뿐 아니라 퇴직 후 전문성을 활용한 봉사는 사회 다양성과 포용성을 높이는데도 도움이 된다. 다양한 배경과 경험을 가진 퇴직자들이 사회 곳곳에서 활동함으로써, 세대와 계층을 아우르는 더욱 균형 잡힌 사회를 만들어 갈 수 있다.

이런 봉사활동은 퇴직자들의 경험과 지식이 사장되지 않고 계속해서 사회에서 환원되는 선순환 구조를 만들어 내게 된다. 이것은 개인의 삶의 가치를 높이는 동시에 사회 전체의 지식 자산을 풍부하게 하는 효과도 있다.

그러므로 퇴직 후 자기의 경험과 지식을 사회에 환원하는 봉사는 개인과 사회 모두에게 큰 의미와 가치 있다. 이는 나의 삶을 풍요롭게 하고 세대 간 소통을 촉진하며, 지역사회 발전에 기여하고, 사회적 비용을 절감하는 등 다양한 긍정적 효과를 가져온다. 자신의 인생 오후를 더 가치 있게 보내고 싶다면 지식과 경험을 사회에 환원하는 봉사가 효과적이다.

5부

여행
습관

1장 나로부터 나에게로

한 설문조사에 따르면, 직장인들이 퇴직 후 가장 하고 싶은 것으로 여행을 꼽았다고 한다. 퇴직 후 여행을 가고 싶은 이유는 많다. 먼저 매여있던 일상에서 벗어나 새로운 환경에서 휴식을 취하고 쌓였던 스트레스를 해소하고 싶은 마음이 클 것이다. 그리고 새로운 문화와 사람들을 만나고 새로운 음식과 풍경을 보고 즐길 수 있기 때문이다. 또 여행을 통해 자신의 삶을 되돌아보고 새로운 삶의 목표를 세울 수 있는 시간을 가지고 싶고, 새로운 도전하는 기회를 만들고 싶은 마음도 있을 것이다. 하지만 퇴직 후 이런 여행을 가는 사람은 드물다. 쉽게 떠날 수 있을 것 같지만 막상 퇴직하고 여행을 가려고 하면 두려움이 앞선다. 여행의 경험이 없기 때문이다.

우리는 여행과 관광을 같은 의미로 생각한다. 그러나 여행과 관광은 많은 차이가 있다. 여행은 명확한 목적보다는 새로운 경험을 하고 싶거나 휴식이나 새로운 걸 배우거나 발견하는 등 다양한 목적이 있다. 이 과정에서 다양한 활동을 즐기고, 새로운 사람을 만나고, 현지인들과 함께 그들의 음식을 먹고 삶을 경험하게 된다.

반면에 관광은 특정 장소나 명소를 구경하고, 문화를 체험하고, 역사적 유적지를 방문하는 걸 목적으로 한다. 미리 일정과 방문할 장소를 정하고 일정대로 움직이면서 경험보다는 관람에 집중하게 된다. 내가 여기를 또 언제 와 보겠어? 남들이 하는 거 다 해 봐야지! 하며 쉼 없이 부지런히 움직인다. 계획대로 되지 않으면 불안하고, 손해 보는 느낌이 든다. 그래서 한 곳도 빼먹지 않으려고 리스트를 만들어 하나씩 지우며 일할 때보다 더 바쁜 일정을 보낸다. 그리고 남는 건 사진뿐이라고 생각하며 인증샷 찍기 바쁘다. 그렇다 보니 일상을 벗어나 새로운 곳으로 떠나온 여행이지만 여행을 와서도 삶의 속도는 달라지지 않는다. 그것은 여행이 아니라 관광이다.

그래서 관광에서 중요한 건 아이템이지만 여행에서 중요한 건 아이 엠이다. 내가 모르는 수많은 나를 찾아가는 여정이고, 문득 자신이 어떤 사람인지 조금 더 알게 되는 시간이다. 그래서 여행은 다른 사람이 세워놓은 질서에 순응하는 게 아니라, 자신의 질서를 발견하는 것이며 그것이 여행이 주는 자유다.

여행에서
만나는
나

　밤낮없이 살았던 것 같다. 쉴 때 쉬지 못하니 언제 쉬어야 할지도 모르고 살았다. 모처럼 주말이라고 해도 미룬 집안일 하고, 경조사 챙기고, 쌓여가는 이메일 확인하고, 밤낮없이 울리는 카톡에 답하다 보면 다시 꽉 막히는 출근길이다. 어쩌다 지친 몸과 마음을 달래려고 여행을 떠나지만, 불안하고 불편하기만 하다. 무언가 빠뜨리고 해야 할 일을 하지 않고 있다는 것이 불안하게 한다. 이런 압박감이 모처럼 얻은 휴식의 시간을 망쳐버린다. 이렇게 여행을 가서도 업무를 걱정하고 못다 한 일 생각뿐이었다. 일을 멈추면 큰일이 나고 쉬면 뒤 쳐질 것 같은 불안감에 휴식할 수 있는 시간을 얻고도 그 시간을 온전히 보내기 어려웠다. 그렇게 강박적 불안은 여행 속까지 파고들었다.

여행에서 불안에 대한 가장 흔한 방어는 과잉 활동이다. 일정은 과도하게 계획하고 그 일정을 빈틈없이 소화하기 위해 밤늦게까지 바쁘게 움직인다. 또 새로운 경험을 과도하게 추구하고, 늦은 밤까지 음주한다. 무엇인가 한다는 것 자체가 불안을 잊게 만들기 때문이다. 그러다 보니 여행에서 만나는 게 풍요로움도 아니고, 여유도 아니고, 느긋함도 아니었다. 서글픈 현실을 벗어나 만나는 동일한 현실, 생업으로부터 경우 벗어나 또 생업과 만날 때, 여행에서 만나는 사람들의 현실이 나와 같다고 생각될 때 삶은 씁쓸해진다.

하지만 퇴직 후 떠나는 여행은 자신에게 선사하는 따뜻한 시간이다. 자신에게 시간을 주지 않고 어떻게 더 나아질 수 있겠는가? 왜 우리는 늘 바쁘고 또 다른 사람을 바쁘게 했을까? 이제 알 것 같다. 바쁜 사람은 바보다. 자신을 괴롭히고 남을 못살게 한 바보다. 그러나 나의 현실이 그들과 다르고, 나와 그들의 생업이 다를 때, 나의 현실과 생업이 그들에게 낯설고 그들의 현실과 생업이 나에게 또 다른 차원의 현실이 되어 내 상상을 자극하고 내 현실의 지평이 넓어질 때, 그리하여 내가 전혀 다른 문명에 들어갈 때, 여행의 진정한 맛을 느낄 수 있다.

이때 비로소 나 자신을 만나게 된다.

퇴직 후 지리산 둘레길에서 경험이 그랬다. 지리산 둘레길은 지리산 둘레를 잇는 옛길로 3개도, 5개 시군, 16개 읍면, 80여개의 마을을 잇는 길이다. 큰 산 지리산이 말해주듯 길은 험하지는 않지만 만만하지도 않다. 다행히 이 길에는 간간이 쉬어갈 무인 가게가 있다. 가게라고 하여 공간이 있는 건 아니다. 물이 흐르는 계곡 옆 작은 공간에 막걸리 1통과 주전자, 양은 잔 몇 개, 음료수와 캔맥주 몇 개가 흐르는 물에 담겨 있는 게 전부다. 그날도 여름 길이라 아침 일찍 둘레길을 걷기 시작했다. 천천히 땅을 느끼고 교감하며 걷기로 마음먹었지만 습한 여름 숲길은 만만하지 않았다.

　　한 세 시간쯤 걸었을 때 말로만 듣던 무인 가게를 만났다. 그런데 공교롭게 아침에만 만날 수 있는 가게 주인아저씨를 만나게 되었다. 아저씨는 얼굴에 주름 가득하고 햇볕에 검게 그을려 보였지만 평온해 보였다. 주인아저씨와 단둘이 있으니까 자연스럽게 대화가 오가면서 궁금했던 가게 운영에 관해 물어봤다. 가게에서 얼마나 팔리고 수익은 얼마나 나고 어떻게 운영되는지? 아저씨는 답 대신 빙그레 웃으시며 자기가 막걸리 한 통을 지게에 짊어지고 3km를 왔다고 했다. 마치 당신이라면 얼마를 주면 할 수 있겠느냐고 되묻는 것처럼 보였다. 그러면서 하시는 말씀이 자기는 이 길이 많은 사람에게 계속 사랑받는 길이면 좋겠다고 하셨다. 평생을 이 길을 걸으며 힘들게 살았는데 어느 날부터 이 길을 찾는 사람들이 많아지길래 쉬어갈 곳을 하나 만들어 주고 싶었다고 하신다. 그러면서 "아마 이 곳이 가장 쉬고 싶은 시간에 만나는 곳일 겁니다."라고 하신다. 그렇다, 세 시간쯤 걸으면 쉬고 싶고 물 한 모금 마시고 싶은 시간이다. 걷는 시간에 맞춰 쉼을 생각하고 장소를 선택한 것도 길을 걷는 사람에 대한 배려였다. 그런데 고작 한다는 질문이 얼마를 팔고 남느냐라니 너무 부끄러웠다. 이뿐 아니라 민박집의 밥상은 빈틈이 없고, 둘레길에는 무료로 커피를 제공하는 곳도 있다. 물론 이곳도 무인이다. 물과 커피 믹스가 비치되어 있을 뿐 주인은 없다. 둘레길을 오가는 누구나 커피 한잔 마시고 갈 수 있다. 경제적 관점으로는 설명이 안 된다. 지금까지 내가 살아온 상식으로는 설명이 안 된다. 다만 스스로가 부끄러울 뿐이다.

우리는 각자 다른 경험과 생각을 하며 살아간다. 그리고 다른 사람의 삶을 보면서 자신이 경험하지 못한 것을 간접적으로 경험하게 되고, 이를 통해 자신의 삶을 되돌아보고 새로운 시각을 얻을 수 있다. 타인의 삶을 통해 자신을 돌아보면서 자신의 강점과 단점을 파악하고, 자기 삶의 목적과 목표를 세우고 다시 자신의 삶을 더욱 풍요롭게 만들 수 있다. 상대방 없는 '나'는 무의미하다. 나를 제대로 알려면 타인에게 비친 나를 아는 것이 먼저다. 나는 지리산 둘레길에서 만난 많은 삶이 비록 나와 다르고 낯설었지만 그들의 삶을 통해 내 현실의 지평이 넓어지는 계기가 되고 내 안의 새로운 나를 만나는 기회가 되었다.

새로운
나를
발견하다

우리는 여행을 통해 새로운 세상과 만나다. 하지만 더 중요한 건 내 안의 또 다른 나를 만나게 된다는 것이다. 여행은 밖으로 향한 만큼 안으로 깊어진다. 그러므로 세상 밖으로 더 멀리 나갈수록 자신 안으로 더 깊이 파고들 수 있고, 때로는 한 번도 경험하지 못한 나를 만나기도 한다. 많은 사람이 자신을 알려고 내면의 탐색을 강조하지만 사실 세상을 등지고 자신의 마음을 들여다본다고 자기를 더 잘 이해할 수 있는 게 아니다. 오히려 구체적 상황, 관계, 환경에서 어떤 감정을 느끼고 어떤 결정을 내리고 어떻게 행동하느냐를 깊이 생각하는 편이 더 효과적이다. 우리가 익숙한 일상에서 습관적으로 행하는 선택이나 행동과는 다르게 여행 중에는 일상의 중력에서 약화 된 가운데 스스로 선택하고 행동하고 결정하게 된다. 이런 선택과 행동을 통해 자신을 이해하고 그전에는 몰랐던 자기 모습을 발견할 수 있다. 또 여행은 새로운 경험을 하고 다양한 사람을 만나면서 자기의 생각과 태도가 변한다.

사실 나는 내성적인 사람이다. 직장에서 만나고 같은 주제나 관심사를 가지고 대화하고 관계 맺기는 잘하는 편이지만 새로운 사람과 관계 맺고 얘기를 하는 건 어려워했다. 그러나 여행하면서 길을 묻고, 제한된 공간에서 만나는 사람과 어색함을 넘기 위해 한 얘기가 자연스러워지면서 나도 모르는 외향성을 발견했다. 이제 처음 만나는 사람과 먼저 얘기를 하고 우연을 만드는 데 익숙하다.

또 음식에 대한 편견도 강했다. 장례식장에 가서 밥을 먹은 게 몇 년 되지 않는다. 이런 변화도 여행을 하면서 가능하게 되었다. 여행은 선택의 여지가 없는 경우가 많다. 특히 길 위의 여행이나 섬 여행이 그렇다. 옛날에는 길에도 산에도 섬에도 먹을 곳이 있어 선택의 여지가 있었다. 그러나 지금은 사전에 예약하지 않으면 안 된다. 예약해도 준비할 수 있는 음식만 가능하다. 여기에 선택의 여지는 없다. 한마디로 주는 대로 먹어야 한다. 그것도 감사한 일이다. 그렇다 보니 자연스럽게 손이 가지 않던 음식도 먹게 되고 한 번도 먹지 않던 음식도 먹게 되었다. 예를 들어 멍게 향이 싫어 멍게를 먹지 못했다. 그러나 지금은 멍게는 물론 멍게비빔밥도 잘 먹는다. 이제 그런 음식이 맛있다. 물론 지금도 화장실이 깨끗하지 않은 음식점은 두 번 다시 가지 않는다.

그리고 여행을 통해 여행에 대한 취향도 알게 되었다. 학교에서 가는 수학여행이나 직장에서 업무차 가는 출장이 전부인 나에게 여행은 언제나 목적 지향적이었다. 그렇다 보니 여행 가는 곳의 유명 관광지나 유적에 대해 사전 학습하고 그것에 집중하는 명사형 여행을 했다. 그러나 지금은 과정을 즐기고 그곳에 머물며 그곳의 사람들과 얘기하고 어울리며 그들의 문화를 경험하는 동사형 여행을 즐긴다. 이제 나의 여행은 계획을 세우고 사전 학습을 하고 가는 여행이 아니라 마음이 동하면 떠난다. 비가 오면 떠나고, 안개 그윽해도 떠나고, 하늘이 청명해도 떠난다. 여행은 자유다. 떠날 수 있을 때 떠나고 돌아오고 싶을 때 돌아올 수 있어 비장하지 않아도 된다. 이제야 비로소 설렘이 있는 여행이 가능해졌다.

그러므로 더 이상 일상의 질서에 매여 떠나길 두려워하지 말자. 여행은 익숙한 것과의 결별이며 낯선 곳에서 아침을 맞는 것이다. 달빛 그윽한 밤에 홀로 걷는 것이다. 낯선 포구에서 펄떡이는 생선을 보며 박장대소하는 그곳의 사람들 속에 머무는 것이다. 매화 향기 그윽한 섬진강 강가에서 술을 한잔하는 것이고, 바람이 불어 벚꽃잎들이 눈처럼 날리는 찰나에 그리움으로 터져 버리는 것이다. 여행은 다른 사람이 덮던 이불을 덮고, 다른 사람이 먹던 밥그릇과 숟가락으로 밥을 먹는 것이다. 온갖 사람들이 다녀간 낡은 여관방에서 옷을 갈아입고, 흐릿한 거울이 기억하는 수많은 사람의 이야기 속에 자신의 이야기를 전하는 것이다. 그리하여 자신을 다른 사람에게 보내고, 다른 사람을 자신 속으로 받아들여 한 번도 경험하지 못한 나를 발견 하는 것이다.

03

더 나다운
나를 찾아
떠나는 여행

그렇다, 여행은 홀로 떠나지만, 많은 사람과 함께 새로운 경험을 하고 보고 느낀다. 여행에서 만남은 이해(利害)관계가 없다. 지금까지 관계 대부분은 이해(利害)관계 속에 이루어졌다. 퇴직 후 많은 관계가 단절되는 건 인간관계의 단절이 아니라 이해관계의 단절이다. 나는 인간적으로 대했다고 생각할지 모른다. 그러나 이해집단에서 인간적인 관계를 맺는다는 건 어려운 일이다. 서로 다른 이익을 원하기 때문이다. 그러므로 퇴직 후 관계의 단절에 서운함을 느끼는 건 이해집단에서 떨어져 나온 내 감

인생은 후 꾸일로 떠난
282

정이다. 아직 이해집단에 머무는 사람들은 이해집단을 떠난 나를 쉽게 잊게 된다. 이해집단에서 이익이 되지 않는 관계는 의미 없다고 생각하기 때문이다. 서글픈 일이지만 이게 현실이다. 나와 너 사이에서 서로 자기에게만 속한 무엇인가가 있어 있는 그대로를 받아들이지 못하면 서로 이해(理解)하지 못한다. 이해하지 못하면 사랑할 수 없다. 이해관계 속에서 만난 사람들이 나를 잊는 건 사랑이 없어서다. 그러니 화나고 서운해할 게 아니다.

그러나 여행에서 만남은 이해가 없다. 상대방의 이익과 내이익이 충돌할 일도 없고, 살아온 길도 살아갈 길도 삶의 목적도 서로 다르기 때문이다. 그저 순수한 관심과 호기심이 전부다. 그래서 서로 이야기에 경청하고, 서로의 경험을 공유하며 생각에 공감할 수 있다. 공감이 비록 감동의 절정은 못 된다고 하더라도 동료라는 안도감과 동감이라는 편안함은 그 정서의 구원함에서 순간의 감동보다 훨씬 오래가는 것이다. 그러므로 가식적 표정을 지을 것도 없고 듣기 좋은 말만 선택할 필요도 없다. 그 순간 느끼는 순수를 표현하고 마음을 다하면 가까워진다. 나와 같기를 바라지 않으면 다른 의견을 존중하게 되고 자연스럽게 다른 사람의 생각과 행동을 이해하게 되면서 자기의 감정과 생각을 솔직하게 표현하게 된다. 타인의 생각과 행동을 경험하고 그들의 삶에 공감하면서 자기의 생각과 행동을 되돌아볼 수 있다. 그들과의 대화를 통해 자기의 생각을 발전시킬 수 있고 다른 사람

283

의 의견을 수용하면서 자기의 부족을 채운다. 이런 관계 속에서 한 번도 경험하지 못한 경험을 하게 되고 더 나다운 나로 완성해 간다.

2장 길 위의 질문 여행

나는 길을 걷는다. 먼저 간 사람들은 무슨 사연으로 이 길을 걸었을까? 그리고 어떤 사람들을 마주치게 될까? 아침마다 새로운 길 넘어서 솟아오르는 태양을 음미하며 내가 다시 길을 나설 때 수없이 던졌던 질문이다. 여행은 곧 새로운 경험을 만나는 것이기 때문이다. 새로운 장소를 방문하고 새로운 사람을 만나면 새로운 경험을 쌓을 수 있다. 그래서 새로운 시야를 넓히고, 삶의 활력을 주는 데는 여행만큼 좋은 게 없다. 또 천천히 길을 걷는 명상은 자기 내면을 탐색하게 되고 삶의 방향성을 발견하게 되며, 다양한 상황과 사람들 속에서 자신을 돌아보며 성찰하게 된다.

나는 내 삶에 대해서만 알뿐, 타인의 삶에 대해서는 잘 알지 못한다. 그러나 한 사람의 삶이 그 사람의 경험으로만 끝난다면 재미없는 일이다. 내가 전혀 경험하지 못한 세상을 경험한 사람을 만나는 건 흥미로운 이야기책을 만나는 것과 같다. 궁금함이 생기고 상상하게 되고 호기심이 자극되고, 성찰하고 깨닫는다. 그렇게 길을 걷다 보면 내가 걸어온 길과 다른 사람이 걸어온 길이 서로 만나 연결되고 길이 뚫려 우리가 알지 못했던 길을 알게 된다. 나는 너로 확대되고 너는 나로 확대되면서 서로 성장의 기회가 된다. 그러므로 길 위의 여행은 더 넓은 세상과의 연결이며 더 나은 나와 만남이다.

길을 걷다 저만치 앞에서 걸어가고 있는 또 다른 사람 하나를 발견했다. 놀란 나는 그를 소리쳐 불렀다. 그런데 자세히 보니 그것은 배낭을 메고서 걷고 있는 또 다른 나였다. 나는 그 또 다른 나를 향해 걸어가는 것이다. 그 미래의 나를 향해, 그리고 고개를 돌려 뒤돌아보니 뒤쪽에서는 또 과거의 내가 나를 향해 걸어오고 있었다. 그렇게 나는 인생길 위에 여행자로 존재한다.

멀리 가려면
배낭을
가볍게 꾸려야 한다

　처음 여행을 떠나는 사람의 배낭은 무겁다. 여행하는 동안 필요하다고 생각되는 건 모두 꼼꼼하게 챙긴다. 갖가지 의류는 물론 개인 식기, 만능칼, 비상약, 필기도구, 비옷 등등 배낭의 큰 주머니 작은 주머니에 층층이 칸칸이 꽉 들어차 있다. 그러나 이 많은 물건이 다 필요하지 않다는 건 여행에서 돌아오면 알게 된다. 필요하지 않은 물건으로 인해 여행이 행복하지 않고 힘만 들었다는 것도. 그래서 멀리 가는 사람의 배낭은 가벼워야 한다.

인생은 먼 여행이다. 배낭이 가벼워야 멀리 갈 수 있고, 즐겁게 갈 수 있다. 배낭이 가벼울수록 경험이 풍부해지기 때문이다. 그러나 배낭이 무거우면 과정이 힘들고, 과정이 힘들면 마음과 걸음이 바쁘다. 바쁜 일상에서 벗어나 다시 바쁜 일상이다. 이때 여행은 즐거움이 아니라 서글픔이 된다. 우리들의 오전 여행이 그랬다. 지식을 채우고, 경험을 쌓고, 관계를 넓히고, 부를 쌓기 위해 불필요한 욕심과 욕망에 집착하는 등 오전 삶의 배낭에 온갖 것을 욕심내어 채웠다. 그리고 그 무게에 짓눌려 허덕이게 되면서 진정으로 중요하다고 생각하는 것들을 놓치고 살았다. 하지만 시간이 흐르고 여러 고난과 기쁨을 겪으면서 진정 무엇이 필요하고 가치 있는지 이제 알 것 같다.

퇴직은 배낭을 다시 꾸려야 하는 시간이다. 오전의 배낭을 가지고 오후의 여정을 떠날 수 없다. 오전의 배낭에 더 많이 채우려고 노력했다면 오후의 배낭은 더 많이 비우려고 노력해야 한다. 덜 가질수록 더 많은 걸 얻을 수 있고, 비우면 비울수록 더 많은 걸 채울 수 있다. 이때 채워지는 건 오전 것들과 다르다. 그러기 위해서는 진정으로 중요한 것이 무엇인지 알아야 한다. 배낭에 무엇이 들어 있는지 따져보고, 그것을 정말로 가지고 가길 원하는지 그리고 반드시 가지고 가야만 하는지 결정을 내려야 한다. 그러나 우리가 아무리 계획을 잘 세운다 해도, 살다 보면 우리에게 필요한 것도 변한다는 것을 알게 된다. 여행을 떠나기 전날까지 꼭 필요하다고 했던 게 막상 여행을 떠나고 보면 별로 중요하지 않은 것들이 많다. 정말로 필요한 것이 무엇이며, 어느 정도의 양이면 편안하게 가지고 갈 수 있는지는 경험을 통해서 알게 된다. 그래서 대개 여행자는 도중에 물질적인 짐이든 정신적이 짐이든 덜어내게 된다. 그러므로 한발 한발 걸을 때마다 자신에게 물어야 한다. "지금 나한테 정말 필요한 게 뭐지?"

또 사람들은 머리가 아프거나, 해결할 문제가 있을 때 여행을 생각한다. 퇴직 후 떠나는 여행이 대부분 그렇다. 나도 그랬다. 퇴직에서 오는 박탈감은 물론 무엇을 하고 살지 막막하여 떠났다. 하지만 돌아오는 길이 더 힘들었던 기억이 있다. 이유는 현실의 문제를 가지고 떠난 데 있다. 현실의 문제를 안고 떠나면 여행에서 만나는 모든 게 같은 현실이 되어 보인다.

그러므로 여행은 내려놓고 떠나야 한다. 그렇지 않으면 여행이 아니라 현실 도피가 된다. 우리는 비우기 위해 떠나고 돌아오기 위해 떠나지, 채우고 얻기 위해서 떠나는 게 아니다. 익숙한 환경에서 벗어나 새로운 환경을 경험하면 역설적으로 우리의 일상을 더 선명하게 볼 수 있다. 거리를 두고 보면, 그동안 보지 못했던 우리 삶의 괜찮은 부분을 발견하기도 한다.

동시에 우리는 버리기 위해 떠난다. 배낭을 꾸릴 때 필수품만 챙기듯 우리 삶에서 정말 중요한 것이 무엇인지 생각하게 한다. 그리고 새로운 문화와 관점을 접하면서 고정관념과 편견을 조금씩 내려놓게 된다. 그리하여 여행에서 돌아오면 같은 일상이지만 다른 세상을 보게 되고, 일상이 특별해지고 평범한 순간들이 소중한 순간이 된다. 그러므로 여행은 도피가 아니라 새로운 나의 귀환 과정이다. 더 나은 자신으로, 더 넓은 시야를 가진 자기로 돌아오는 여정인 것이다.

여행의
질문

우리의 여행은 대부분 목적지가 정해진 여행을 떠난다. 목
적지를 정하고, 일정을 잡고, 여행에서 하고 싶은 일들의 목록을
작성한다. 하지만 때로는 길 위에 서서, 발길 닿는 대로 걷는 여
행도 필요하다. 답 없는 여정 속에 자신을 던져보는 것도 좋다.
답 없이 걷다 보면 자연스럽게 질문을 하게 된다. 이런 여행에 익
숙하지 않으면 처음에는 불안하다. 어디로 가야 할지 무엇을 해
야 할지 모르는 상태가 낯설고 두렵기 때문이다. 우리에게 퇴직
도 그렇다. 한 번도 경험해 보지 않았고, 어디로 가고, 무엇을 해

야 할지도 모른다. 하지만 퇴직이 끝이 아니라 새로운 시작이라고 생각하면 어떨까? 새로운 길은 길이 끝나는 지점에서 다시 시작되는 것이다.

이 길을 한 걸음 한 걸음 가다 보면 묘한 해방감을 느끼게 된다. 정해진 틀에서 벗어나면 자유를 만끽할 수 있다. 그리고 이 자유 속에서 우리는 자연스럽게 질문을 하게 된다. '나는 왜 이 길을 걷고 있는지?', '내가 진정 원하는 삶은 무엇인지?' '지금 이 순간 나는 행복한지?' 일상에 묻혀 잊고 있던 근본적인 질문들이 마음속에서 떠오르게 된다. 여행에 목적이 있다면 이런 질문들의 답을 찾는 과정일 것이다. 새로운 풍경을 마주하고, 낯선 이들과 대화를 나누고, 때로는 고독과 마주하면서 조금씩 자신 속으로 스며드는 것이다. 그러므로 길을 잃는 것을 두려워하지 않아도 된다. 오히려 길을 잃었을 때 예상하지 못한 장소를 발견하고, 뜻밖의 소중한 만남이 이루어지기도 하는 것이다. 이처럼 퇴직도 우리에게 새로운 기회가 될 수 있음을 깨닫게 된다.

결국 답 없는 여행은 자신과의 대화의 시간이다. 그동안 바쁜 일상에서 잊고 살았던 내면의 소리에 귀 기울이는 시간이다. 이런 과정에서 조금 더 자신을 이해하게 되고, 삶의 방향성을 찾아갈 수 있다. 물론 여행이 모든 문제의 해답을 주는 건 아니다. 하지만 스스로 던진 질문들이 내 안에 남아 여행에서 돌아온 후에도 성찰하게 만든다. 그리고 이런 성찰들이 나를 변화시키고 성장하게 한다. 그러므로 여행의 끝에서 찾는 건 나 자신이다. 조금 더 솔직하고, 조금 더 용기 있고, 조금 더 자유로운 나를 만나게 된다.

나에게는 운탄고도 길이 그랬다. 운탄고도 길은 구름과 나란히 석탄을 나르던 길로 영월 청령포에서 삼척 소망의 탑까지 173.2km 이어지는 길이다. 지금은 트레킹코스로 변해 있지만, 이 길은 우리나라의 근 현사의 한 장면을 생생하게 보여주는 살아 있는 역사의 현장이다. 광부들의 마을인 모운동에서 하룻밤을 보냈다. 영월 읍내가 아닌 모운동에서 자고 싶었다. 그리고 다음 날 모운동에서 예미역까지 걸으면 나는 과거 광부들의 삶을 조금이나마 느낄 수 있었다.

이 길은 광부들의 삶을 고스란이 담고 있다. 그들이 매일 오갔던 길, 그들이 땀흘리며 일했던 갱도, 그리고 그들의 일상이 묻어 있는 마을의 모습까지. 특히 광부의 샘을 지나며 가슴이 뭉클했다. 이 작은 샘에서 광부들은 매일 동전을 던지며 안녕을 기원하고 가족의 행복을 기원했다고 한다. 순간 그들의 삶이 얼마나 위험하고 힘들었는지를 깊이 느낄 수 있었다.

광부들은 매일 목숨을 걸고 지하 깊숙이 내려가 석탄을 캤고, 그 노고 덕분에 우리나라는 산업화의 기틀을 마련할 수 있었다. 하지만 그 과정에서 사고로 많은 광부가 고통을 받고, 젊은 나이에 생을 마감하기도 했다. 이런 사실을 되새기며 걷다 보니 나도 모르게 눈시울이 뜨거워졌다.

광부들의 애잔한 삶을 마주하며, 나는 자연스럽게 내 삶을 돌아봤다. 나는 어떤 삶을 살고 있는가? 나의 노력은 누군가에게 어떤 의미가 있을까? 그렇다면 나는 의미 있는 삶을 살고 있는가? 이런 질문들이 꼬리를 물고 이어졌다.

운탄고도 길을 걸으면서 느꼈다. 이 길은 단순히 걷는 길이 아니구나. 우리에게 삶의 본질적인 가치를 일깨워 주는 성찰의 길이구나. 나는 더 나은 세상을 위해 어떻게 살아야 할지 고민하게 하는 길이다.

03

가장 중요한 것은
길 위에서
배웠다

우리는 지금까지 목표지향적인 삶을 살았다. 학창 시절에는 좋은 대학에 가는 것이었고, 대학을 졸업 후에는 안정적인 직장을 갖는 것이었으며, 결혼하고, 집을 마련하고, 좋은 차로 바꾸는 등 늘 다음 단계, 다음 목표만을 향해 달려왔다. 그러나 시간이 흘러 이만큼 살아보니 알 것 같다. 중요한 건 목적지가 아니라 그곳에 이르는 길 위에서 겪는 경험과 배움이었다는 것을. 진학을 위해 밤낮으로 공부하던 그 시간을 지금 돌이켜 보면 단순히 시험을 위한 준비가 아니었다. 그 과정에서 나는 인내와 끈기를 배우고, 목표를 향한 열정이 무엇인지 몸소 체험한 것이다. 원하는 회사에 들어가기 위해 지원하고 탈락과 합격을 겪고 또 진급과 누락을 반복하며 겪던 좌절과 기쁨은 단순히 취업을 위한 과정이 아니었다. 그런 시간을 통해 나는 실패를 딛고 일어나는 법을 배웠고, 나의 가치를 스스로 인정하는 법을 익혔다.

가정을 이루어 살면서 겪었던 갈등과 화해의 순간들, 그리고 집을 마련하기 위해 허리띠를 졸라매던 순간의 날은 어떤 지위를 얻거나 내 집이라는 물질적 소유만 위한 것은 아니었다. 그 길에서 타협과 이해의 중요성을 배웠고, 작은 것에 만족하며 감사할 줄 아는 마음을 키웠다.

그러나 인생의 큰 목표들을 하나씩 이루어 갈 때마다 나는 이상하게도 공허함을 느꼈다. 왜 그럴까? 하는 생각을 하다 깨달았다. 진정한 가치는 이미 그 목표를 향해 가는 길 위에서 얻었다는 것을. 목적지에 이르러 느끼는 기쁨은 잠시뿐이지만, 그곳에 이르는 여정에서 얻은 지혜와 경험, 관계의 깊이는 영원히 나의 일부가 되어있었다. 이제 나는 알 것 같다. 삶은 마치 끝없는 여행과 같아서 정해진 최종 목적지는 없다는 것을. 그리고 중요한 것은 이 순간, 내가 걷고 있는 길 위에서 무엇을 보고, 듣고, 느끼고, 배우는가 하는 것이다. 그러므로 행복은 멀리 있는 것이 아니라 바로 지금 이 걸음 속에 있다.

때로는 오르막길을 만나고, 때로는 아름다운 풍광 속을 걷는다. 길을 잃기도 하고, 예상하지 못한 우회 길을 만나기도 한다. 하지만 이 모든 순간이 소중하다. 왜냐하면 길 위에서 우리는 진정한 자아를 발견하고, 삶의 의미를 깨닫기 때문이다.

그러므로 우리는 이제 조급해 하지 않아도 되고, 당장 눈에 보이는 성과나 결과에 연연하지 않아도 된다. 대신 오늘 하루, 이 길 위에서 무엇을 배우고, 어떤 사람을 만나고, 어떤 새로운 시각을 얻었는지에 집중하면 된다. 그런 경험에 감사하면 된다. 그러므로 우리가 어디로 가고 있는지도 중요하지만, 더 중요한 것은 지금 이 순간 내가 어떻게 걷고 있는지, 그 걸음에서 무엇을 배우고 있는가이다.

3장 우연함의 조우

####################

　　계획된 일정과 정해진 목적지가 여행의 뼈대를 이루지만, 진정한 여행의 맛과 즐거움은 우연함에 있다. 어쩌면 여행의 본질은 우연과의 조우일 것이다. 계획되지 않고 예측할 수 없는 순간들이 우리를 춤추게 한다. 목적지로 향하는 길에서 우연히 발견된 작은 카페, 그곳에서 만난 현지인과의 대화, 계획에 없던 골목길을 걷다 마주친 숨겨진 명소, 이러한 우연한 순간들이 여행을 특별하고 기억에 남는 경험으로 만든다. 우리가 아무리 철저하게 계획을 세워도, 여행이 가장 빛나는 순간들은 종종 예상하지 못한 곳에서 찾아온다.

　　또 우연은 우리를 편안함의 영역에서 벗어나게 한다. 낯선 상황에 놓이면 우리는 더 민감해지고, 주변에 대해 더 자세히 관찰하게 된다. 이런 상태에서 우리는 평소에 놓치기 쉬운 삶의 작은 아름다움들을 발견하게 된다. 거리의 음악, 시장의 활기찬 분위기, 석양에 물든 도심의 건물 그림자 등 우연히 마주친 이 모든 게 특별한 의미를 갖게 된다.

　　그리고 우연은 여행자에게 새로운 가능성을 열어 준다. 계

인생오후 곳에프트는

획에 없던 마을에서 하룻밤을 보내며 그 지역의 독특한 문화를 경험할 수 있고, 우연히 만난 여행자와의 대화에서 인생을 바꿀만한 통찰을 얻을 수도 있다. 이런 예측 불가능한 만남과 경험들이 우리의 시야를 넓히고, 삶을 바라보는 새로운 관점을 제시한다.

물론 모든 우연이 반드시 긍정적인 건 아니다. 때로는 열차를 놓치거나, 날씨가 갑자기 악화되는 등의 불편한 상황을 마주할 수도 있다. 하지만 이러한 예상하지 못한 상황들 역시 여행의 일부이며, 이를 통해 우리는 유연성과 적응력을 기르게 된다. 이런 경험이 쌓여 우리를 더 강하고 지혜롭게 만든다.

여행에서의 우연은 우리 일상의 축소판이기도 하다. 삶 역시 완벽히 통제할 수 없는 우연의 연속이며, 예상하지 못한 상황들과 끊임없이 마주친다. 여행을 통해 우리는 이러한 우연을 받아들이고 즐기는 방법을 배우게 된다. 계획대로 되지 않는 상황에서도 기회를 발견하고, 새로운 가능성을 모색하는 능력을 키우게 되는 것이다.

결국 여행의 진정한 매력은 이러한 우연성에 있다. 우리가 통제할 수 없는 상황 속에서 자유를 느끼고, 예측 불가능한 순간들 속에서 삶의 진정한 아름다움을 발견하는 것이다. 이것이 여행이 우리에게 주는 가장 큰 선물이며, 그 속에서 우리는 예상하지 못한 기쁨과 깨달음을 얻는다.

01

우연히
길을
만나다

퇴직 후의 삶은 누구에게나 두려움과 불확실성의 시기다. 수십 년간 익숙했던 일상에서 벗어나 갑자기 찾아온 자유는 때로는 무거운 짐처럼 느껴지기도 한다. 하지만 이 시기야말로 진정한 자아를 찾고 새로운 삶의 의미를 발견할 수 있는 황금기다.

몇 해 전 안동 여행 중에 겪었던 경험이 문득 떠오른다. 병산서원을 들러보느라 시간 가는 줄 모르고 마지막 버스를 놓쳤던 그날, 당황스러움도 잠시 우연히 발견한 오솔길을 찾아 걷기 시작했다. 그 길은 마치 오래된 친구처럼 나를 품어 주었고, 어느새 나는 낙동강 변에 서 있었다. 황혼이 깃들기 시작한 강물 위로 찬란한 석양이 물들어 갔고, 잔잔한 물결 위로 반사된 빛은 마치 수천 개의 진주가 춤추는 듯했다. 그 순간의 아름다움은 지금도 생생히 기억난다. 길을 잃은 듯했지만 사실 더 아름다운 길을 찾은 것이다.

퇴직 후의 삶도 이와 같다. 익숙한 일상에서 벗어나 처음에는 방황하고 불안할 수 있다. 하지만 그 과정에서 우리는 예기치 못한 아름다움과 새로운 가능성을 발견할 수 있다. 여행은 단순히 장소를 옮기는 것이 아니다. 그것은 내면의 여정이며, 자신을 돌아보고 삶의 의미를 재발견하는 과정이다. 낯선 곳에서 마주치는 예기치 못한 상황들은 우리의 고정관념을 깨고 새로운 시각을 열어 준다.

그러므로 퇴직 후의 여행은 단순한 관광이 아닌, 자신만의 길을 찾아가는 여정이 될 수 있다. 그 과정에서 우리는 오랫동안 잊고 있던 꿈을 되살리고, 새로운 열정을 발견할 수 있다. 어쩌면 평생 해보고 싶었지만 미루고 있던 취미를 시작할 수 있고, 봉사 활동을 통해 삶의 새로운 의미를 찾을 수도 있다. 중요한 건 마음을 열고 새로운 가능성을 받아들이는 자세다. 때로는 계획대로 되지 않는 상황에서 오히려 더 값진 경험을 할 수 있다. 병산서원에서 버스를 놓쳤던 그날처럼, 예상치 못한 상황이 인생의 전환점이 될 수도 있는 것이다.

　　퇴직은 삶의 끝이 아닌 새로운 시작이다. 지금까지 쌓아온 경험과 지혜를 바탕으로, 우리는 더 풍요롭고 의미 있는 삶을 살아갈 수 있다. 때로는 길을 잃는 것 같은 순간이 있더라도, 그것이 오히려 자신만의 진정한 길을 찾는 계기가 될 수 있음을 기억하자. 내가 낙동강 변에서 마주했던 그 황홀한 풍경처럼, 우리의 인생도 아직 발견하지 못한 아름다움이 기다리고 있을 것이다. 그러니 두려워하지 말고 한 걸음 한 걸음 나아가다 보면, 어느새 자신만의 특별한 길 위에 서 있는 자신을 발견하게 될 것이다.

실패한
여행은
없다

봄날의 따스한 햇살이 내 마음을 간질였다. 일상의 굴레에서 벗어나고 싶은 충동이 불현듯 일어났고, 나는 아무런 계획도 없이 청량리역으로 발길을 옮겼다. 손에는 따뜻한 커피 한잔, 가방에는 오래전부터 읽고 싶었던 책 한 권을 넣은 채 영월행 무궁화호 열차에 몸을 실었다. 동강의 맑은 물소리와 푸른 산세를 만나고 싶다는 단순한 바람이 나를 이끌었다.

열차의 창밖으로 펼쳐지는 풍광에 매료되어 책을 펼쳤다. 그러나 책 속 이야기에 깊이 빠져들다 보니 어느새 영월역을 지나쳐 버렸다는 사실을 뒤늦게 깨달았다. 순간 당황했지만, 이내 마음을 달리 먹었다. '그래, 이왕 이렇게 된 거 끝까지 가보자.' 다음 역에서 내릴까도 생각했지만, 충동적으로 열차의 종착역인 동해역까지 가기로 결심했다.

예상치 못한 방향으로 흘러가는 여정이었지만, 오히려 그 덕분에 새로운 세계가 눈앞에 펼쳐졌다. 영월에서 동해로 가는 길은 그 자체로 한 폭의 그림이었다. 울창한 산맥을 따라 구불구불 이어지는 철로, 때때로 모습을 보여 주는 계곡, 그리고 점점 가까워지는 바다 냄새, 모든 게 신선하고 아름다웠다. 마침내 동해에 도착했을 때, 마치 나는 새로운 세계에 발을 들인 것 같은 기분이었다. 넓게 펼쳐진 바다는 내 마음마저 탁 트이게 했다. 우연히 알게 된 해파랑길을 걸으며, 나는 예기치 못한 여행이 얼마나 특별한 선물인지 깨달았다. 파도 소리, 갈매기의 울음소리, 바다 내음이 가득한 공기, 그리고 발아래 부서지는 모래의 감촉, 이 모든 게 무디어진 내 마음의 감각을 일깨웠고, 일상에 지친 내 영혼을 치유해 주는 듯했다.

이 여행을 통해 나는 중요한 깨달음을 얻었다. 인생에는 실패란 게 없다는 것, 우리가 실패라고 생각하는 것들은 사실 새로운 기회를 여는 열쇠일 수 있다는 것이다. 내가 영월을 지나친 건 실수일지 모르지만, 그 덕분에 나는 더 넓은 세상을 만날 수 있었다. 만약 계획대로 영월에서 내렸다면, 동해의 아름다움과 해파

랑길의 매력을 경험하지 못했을 것이다.

이는 우리의 인생과도 닮았다고 생각한다. 우리는 종종 인생의 계획을 세우고 그대로 이루어지기를 바란다. 하지만 현실은 항상 우리의 예상을 벗어난다. 학업에서 실패, 직장에서 좌절, 관계의 단절, 그리고 준비하지 못한 퇴직 등 우리는 수많은 실패를 경험한다. 그러나 이러한 순간들이 정말 실패일까? 어쩌면 이는 우리를 더 넓은 세상으로 인도하는 전환점일 수 있다.

실패라고 생각했던 순간들이 새로운 기회와 경험의 문을 열어 주는 경우가 많기 때문이다.

원하던 대학에 가지 못해 다른 길을 선택하여 그곳에서 자신의 진정한 꿈을 발견하는 사람도 있고, 회사에서 해고되어 새로운 사업에 도전해 성공하는 사람도 있으며, 관계의 단절로 인해 자신을 돌아보고 더 성숙해지는 사람도 있다. 이런 많은 이야기는 우리에게 실패가 곧 새로운 시작이 될 수 있음을 보여 준다.

결국 중요한 건 우리의 태도다. 예상치 못한 상황에 두려워하지 않고, 그 속에서 기회를 발견하려는 자세, 계획대로 되지 않았다고 좌절하기보다는, 새로운 가능성을 모색하는 유연함, 이것이 바로 인생이라는 여행을 더욱 풍요롭게 하는 비결일 것이다.

그날의 여행을 떠올리며, 나는 다시 한번 미소 짓는다. 실수로 시작된 여행이 내게 얼마나 값진 경험과 깨달음을 주었는지. 계획대로 되지 않는다고 해서 실패가 아니며, 오히려 그것이 더 큰 행복과 성장의 기회가 될 수 있다는 걸 알았다. 인생은 마치 열린 책과 같다고 생각한다. 매 순간 우리가 어떻게 받아들이고 해석하느냐에 따라 그 의미가 달라진다. 그러니 두려워하지 말고 인생 오후를 맞이하자. 열린 마음으로 인생 오후를 즐기자. 그 속에서 우리는 예상치 못한 아름다움과 인생의 깊이를 발견하게 될 것이다.

신은
오늘밖에
창조하지 않았다

퇴직은 우리에게 후회와 불안을 준다. 선배들이 그렇게 준비하고 나와야 한다고 했는데 왜 준비하지 않았을까? 하는 후회는 불안으로 이어진다. 그러나 과거는 이미 지나갔고, 미래는 아직 오지 않은 시간이다. 아니 미래는 누구도 살아보지 않은 시간이다. 우리에게 진정으로 주어진 것은 '오늘' 뿐이다. "오늘은 날씨가 참 좋소. 신이 만든 날이오. 신이 창조한 날은 단지 오늘뿐이란 말이오." 유시화의 '지구별 여행자'에 나오는 글이다. 나는 퇴직 후 이글을 좋아하게 되었다. '신이 창조한 날은 단지 오늘뿐이다'란 이 말을 누구도 부정하지 않으면서도, 우리는 언제나 어제와 내일을 이야기한다.

　많은 사람이 과거의 후회나 미래의 불안 속에 살아간다. 어제의 실수를 곱씹고 자책하고, 내일 일어날지 모르는 일들을 걱정하며 현재의 순간들을 놓치고 산다. 하지만 이런 태도는 우리의 삶을 풍요롭게 만들기보다는 오히려 건조하고 메마른 삶을 살게 한다. 왜냐하면 우리가 진정으로 영향을 미칠 수 있고, 온전히 경험할 수 있는 건 오직 '오늘'뿐이기 때문이다.

　퇴직하면 알게 되지만 퇴직은 후회의 연속이다. 왜 현직에 있을 때 취미 하나 갖지 않고, 자격증 하나 취득해 놓지 않고, 하다못해 비상금을 만들지 못한 것도 후회스럽다. 그뿐 아니다. 많은 관계가 단절되면서 직장을 넘어 외부 커뮤니티 하나 참여하지 않은 것도 후회하게 된다. 그러나 과거는 지금 후회한들 해결되지 않는다. 지금 우리 곁에 사람들과 진정으로 소통하고 교감하는 게 바로 오늘을 온전히 살아가는 모습이다. 그러므로 과거를 떠올리며 후회하고 불안해하거나, 미래의 결과를 지나치게 걱정하는 대신, 오늘 할 수 있는 일에 집중한다면 어떨까? 지금 이 순간 최선을 다해 준비하고, 현재의 과정을 즐기는 것, 지금 내 앞에 있는 사람에게 집중하는 것, 이것이 바로 오늘을 살아가는 지혜일 것이다.

나는 자연 속에서 이 진리를 더 선명 경험한다. 숲속을 거닐 때, 발밑에서 과자처럼 바스락거리며 부서지는 낙엽 소리를 듣고, 머리 위로 불어오는 바람의 촉감을 느끼고, 코끝을 스치는 꽃향기 맡는 것이 그렇다. 이런 감각은 지금 이 순간에만 존재한다. 어제의 숲도, 내일의 숲도 아닌, 오늘의 숲이 주는 선물이다. 예술가들은 종종 이런 현재의 순간을 포착하는데 탁월한 재능을 보인다. 화가가 붓을 들어 캔버스 위에 그림을 그릴 때, 화가는 현재에 집중한다. 과거의 기교나 미래의 평가를 걱정하는 대신 지금 이 순간 자신의 감정과 직관을 표현하는 데 집중한다. 이러한 현재에 몰입하는 태도가 위대한 예술 작품을 탄생시킨다.

우리도 가능하다. 과거에 대한 후회와 미래의 결과에 대한 불안을 내려놓으면 우리의 현실도 예술이 될 수 있다. 물론 과거의 경험에서 배우고, 미래를 위해 계획을 세우는 건 중요하다. 하지만 그것이 현재의 순간을 희생시키는 대가로 이루어져서는 안 된다는 것이다. 과거의 교훈을 바탕으로, 미래를 향한 비전을 가지되, 그 모든 건 오늘이라는 캔버스에 그려나가는 게 균형 잡힌 삶의 자세다.

"신은 오늘밖에 창조하지 않았다."는 말은 또 우리에게 매일 매일이 새로운 시작임을 상기시킨다. 어제의 실수나 좌절에 얽매이지 않고. 오늘이라는 새로운 기회를 온전히 활용하는 메시지가 있다. 매일 아침 우리에게는 새로운 페이지가 주어지는 것이다. 이 페이지를 어떻게 채워갈지는 전적으로 우리의 선택이다.

현재지향적 삶의 태도는 우리의 정신 건강에도 긍정적인 영향을 미친다. 과거나 미래에 대한 지나친 걱정은 종종 스트레스와 불안을 유발하지만, 현재에 집중하는 것은 평온함과 만족감을 준다. 명상이나 마음 챙김과 같은 수행법이 강조하는 게 바로 '현재의 순간'에 대한 깨어있는 인식이다. 어쩌면 신이 오늘밖에 창조하지 않았다는 건 우리에게 삶의 본질을 되돌아보게 한다. 우리에게 주어진 건 오직 '지금 이 순간' 뿐이며, 이 순간을 어떻게 살아가느냐가 우리 삶의 질을 결정한다. 또한 이 말은 우리에게 감사의 마음을 일깨운다. 매일 아침 눈을 뜨는 것, 숨 쉬는 것, 사랑하는 사람과 함께 하는 것, 이 모든 게 당연함이 아니라 소중한 선물임을 깨닫게 된다. 오늘이라는 선물을 받았다는 사실 자체에 감사하며 하루를 시작할 때 우리의 인생 오후는 더욱 풍요로워질 것이다.

04

나
지금
여행 중이야

　'세상에서 가장 행복한 사람이 누군지 아세요?' 내가 어느 강의장에서 한 질문이다. 그러나 누구도 이 질문에 답을 하지 못했다. 이유는 그런 경험을 하지 못했기 때문이다. 그래서 세상에서 가장 행복한 사람은 '나 지금 여행 중이야' 하는 사람이고 두 번째 행복한 사람은 '나 지금 공부 중이야' 하는 사람이라고 했다. 모두가 고개를 끄덕이며 '그래도 우린 두 번째 행복한 사람은 되네.'하며 모두가 웃었던 기억이 있다. 구분하자면 그렇다는 것이지 정확한 근거가 있는 것은 아니다. 중요한 건 퇴직 후 여행과 공부가 우리를 행복하게 한다는 사실이다. 그날 나는 그 이유를 설명해 줬고, 모두가 공감했다.

사실 누구나 '나 지금 여행 중이야.' 이 문장만 떠올려도 왠지 설렘과 자유로움이 가슴 속에서 피어오르는 건 부인하지 못할 것이다. 왜 이 말이 우리에게 그토록 특별한 행복을 선사하는 걸까? 그 이유를 알려면 여행의 본질에 대한 이해가 있어야 한다.

여행은 우리를 일상의 굴레에서 해방시킨다. 매일 반복되는 생활 속에서 종종 자신을 잃어버리곤 한다. 정해진 시간에 일어나 출근하고, 주어진 업무를 처리하며, 같은 얼굴을 마주하는 일상, 이런 반복 속에서 우리의 영혼도 조금씩 메말라 간다. 하지만 여행은 낯선 장소, 새로운 얼굴들, 예측할 수 없는 상황들, 이 모든 게 우리의 감각을 일깨우고 영혼에 신선한 활력을 불어넣어 준다.

여행은 또 자아를 발견하는 과정이다. 익숙한 환경에서 벗어나 새로운 상황에 직면할 때, 우리는 자신의 숨겨진 면모를 발견한다. 평소에 몰랐던 용기, 적응력, 개방성 등이 자연스럽게 드러나게 된다. 이런 과정을 통해 스스로 성장하고 있는 자신을 확인하는 기쁨을 느끼기 때문이다. 더불어 여행은 우리에게 선택의 자유를 선사한다. 우리는 일상에서 수많은 의무와 책임에 얽매여 있다. 하지만 여행 중에는 다르다. 어느 길로 갈지, 무엇을 먹을지, 어떤 경험 할지, 모든 게 나의 선택이다. 이런 자유로운 선택의 연속이 나에게 큰 행복을 안견 주는 것이다.

　또한 여행은 새로운 이야기의 시작을 의미하기도 한다. 여행은 우리 인생의 특별한 장을 장식한다. 우연한 만남, 뜻밖의 발견, 가슴 뛰는 모험, 이 모든 게 우리 인생의 이야기를 더욱 풍성하게 만든다. 내가 여행 중이라는 사실을 인식할 때, 우리는 이 순간이 특별한 추억으로 남는다는 것을 알고 그 순간을 더욱 소중하게 여긴다. 그리고 여행은 시야를 넓혀 준다. 다른 문화와 생활 방식을 접하면서, 우리는 세상을 바라보는 새로운 관점을 얻게 된다. 이는 단순히 지식의 확장을 넘어, 우리의 가치관과 삶의 태도에도 영향을 미친다. 이렇게 여행은 내가 더 확장하며 성장하고 있다는 걸 느끼게 한다. 그리고 여행은 감사의 마음을 일깨운다. 낯선 곳에서의 경험은 우리가 평소에 당연하게 여겼던 것들의 소중함을 깨닫게 한다. 집, 가족, 친구 등등 이 모든 것이 얼마나 소중한지 여행을 통해 깨닫게 된다.

　그래서 '나 지금 여행 중'이란 의미는 일상에서 벗어나 자유를 만끽하고, 현재에 집중하며, 자아를 재발견하고, 새로운 세상을 경험하며, 새로운 이야기를 만들어 가는 과정에서 자신을 확인하는 순간이다. 이보다 더 행복한 순간은 없다.

성장을 쉽게
멈추지 말자

나는 이 책을 쓰면서 많은 걸 깨달았다. 더 많은 것을 배우고, 더 많이 알고, 더 깊이 이해할 수 있었다. 그래서 이 책의 최고 수혜자는 나 자신이다. 수십 년간 직장생활을 하며 쌓아온 경험과 지식, 그리고 퇴직 후 겪은 나의 변화와 성장이 이 책의 밑바탕이 되었으며, 가장 큰 깨달음은 퇴직은 끝이 아닌 새로운 시작이란 것이다. 그 깨달음의 여정을 같은 시대를 살고, 살아가는 독자들과 나누고 싶었다.

우리는 흔히 인생을 오전과 오후로 나눈다. 오전이 학업과 직장생활로 대표되는 의무의 시간이라면, 오후는 자아실현과 행복을 추구하는 시간이다. 그러나 많은 퇴직자가 이 귀중한 시간을 어떻게 보내야 할지 몰라 방황한다. 물론 나 역시 처음에 그랬다.

퇴직 후 몇 달은 조직에 대한 서운함과 아쉬움이 있었지만, 한편으로는 해방감에 들떠 있었다. 그러나 불규칙적인 생활이 계속되면서 몸과 마음이 무거워지고, 곧 공허함이 찾아왔다. 그러면서 내 존재 가치에 대한 의문이 들기 시작했다. 그때 퇴직 후 처음으로 나 자신을 돌아봤다. 그리고 규칙적인 생활을 해야겠다는 결심이 섰다. 규칙적인 생활 즉 좋은 습관을 만들어야 일상이 활기차고 의미 있는 삶이 될 것 같은 생각을 했다.

그렇게 처음 시작한 게 공부다. 공부는 가장 쉽게 시작할 수 있고, 매일 할 수 있어 좋다. 직장생활을 하면서 하고 싶었지만 하지 못했던 철학과 역사 공부를 시작했고, 공부를 좀 더 체계적이고 재미있게 할 수 있는 곳을 찾다가, 한국방송통신대학교 문화교양학과를 만났다. 퇴직 후 가장 잘한 선택 중 하나가 이곳에서 공부하게 된 것이다.

또 매일 규칙적으로 운동하면서 무엇보다 근력의 중요성을 알고 운동을 하고 있다. 주말에는 공방에서 나무를 가지고 창작 작업을 하고, 나무가 주는 느낌과 나무마다 각기 다른 질감과 향기를 품고 있는 것을 알게 되면서 다름에 대한 깨달음을 얻는다. 간혹 재능기부를 통해 사회에 도움이 되는 활동으로 삶의 기쁨을 느낀다. 그리고 가끔 여행을 하면서 새로운 경험과 만남의 즐거움을 나눈다.

인생 2후 굿위드피플 (세로쓰기)

이러한 습관들은 단순히 시간을 채우는 것 이상의 의미가 있다. 그것은 나의 정체성을 재정립하고, 삶의 목적을 찾아가는 과정이다. 공부를 통해 지적 호기심을 충족시키고, 운동으로 육체적 정신적 건강을 유지하며, 취미활동으로 창의적 활동을 하고, 봉사로 타인과 연결되며, 여행을 통해 더 넓은 시선으로 세상을 바라본다.

이렇듯 이 책을 통해 내가 말하고 싶은 건 퇴직이 끝이 아니라 시작이란 것이다. 우리에게는 아직 많은 가능성과 기회가 있다. 지금까지 살아온 방식에 얽매이지 말고, 새로운 도전을 두려워하지 말자. 그리하여 우리의 인생 오후를 아름답게 해 줄 좋은 습관들을 만들어 가자. 그 과정에서 당신은 예상하지 못한 기쁨과 성취감을 경험하게 될 것이다.

물론 모든 이에게 같은 방식이 통하지 않을 것이다. 각자의 상황과 취향, 능력에 맞는 방식을 찾아야 한다. 중요한 건 끊임없이 자신을 발전시키고, 의미 있는 시간을 투자하며 성장하는 것이다. 그렇게 할 때 우리는 나이가 들어감에 따라 더욱 풍성하고 행복한 삶을 살 수 있다.

이 책이 퇴직을 앞둔 후배들, 혹은 이미 퇴직한 우리 세대 모두에게 작은 도움이 되길 바라는 마음이다. 그리고 우리의 오후가 오전보다 더욱 빛나고 풍성하기를 진심으로 기원한다. 새로운 습관을 만들어 가는 여정에 두려워하지 말고 그 첫발을 내딛는 순간, 그 첫걸음이 당신의 인생을 바꿀 것이다.

끝으로 이 책을 쓰는 동안 지지해 준 가족과 친구들, 그리고 인터뷰에 응하고 함께 고민해 준 분들에게 감사한 마음을 전한다. 그리고 나의 비즈니스 파트너 준영에게 특별한 감사를 전한다. 책은 내가 쓰지만 혼자 쓰는 게 아니다. 이번에도 앞서간 많은 사람의 도움이 있었다. 그들로 인해 책이 더 풍성해졌다. 감사한 일이다. 이 책도 그러하길 바란다.

카를 구스타프 융, 김세영 역, 『영혼을 찾는 현대인』, 도서출판 부글북스, 2020

시몬 드 보부아르, 홍상희·박혜영 역, 『노년』, 책세상, 2002

장석주, 『마흔의 서재』, 프시케의 숲, 2020

에리히 프롬, 차경아 역, 『소유냐 존재냐』, 까치, 2007

문요한 『굿바이 게으름』, 더난출판, 2007

김용석·이재민·표정훈, 『한국의 교양을 잃는다』, 휴머니스트, 2006

이정호·정준영·이혜령·송찬섭·백영경·이창언·진보성·이필렬, 『문화와 교양』, 한국방송통신대학교출판문화원, 2021

정준영 외 10명, 『독서의 즐거움』, 한국방송통신대학교출판문화원, 2021

신영복, 『강의』, 돌베개, 2005

오종우, 『예술수업』, 어크로스, 2015

신운화·송희경·박윤조·권영진, 『미술의 이해와 감상』, 한국방송통신대학교출판문화원, 2021

와타나베 쇼이치, 김옥 역, 『지적으로 나이드는법』, 위즈덤하우스, 2013

정희원, 『느리게 나이 드는 습관』, 한빛라이프, 2023

정희원, 『당신도 느리게 나이 들 수 있습니다』, 더퀘스트, 2023

김도남, 『맨발 걷기』, 씽크스마트, 2023

김헌경, 『근육이 연금보다 강하다』, 비타북스, 2019

마녀체력, 『미리 슬슬 노후대책』, 남해의 봄, 2024

제니퍼 헤이스, 이영래 역, 『운동의 뇌과학』, 현대지성, 2023

문성희·민수홍·백영경·백웅재·설혜심·유영희·장 일·정준영·허 진, 『취미와 예술』, 한국방송통신대학교출판문화원, 2022

마커스 버킹엄·도널드 클리프턴, 박정숙 역, 『위대한 나의 발견 강점 혁명』, 청림출판, 2004

미하이 칙센트미하이, 이희재 역, 『몰입의 즐거움』, 해냄, 1999

미하이 칙센트미하이, 최인수, 『flow』, 한울림, 2004

김수현, 『봉사 나의 느낌표』 북트리, 2022

에기네 슈나이더, 신혜원 역, 『낯선 것들과의 만남』, 고려문화사, 2000

구본형, 『떠남과 만남』, 생각의 나무, 2000

베르나르 올리비에, 임수현 역, 『나는 걷는다』, 효형 출판, 2003

문요환, 『여행하는 인간』, 해냄, 2016

이재경, 『여행의 질문』, 텍스트CUBE, 2020

류시화, 『지구별 여행자』, 연금술사, 2019